U0946899

在选择中成长 在放弃中重生

林文力 主编

内蒙古出版集团 远方出版社

图书在版编目（CIP）数据

在选择中成长 在放弃中重生 / 林文力主编. -- 呼和浩特: 远方出版社, 2014.1

ISBN 978-7-5555-0058-2

Ⅰ. ①在… Ⅱ. ①林… Ⅲ. ①散文集—中国—当代②演讲—世界—选集 Ⅳ. ①I16

中国版本图书馆CIP数据核字(2013)第291639号

在选择中成长 在放弃中重生

主　　编 林文力
责任编辑 韩　芳
装帧设计 柏拉图创意机构
出版发行 内蒙古出版集团　远方出版社
社　　址 呼和浩特市乌兰察布东路666号
（电话：0471 — 2236466 邮编：010010）
经　　销 新华书店
印　　刷 北京毅峰迅捷印刷有限公司
开　　本 880mm × 1230mm　1/32
字　　数 227千
印　　张 8.5
版　　次 2014年3月 第1版
印　　次 2014年3月 第1次印刷
标准书号 ISBN 978-7-5555-0058-2
定　　价 28.00元

在选择中成长　在放弃中重生

大地放弃绚丽斑斓的黄昏，才会迎来旭日东升的曙光；春天放弃芳香四溢的花朵，才能走进累累硕果的金秋。放弃，是对生活的豁达与热爱；放弃，是一份经岁月磨砺后的沉稳与含蓄；放弃，是历尽沧桑后的幡然醒悟；放弃，并不意味着失去，而是为了更好得到。

选择，并非优柔寡断，而是让我们在思索中求得圆满；选择，意味着机会，而机会则意味着成功多了一份保险；选择，并不意味着背叛，而是为了更好地成长；选择，并不是不够专一，只有适合自己的才是最好的……

美国前总统林肯说过："人的一生，最重要的两件事情就是善于选择和敢于放弃。许多人一生碌碌无为，就是因为舍不得放弃。敢于主动放弃，即标志着新的人生的开始。"

青春年少的我们，涉世不深，阅历不足，放弃、选择常常与我们相伴。每一次选择，就是一次考验，一次成长；每一次放弃，就是一次成熟，一次重生。

岁月如歌，以灵魂歌唱；生命如诗，尽一生品读。本书精心甄选《文苑》杂志出版20年来的内容，每篇文章都追随读者心灵的声音，帮助他们找回曾经的感动。书中内容涉及人生、社会、成长历程、情感等方方面面，既有平凡背后的温情，也有沙粒尘埃中的天堂。也许故事中一段小小的情节或是一句话语，便足以触动我们内心深处最柔软的地方，给琐碎的生活平添一份快乐，给艰难的青春带来一股动力。

在选择中成长
在放弃中重生

目录

CONTENTS

第一辑　让心灵自己做主

第二辑　可以不成功但不能不成长

第三辑　有一种坚持叫执著

第四辑　让生命充满色彩

第五辑 给梦想调个方向

第一辑　让心灵自己做主

在纷乱的尘世中，我们难免被世俗侵染，保持心灵的澄净是极为重要的，因为只有干净的心灵才能指给灵魂正确的方向，才能带我们走向成功，这时，不妨听听内心深处的声音。

我只为少数人写作

按照工作计划，我们要乘坐新干线从京都赶往东京采访日本作家村上龙先生。

日本东京的新宿区，是一个时尚和潮流聚集的地区。按理说，这个地方很难跟“作家”两个字联系在一起。但是我们今天采访的日本著名的作家——村上龙，恰恰就把采访的地点约在了这里。村上龙今年55岁，日本小说家、电影导演。1952年2月生于长崎县佐世保市，1972年就读于武藏野美术大学。1976年的时候出版了一本小说叫《近似无限透明的蓝》，引起了巨大轰动，被视为日本文学进入亚洲文化的开端，获第75届芥川奖，销量高达几百万册，是1976年最畅销的书之一。此后又出版了随笔集《所有的男人都是消耗品》、《恋爱永远是未知的》等一系列作品。2004年村上龙忽然离开熟悉的写作领域，推出了一本被称为“全新概念投资与人生的教科书”——《到山上挣钱去：投资铁律11条》这样一本非常专业的关于投资的图书。该书借助对日本经典的11个寓言故事新编，阐说投资的11条铁律。这本书不仅内容新奇有趣，而且漫画和版式都个性十足，好看又好玩，出版不到两个月就一版再版，30万册转眼告罄。他也成为了日本国民心目当中两个著名的村上作家：一个是村上春树，一个就是村上龙。他不只把兴趣投入到文字里，他还爱好财经、美食、上电视、拍电影、听音乐。我们想了解，在一个高速变化的时代，在日本如何当一个作家，或者是在一个作家的眼中，这个高速变化的时代是什么样子的。

村上龙既是作家、电影编剧、导演，同时还是音乐人，还是经济学博士，他出的书有非常专业的经济方面的书，因此我们不知道该怎样称呼他更合适。作家，编剧，导演，音乐人，还是经济学家?

对此村上龙认为："其实把我称做什么无所谓，但是我活动的最中心还是写作。从1976年算起，一直到现在，30多年，其实我不是特别喜欢写小说，因为要写小说的话，必须精力特别集中。虽然我并不觉得这是一件痛苦的事，但是也很辛苦，所以说我并不是很喜欢，但也谈不上厌倦。我觉得可能是因为无论我怎么写，大多数人都不能够理解我，所以我才坚持写下去。"

一个作家写作的动力竟然是大多数人不能理解自己，让我们感到很奇怪，使我们不禁又要问他作家是否应该承担一定的社会责任。

村上龙坦言："我没有过多地去考虑要改变这个世界，或者让它变得更好，即使我有这种想法，我也不会去想改变整个社会。在近代化或者经济高速增长的时候，国家的整体是有一个希望，当这个希望达成以后，这个国家的希望就没有了。像现代的阿富汗和伊拉克，正因为他们有一个国家的希望，所以人们才能够团结一致。当一个国家富裕起来的时候，这种国家的希望就没有了。但是，孩子们是需要有自己的希望的，当个人有自己的希望的时候，他才能够生活得有意义。我想通过我的小说向人们表达这些意思，但这并不是很容易就能够做到的。"

村上龙先生曾经借助他书中的主人公说过这样一句话：这个国家什么都有，就是没有希望。表达了对经历了近代化和经济高速增长之后的日本社会中，自杀现象增多、生活没有目标等深层次问题的忧思。因此一个作家不仅是辛苦的，而且是痛苦的。

"一个作家经常要看到别人的痛苦，甚至去看到一个社会的痛苦。”这个痛苦还表现为有时不被人理解。

“我觉得是由于我这个人比较讨厌‘大多数’这个词，我是比较喜欢少数的，哪怕真理在大多数人手上，我也是比较偏向于少数群体，这可能是与生俱来的一种性格。我觉得文学作品是为了一小部分人，为了那些被社会所遗弃的弱者所创作的。我觉得一个文学家或者是小说家的立场，应该站在小部分人一边。”

因为快到吃饭的时间了，我们认为应该谈谈中国的吃，便问村上先生去广州会不会对吃的印象特别深。

“我对广州感到非常的吃惊。以前我听说过有一种说法叫吃在广州，我觉得广州应该有很多的美食，但实际上不是这样。原来认为，你到了广州就应该明白吃的文化，但是我头一次看到一个城市能够为吃这件事付出这么大的精力。”

“说到中国，我第一次去中国是去的上海，上海给我的印象非常的强烈，那里与我小时候从课本当中学到的东西是完全不同的。当然，上海也许并不能代表整个中国，但是当时我还是很吃惊。我的妻子学习中文，也练太极拳，一开始是她带着我去上海的。我的妻子也很喜欢喝普洱茶，我们还去昆明买了普洱茶，我们也很喜欢中药，上海那里有一个批发中药的地方，所以我们经常到那里去。至于印象最深的，我觉得是即使对面是红灯，人们也会过马路，这让我感到很不可思议。”

文/白岩松

作家可以分为两种：一是为多数人而写作的，一是为少数人而写作的。村上龙无疑属于后者。纯粹的文学，是应该献给无限的少数人。无限的少数人——只要大于1就可以。宁愿自己的作品只被一个人读1000遍，也不愿被1000个人只读一遍。前者其实比后者困难得多，也伟大得多。这种追求不是很有意义吗？

先到你想去的地方

亲爱的同学们：

你们好！早在2008年冬天，助理就告诉我要有这么一个演讲。我没有什么准备，只是想随便与大家聊聊，或许对你们以后有帮助。

为什么我们的学生很多都去了华尔街？

当我在柯克兰吃中午饭的时候，在莱弗里特吃晚饭的时候，当我在上班时和同学们见面的时候，甚至当我在国外碰见我们刚毕业的学生的时候，同学们都会问我一些问题。你们问我的第一个问题，不是课程计划，不是提建议，也不是问老师的联系方式或者学生的问题。实际上，也不是酒精限制政策。你们不停地问我的问题是："为什么我们的学生很多都去了华尔街？为什么我们哈佛的学生中，有那么多人到金融、咨询和电子银行领域去？"

这个问题可以从好几个方面来回答，当威利萨顿（一个美国银行大盗）被问到为什么要抢银行时，他说："因为那儿有钱。"我想，你们在上经济学课的时候，都见过克劳迪亚·戈丁和拉里·凯兹两位教授，他们根据上世纪70年代以来他们所教学生的职业选择，提出了不同的看法。他们发现，虽然金融行业在金钱方面有很高的回报，但还是有学生选择了其他工作。实际上，你们中有37个人选择做教师，有一个会跳探戈的人要去阿根廷的舞蹈诊疗所上班，另一个拿了数学荣誉学位的人要去学诗歌，有一个要在美国空军受训做一名飞行员，还有一个要去做一名治疗乳房癌症的医生。你们中有很多人会去学法学、学医学、读研究生。但是，根据戈丁和凯兹的记录，更多的人去了金融和咨询行业。克里穆对去年的毕业生做了调查，参加工作的人中，58%的男生和43%的女生去了这两个行业。虽然今年的经济不景气，这个数字还是达到了39%。

高薪，不可抗拒的招聘的冲击，到纽约和你的朋友一起工作的保证，承诺工作很有趣，这样的选择可以有很多种理由。对于你们中的一些人，也许只会在其中做一到两年。其他人也都相信这是他们可以做到最好的一份工作。但，还是有人会问：为什么要这样选择？

其实，比起回答你们的问题来，我更喜欢思考你们为什么会这样问。戈丁和凯兹教授的研究是不是正确的？到金融行业是不是就是“理性的选择”？你们为什么会不停地问我这个问题？为什么这个看似理性的选择，会让你们许多人无法理解，觉得不尽理性，甚至有的会觉得是被迫做出的必要的选择？为什么这个问题会困扰这么多人呢？

我认为，你们问我生活的意义的时候，是带着指向性的，你们把它看成是高级职业选择中可见、可衡量的现象，而不是一种抽象而深不可测的、形而上学的尴尬境地。所谓“生活的意义”已经被说滥了，它就像是蒙提·派森电影里可笑的标题，或者说是《辛普森一家》里的那些鸡零狗碎的话题一样，已经没有任何严肃的含义了。

你们之所以焦虑，是因为你们既想活得有意义，又想活得成功。让我们暂时扔掉哈佛人精明的处世能力、沉着和不可战胜的虚伪，试着来寻找一下你们问题的答案吧。

我想，你们之所以会焦虑，是因为你们不想只是做到一般意义上的成功，而且还想过得有意义。但你们又不知道这两个目标如何才能同时达到，你们不知道在一个大名鼎鼎的公司中有一份丰厚的起薪，并且前途很有保障，是不是就可以让你们自己满足。

你们为什么要焦虑？说起来，我们学校这方面也有错。从你们进来的时候，我们就告诉你们，到这里，你们会成为对未来负责的精英，你们是最棒的、最聪明的，我们都要依靠你们，因为你们会改变这个世界。这些话，让你们个个胸怀大志。你们会去做各种不平常的事情：在课外活动中，你们处处体现着服务的热情；你们大力倡导可持续发展，因为你们关注地球的未来。但现在，你们中的许多人迷惘了，不知道这些在职业选择时都有什么用。如果在有偿的工作和有意义的工作之间选择，你们会怎么办？这两者可以兼顾吗？

你们都在不停地问我一些最基本的问题：关于价值、试图调和那些潜在竞争的东西、对鱼与熊掌不可兼得的认识等等。现在的你们，到了要做出选择的转换阶段。做出一个选择，或工作、或读研，都意味着失去了选择其他选项的机会。每次决定都会有舍有得，放弃一个可能的同时，你也赢得了其他可能。对于我来说，你们的问题差不多就等于是站在十字路口时的迷茫。

金融业、华尔街，“招聘”就是这个困境的标志，它带来了比职业选择更广更深的一系列问题。不管你是从医学院毕业当了全科医生或者皮肤科医生，从法学院毕业进了一家公司或者成了一名辩护律师，还是结束了两年的Teach for America项目，在想要不要继续教书，这些问题总会在某种程度上困扰你们。你们之所以焦虑，是因为你们既想活得有意义，又想活得成功；你们知道你们所受的教育，让你们不只是为自己的舒适和满足而活，而且还要为你们周围的人而活。现在，到了你们想办法实现这个目标的时候了。

当我听着你们说如何选择时，可以听出来，你们在为搞不明白成功和幸福的关系而烦恼——或者更确切地说，什么样的成功，不仅能带来金钱和名望，还能让人真正地幸福。你们担心工资最高的工作不一定是最有意义、最令人满足的工作。但你们想过没有，艺术家、演员、公务员或者高中老师都是怎么过的？你们有没有思考一下，在媒体圈里该怎么生存？你们是否曾试想过，在经过不知道多少年的研究生学习，写了不知道多少篇论文之后，你们能否找到一个英语教授的工作？

所以，答案就是：只有试过了才知道。但是，不管是画画、生物还是金融，如果你都不试着去做你喜欢做的事，如果你不去追求你认为最有意义的东西，总有一天你会后悔的。生活的路还很长，总有机会尝试别的选择，但不要一开始就想着这个。

先到你想去的地方，然后再到你应该去的地方。我把这个叫做职业选择中的停车位理论，几十年来我一直在和同学们说这些。不要因为你觉得会没有停车位，就把车停在离目的地20个街区远的地方。先到你想去的地方，然后再到你应该去的地方。

你可能喜欢投资银行、喜欢金融、喜欢咨询，它们可能是最适合你的。也许你和我在柯克兰碰到的一位大四学生一样，她刚从西海岸一家很有名的咨询公司面试回来，她问："我为什么要做这行？我讨厌坐飞机，我不喜欢住酒店，我不会喜欢这个工作的。"那就找个你喜欢的工作吧。要是你醒着的时间里，都在做你不喜欢的事情，你也不会感到幸福的。

但是，最重要的是，你们要问这个问题，问我或者问你们自己。你们选择了一条路，也就选择了一份挑战。你知道自己想要什么样的生活，只是不知道该怎样到达那儿。这是好事。我觉得，从某种程度上说，这也是我们的错。关注你的生活，思考怎样才能把它过好，怎样才能把事情做对，这些也许是素质教育给你的最宝贵的东西。素质教育让你自觉地生活，让你在你所做的一切中寻找、定义价值。它也让你成为一个自我的分析家和批评家，让你从最高水平上掌握你生活的展示方式。从这个意义上讲，素质教育让你自由。它们赋予你行动、发现价值和做出选择的能力。不要静止不动，要随时准备接受改变。牢记那些我们告诉你们的远大理想，就算你觉得它们永远不可能实现，也要记住：它们可以指引你们，让你们到达那个对自己和世界都有意义的彼岸。你们的未来在自己手中。

摘自春风文艺出版社《做有出息的孩子》

文/（美）德鲁·吉尔平·福斯特

德鲁·吉尔平·福斯特是哈佛大学第一位女校长。先到自己想去的地方，然后再到应该去的地方。这是她给2008届本科毕业生做的毕业演讲里面的话。 的确，要是在醒着的时间里都在做自己不喜欢的事，怎么可能会感到幸福呢！路有很多，恰恰只有一条才是最适合你的。但是其他的路，似乎也很神秘。很多东西只有试过了才会真正知道，才不至于在某天回首时感到后悔。生活中，有机会还是可以尝试一下别的东西。趁着年轻，还可以折回的时候，尝试更多的可能。试过了，执著地追求过了，到头来，也许会发觉原来自己在不知不觉中已经到达了最想去的地方。而经历也将成为你最宝贵的财富，所有的磨砺都将成为一种生活的厚重，所有的困苦都会演绎成一种成熟的高度。

你把世界变得怎样

人都是这样，年轻的时候你问他长大了想做什么？

宇航员、外交官、国家领袖、政府首脑、大企业家，什么实业救国、产业报国，说什么的都有。每一个年轻人都相信自己是与众不同的，相信自己来到世间要改变世界，充满了雄心壮志。

但是到了20多岁走进社会之后，很多人痛苦地发现，那些年轻时有才华、有热情，非常正直耿直的年轻人，从20多岁混到30多岁一事无成。

在中国，这是很常见的现象。

你有能力、有才华、有热情，却一事无成。

因为你不会圆滑处世，不会见人说人话，见鬼说鬼话，不会在领导面前拍马屁，不会在同事面前耍心眼，什么都不会。

这样的结果是，你工作能力很强、很正直，到了30岁一事无成。

这些人痛苦地发现，身边那些臭流氓，年纪轻轻十七八岁就活得特别圆滑世故的那帮小兔崽子，在社会上如鱼得水，见人说人话，见鬼说鬼话，见到领导那副德性简直没法看，见到同事就又是另外一副嘴脸。处世处得很圆滑，到了三十来岁都混得非常好，要钱有钱，要车有车。所以这些正直的年轻人到了30岁很彷徨，开始产生严重的自我怀疑，心想我到底在干吗呢？

于是他为了获得生存上的好处，决定跟着耍流氓。

所以这些人呢，不管是什么借口，最终选择了去做恶心的成年人社会中的一个恶心的人。最可气的是他们之后还产生了幻觉，说这就是“成熟”。于是又过来毒害年轻人。跟他们说，你看，我年轻的时候也像你这样，现在我这叫成熟，你这叫幼稚。

这是成熟吗？

我不觉得这是成熟，这是不要脸。

我现在看到很多我的同龄人变成这样。我心情好就敷衍一下，有时候心情不好就忍不住当场戳穿他们。

我说：“你看你们这帮兔崽子，年轻时我们在一块聊，都说要改变世界，现在你，你改变个屁了。”然后他们就有点不好意思，说：“哎呀，行了，老罗，咱们那时候不是幼稚吗？谁能改变世界？谁也改变不了世界。”

我就跟他们说：“你别客气了，你已经改变这个世界了。因为你变成了一个恶心的人，这个世界多了一个恶心的人，因此它变得恶心了一点点。”

你们听懂了吗？

每一个生命来到世间，都注定改变世界，这是你的宿命，你别无选择。你要么把世界变得好一点，要么把世界变得坏一点。有些人不服气，说：“妈的我就不信了，我自杀。”你自杀就把这个世界的自杀率改变了一点点。你如果走进社会，为了生存或是为了什么不要脸的理由，变成了一个恶心的成年人社会中的一员，那你就把这个世界变得恶心了一点点。

如果你一生耿直，刚正不阿，没做任何恶心的事情，没有做任何对别人造成伤害的事情，一辈子拼了老命勉强把老婆、孩子、老娘，把身边的这些人照顾好了，没有成名，没有发财，没有成就伟大的事业，最后梗着脖子到了七八十岁死掉了，你这一生是不是没有改变世界？你还是改变世界了，你把这个世界变得美好了一点点。因为你，这个世界又多了一个好人，听懂了吧？每一个生命来到世间，都注定改变世界。所以将来有一天你心里挣扎，不知道要做一个流氓还是做一个正直的人，你在这个中间彷徨的时候，希望你记得我今天给你讲的这句话，每一个生命都注定改变这个世界。

希望你和我一样珍惜过去的自己和过去有过的梦想，以后为做一个好人，让这个世界美好一点点而努力。虽然明天不一定很美好，但你要相信，美好的明天一定会来。

文/老罗

每一个生命来到世间，都注定改变世界，哪怕只是一点点。在英国英斯敏斯特教堂里的地下室里有一块墓碑，上面镌刻着这样一段话：“我年轻的时候曾经梦想改变这个世界；当成熟后却发现我不能达到这个目的时，就将目光缩短了些，决定只改变我的国家；可当我进入暮年后，发现自己并不能改变我们的国家，所以我的最后愿望仅仅是想改变一下自己的家庭，但也已经不可能了。如今当我躺在床上行将就木，突然意识到如果一开始我就去改变自己，倒有可能会改变我的家庭；也许在家人的帮助和鼓励下，我可能会为国家做些事情，甚至可能会改变这个世界。”与诸君共勉。

大城市姑娘，小城市姑娘，谁活得更好

1983年，一个姑娘放弃了考大学，留在父亲所在的镇上做了一名中学英语教师。21岁的时候，她因相亲认识了一个乡镇干部，然后经组织认可而结婚，两年后，她有了一个女儿，三口之家非常幸福。25年后，50岁的她已经经历了结婚，生子，换工作，做生意，当包租婆，却始终没有离开那个小城市，在一个有山有水的小城市里有了房子和车子，一个老公，一个女儿，而且即将有一位女婿，过几年应该会有她的外孙。如今她已经退休，每天早上起来的事情是浇花，买菜，做饭，然后等着老公回家吃饭，再去河边散步，然后看电视剧，睡觉。她笑容灿烂，没有皱纹。

1983年，一个姑娘去了长沙上大学，后来又去了上海，成为了众多北上人员中的一员。后来，她在上海结了婚，男人是一个生意人。夫妻俩拼搏大半辈子，拥有了三家属于自己的医疗器械公司。后来，他们也有了一个女儿，上个月已经去了英国留学。她说话爽朗，做事利落，为人干脆。去年，她回到长沙，在长沙购置了两套住房，一套自住一套留给女儿，然后与丈夫在长沙又重新成立了一个小公司。经历破产，奋斗，再重新开始的日子之后，她保持着对生活的热忱，也异常潇洒，每日笑容可掬，四处喝茶。

小城姑娘是我妈，大城姑娘是她的高中同学。

2011年9月，这两个姑娘在长沙重遇了。小城姑娘做手术，大城姑娘来看她。那一刻，两个人尖叫起来，飞奔过去拥抱在一起，热泪盈眶。她们一起去洗头洗脚唱歌，聊往日时光。

两年前，我在深圳经历一段辞职的时光，每日泡在十二姐家里。某一日收到一个华侨老板的邀请函，让我回长沙为他做一份工作，薪水可观。我对十二姐说，要不我回去了。那时候她在深圳的某公寓的某房间里叠被子，头也没抬，说那你回去呗，只要能过好，哪里都一样。

由不得选择，有时候，真有命运大手推着你走这回事。

几天后，她到机场送我回长沙。在KFC，我们点了一个套餐，什么离别的话都没有说。后来，她说，我走了。我说，你走吧。她站起身来走了，头也没回，就如同任何一次平常的离别一样。只是她走了之后，我失手打翻了一盒芙蓉鲜蔬汤。

两年后，她在深圳结了婚，有了房子和车子，老公是个有点傻也有点忙的人，她过起了她热爱的家庭女作家的生活。每日浇花，看书，写字。去上过班，觉得无味，遂辞职。在家里写字，悠然自得。

两年后，我在长沙订了婚，有了房子和车子，老公是个有点傻还比较闲的人，然后我也过起了热爱的“坐家”生活。每日浇花，看书，写字。去上过班，觉得无味，遂辞职。在家里写字，悠然自得。

我们俩在网上聊天，她说起我好久不去看她，还弄黄了她的凤凰之旅。愤恨：你不再爱我了！我说，我依然深深地爱着你。只是我心里多了一份牵挂，我担心我不在家，毛毛一个人会很无聊，很桑（伤）心。

这一刻，两颗主妇的心紧紧地贴在一起。

你需要什么样的生活？你想做什么样的人？

这一切，没有对错，也没有好坏之分。每个姑娘都会有大梦想，然后归于小生活。每个姑娘都会有小梦想，然后湮灭于大的现实之中。

我们都是从蓬头垢面挤公车的日子里走过来的。只是有人会认为，那值得，那是为未来的生活做铺垫。有些人认为，那不值得，生命短暂，应该用在更有意义、更享受生活的时光上面。

谁对？谁错？谁都没有错。

有些姑娘无法忍受大城市的嘈杂，有些姑娘无法忍受小城里的安逸。大城市也好，小城市也罢，那根本就不是问题。问题是，生活就是生活。它不会因为你生活在大城市里，就不赐予你孤独与难堪，就完全不用理会结婚和生子，就完全没有出轨与婚变问题，就没必要抽时间回家用母乳喂养孩子。它也不会因为你生活在小城市里，就不施加给你贫穷与压力，就让你完全不用奋斗与进取，就用不着自省与反思。

生活，在哪里都一样。不一样的是，你如何生活。

我已经回不去大城市了，因为这里有我的家，有我爱的人和爱我的人。

也依然有很多姑娘在大城市里努力工作，为了未来而奋斗。

祝所有大城市的姑娘们梦想成真。

愿所有小城市的姑娘们生活安逸。

文/艾明雅

小城市的羡慕大城市的高收入，大城市的羡慕小城市的悠闲稳定。其实，不管在哪里，生活都一样，都有酸甜苦辣，人总是会看到别人的开心而扩大自己的不开心。生活很多时候不是你想在哪里就在哪里，人生很多时候由不得你选择，但是你一定要明白自己想要什么样的生活，遵循自己的内心，过自己想要的生活。人最怕的就是不甘心，因为不甘心而纠结痛苦，永远都不会幸福。记住，不管在哪里，都要爱自己，要奋斗，要努力，生活总会越来越好的！

爱和自由比什么都重要

前一阵，儿子在学校搞出了一些动静，我被两次请到了学校。

一次是儿子在教室里面做“实验”，把课桌侧翻过来放。他认为这样桌面有效面积更大：可以把喝水的杯子放在桌上，而不是扔在地下。

他们那个小教室里塞了50多个青春期的孩子，他们面前的小桌子要装20斤重的书包，还有各种各样的杯子。可想而知：人挨人。

老师打电话来“告状”，宣布儿子精神不正常了。我当然不信：早上出门还好好的，去学校了，一眨眼就不正常了？

我还是去了学校，把儿子叫出来问，为什么？

儿子说：就是想做个“实验”而已。

我张开手掌问儿子：这是几？儿子撇了撇嘴说：5。

我说：妈呀，太正常不过了，我还以为你真疯了呢。

后来，跟老师一起当面沟通了一下。老师多少有些暗示：你家孩子怎么这样？我也直说：他在家自由惯了。但有一点，我肯定：告诉他怎么做才是对的，他会注意的，而且他还是有分寸的。

老师说：我总担心他有一天会爆炸。我笑了：你放心好了，没事的。

儿子班上刚发生了一起同学出走的事情，学校和老师都很紧张。那出走的孩子，带了100元钱，在网吧里混了几天，被警察给找着了，送回了学校。学校给这小破孩的处分是：操行分为D。这意味着这孩子，没可能跟儿子他们一起升学了。

儿子跟我讲，自从那小孩出走以后，他们班上就成立了互助小组。就是相互监督，看谁的行为不正常，就马上告诉老师，让老师马上通知家长，把危险分子往自个儿家里带。

儿子就是因为有搞“实验”的怪异想法，而被同学举报，被成功挽救了一回。

不过，在我看来，这是一起冤假错案。我告诉老师，儿子很正常。他可以继续上学。我还告诉老师：孩子自己感受的方式，跟学校的教育有冲突，他还没有调整好。他需要时间慢慢来，不着急。

大约两周后，我又被叫到了学校。

那天，已经放学了，将近晚上7点了。老师说儿子自习说话，被罚站到教室外面。结果，老师出来后，发现人不见了。

我说：没事。他自己会回来的。

过了几分钟，老师又来电话，说同学已经把他找到了。这小子居然跑到其他班的空教室，做作业去了。老师通知我到校门口去接人。

我在门口见到儿子。他和同学在说笑，见到我，就把他放了。我听儿子解释怎么回事情。

儿子说：我们分组讨论作文课，我说话声音大了，老师就叫我到外面去站。我站了一会儿，觉得有点冷，就从后面溜回了教室，拿了作业本，到其他教室做功课去了。

晚上，我叫儿子给老师打了一个电话，沟通了一下。

儿子没有写检查。他只是告诉老师：当时，他是怎么想的。

过了几天，我给儿子讲了一个故事，大意是：一个文明人，到了一个野蛮的地方，他自认为比别人聪明，以为自己能给野蛮人带来文明。却不料，野蛮人觉得文明人一点用也没有。最后，野蛮人就把文明人吃掉了。

我告诉儿子：所谓正常和不正常，都是相对的。

过了一阵，我看见网上说有一小孩被老师罚站，结果，被冻死了。

我跟儿子说：你有权保护你自己，你可以拒绝不合理的处罚。

儿子经常说，有些老师喜欢把作业本扔在学生脸上。

我问：为啥？

儿子说：作业没做完呗。

我说：操。

儿子早上7点起床，晚上7点回家。7点30分做功课，一直做到晚上12点。作业多如鸟毛。

晚上吃饭的时候，有好多次，儿子是闭着眼睛在吃饭，我以为他病了。他说：没事，就是想瞌睡一下。

有很多住家远的，动作稍微慢一点的同学，只能熬夜，或者第二天来抄作业。不完成作业，就扣操行分。没有选择。

第一次完不成，写500字检查。第二次完不成，就写千字文检查，然后，请家长，家长也要一起写检查。

我问：儿子，老师会不会把作业本扔到你脸上？

儿子说：不会。我一般都是做完了的。

儿子还说：我已经很过分了。作业没完成，老师也没说什么。

有一阵，我直接在家校本上留言：12点后，该休息了。作业可以以后补上。

很过分吗？

其实，我觉得这些作业是很没有人性的。

有一阵，儿子的操行分直线下降。

儿子说：我还是尽量做完吧。不然，我的操行很差了。

儿子最怵语文了。他做阅读题和写作文都不行。

有一次，老师跟我说：你儿子的表达好像很有问题。

我实话实说：是啊，我也纳闷。他小学的作文写得很棒，放假写的影评也很棒。但是，一到学校写作文，简直就是惨不忍睹。

好几次，我拿了儿子的试卷来看。自己做了一下阅读题，几乎没有一道做对了的。

然后，我看试卷上的作文题：《走进××时代》，《我最××的一次感受》。无语。

老师为了挽救后进生，把班上同学写得好的作文找出来，让儿子观摩、模仿。老师说：只要能吸收一点点，考试都能得高分。

我看了看同学们的优秀作文选，心中大喜。

我跟垂头丧气的儿子说：说实话，这些作文写得一点也不好。开头一段是排比，堆砌辞藻。中间又是引用名言名句。到了结尾，为赋新词强说愁，自己的话一句也没有，有个屁的意义。

我说：你得庆幸自己，没写成这样！

儿子不信，以为我是安慰他。结果，拿了优秀作文问了全家人。大家都说：不知所云！

那些优秀作文，在家里待了一晚上，第二天就被请回学校了。我跟儿子说：你要忠实于自己的想法，把要表达的东西先写清楚，怎么也差不到哪里去。

有时，儿子他们每周就要写几篇作文。

我认为，这种方法对孩子来说，就是乱弹琴。孩子们成天忙着写作练习，连看书和思考的时间都没有，完全是本末倒置的做法。

在家里，我也会教儿子一些读书和写作的方法。我们会花很多的时间去看，去想，然后，让很多的东西自己冒出来。

当然，我的教法很浪费时间。有时，一个月看几本书，也不写什么。

我跟儿子强调的是：你得有感而发。没感就不发。感觉少的时候，压一压。感觉来的时候，一挥而就。

儿子就按我说的做。我想，他知道如何围绕这一个专题去处理信息了。

现在做的方式，跟课本上的作业是不同的。

儿子以前做过一道环保的语文题目：给某个地方干涸的河流写一条广告词。

写这样的东西，可以连环保是什么都不需要知道，就可以写了。有些形容词，你只需要动5分钟心思，就可以完成。华丽、漂亮。

但有些东西，你仅靠词语来支撑，永远都是那么空洞、无知。

我和儿子相互交流，我们从来不关心什么是标准答案。

我承认，我教儿子的做法，看起来很“浪费”。但我知道，我教他这么一次，顶得上他上3年的语文课。

其实，这不只是什么语文课。

我真正的目的是让他自己学会开眼，找到跟这个世界真实连接的一种方式。

这些东西是用来成长的，不是用来考试的。

我觉得现在的学校很多教学方式是比较落后和可笑的。

阅读居然会有标准答案。一个毫无感觉，能把中心思想、段落大意牢记在心的人，能重复得好，善于模仿，不越过教参书的行为，会得到更多的赢的机会。

我认为这种教育除了贬低自我，让人变得无能以外，别无结果。

什么人都可以犯错，我会犯错，老师会犯错。大人可以犯错，而孩子们不能。这是什么逻辑？

国家用教科书制造了大量有文凭的人，然后，它只是利用其中很小的一部分。很多人以为自己上了大学后，就平等了。结果，到末了，才发现自己根本没事可做。

难怪，80后独立民谣歌手邵夷贝在一首新歌里这样写道：

谁把你教育得善良无害，然后让你在现实中哭着学坏；

谁把你的学历变成一纸空白，然后告诉你这是优胜劣汰……

儿子就要中考了，他憋了气要考名列前茅的中学。我在一旁悠悠地说了一句：放松！放松！

我跟儿子说：不要说中考了，考大学都是很低的人生目标。

我说：一个人埋头读书，饭来张口，衣来伸手。两耳不闻窗外事，一心只读圣贤书。只消费，不贡献，这太容易了。上个大学，有啥难呢？

儿子答应我放寒假了，要看看《北大批判》。这是我推荐他看的。

我说：你要忙的话，看第一章的内容就够了。

儿子问：这书写的是啥？

我把书的副标题指给他看：中国高等教育有病。

其实，我想说：中国教育，从小到大都有病。

我跟儿子说：这本书，大概是说，很多有用的东西，以后就没用了；有些没用的东西，以后就有用了。

这解释有点混乱，一如我们的世界。

看了柴静采访卢安克的片子，突然对教育有点感悟。

我觉得教育是两个字：教和育。

教，不是单纯的知识传送，而是言传身教。你不能一边把作业扔到孩子脸上，一边希望他成为有个性和创造力的人。

育，不是填鸭，不是吃饱就可以成长，你需要时间和孩子一起玩耍，看看他们怎么想的，听听他们怎么说的，了解他们的世界和我们有怎样的不同。

总之，你不能太功利。

教育不是复印机，爱和自由比什么都重要。

文/铂程斋

教育不是复印机，爱和自由比什么都重要。现在很多的教育都是应试教育，然而，人生不是仅仅知道一堆公式、几篇古诗词、几个英语单词就能过下去的。培养人才最重要的不是灌输知识，而是培养孩子们自尊、自信、坚强的性格，让他们健康、快乐、自由地成长。如果能在爱的环境中长大成人，他们肯定会快乐、坚强、充满创造力和勇气。

拒绝“唯一”

成千上万的男人，都有机会成为某个女人的好丈夫。

这句话，从一位做律师的女友嘴中，一字一顿地吐出时，坐在对面的我，几乎从椅子上滑到地上。

别那么大惊小怪的。这话也可以反过来对男人说，有成千上万的女人，可以成为你们的好妻子。你知道我不是指人尽可夫的意思。教养和职业，都使我不会说出这类傻话。我是针对文学家常常在作品中鼓吹的那种“唯一”，才这样标新立异。女友侃侃而谈。

没有唯一，唯一是骗人的。你往周围看看，什么是唯一的？太阳吗？宇宙有无数只太阳，比它大的，比它亮的，恒河沙数。钻石吗？也许有一天我们会飞到一颗钻石组成的星球上，连旱冰场都是钻石铺的。那种清澈透明的石块，原子结构很简单，更容易复制了。指纹吗？指纹也有相同的，虽说从理论上讲，几十亿上百亿人当中，才有这种可能性。好在我们找丈夫不是找罪犯，不必如此精确。世上的很多事情，过度精确，必然有害。伴侣基本是一个模糊数学问题，该马虎的时候一定要马虎。

有一句名言很害人，叫做：每一片绿叶都不相同。我相信在科学家的电子显微镜下，叶子间会有大区别，楚河汉界。但在一般人眼中，它们的确很相似。非要把基本相同的事物看得大不相同，是神经过敏故弄玄虚。在森林里，如果戴上显微镜片去看高大的乔木，除了满眼惨绿，头晕目眩，无法掌握森林的全貌，只得无功而返。也许还会迷失方向，连回家的路都找不到了。

婚姻是一般人的普通问题，不要人为地把它搞复杂。适合做你丈夫的人，绝非前无古人后无来者的异数。就像我们是早已存在的普通女人，那些普通的男人，也已安稳地在地球上生活很多年了。我们不单单是一个人，更是一种类型，就像喜欢吃饺子的人，多半也热爱包子和馅饼。科学早就证明，洋葱和胡萝卜脾气相投，一定会成为好朋友；大豆和蓖麻天生和平共处；玫瑰花和百合种在一起，彼此都花朵繁茂，枝叶青翠。但甘蓝和芹菜相克，彼此势不两立；丁香和水仙花，更是水火不相容；郁金香干脆会置勿忘我于死地……如果你是玫瑰，只要清醒地、坚定地寻找到百合种属中的一朵，你就基本获得了幸福。

当然了，某一类人的绝对数目虽然不少，但地球很大，人又都在走来走去，我们能否在特定的时辰，遭遇到特定的适宜伴侣，也并不是太乐观的事。

相信唯一，你就注定在茫茫人海东跌西撞寻寻觅觅，如同一叶扁舟想捕获一条不知潜在何处的鳟鱼，等待你的是无数焦渴的黎明和失眠的月夜。

抱着拥有唯一的愿望不放，常常使女人生出组装男友和丈夫的念头：相貌是非常重要的筹码，自然列在前茅，再加上这一个学历高，那一个家庭好，另一个脾气柔雅，还有一个事业有成……女人恨不能将男人分解，剁下各自最优异的部分，由女人纤纤素手用以上零件，粘合成一个完美新男人，该是多么美妙！

只可惜宇宙浩渺，到哪里寻找这样的胶水！

这种表面美好的幻想，核心是一团虚妄的灰雾在作祟。婚姻中自然天成的唯一佳侣，几乎是不存在的。许多我们以为天造地设的婚姻，夭折得如同闪电。真正的金婚银婚，多是历久弥新的磨合与默契。

女人不要把一生的幸福，寄托在婚前对男性千锤百炼的挑拣中，以为选择就是一切，对了就万事大吉，错了就一败涂地。选择只是一次决定的机会，当然对了比错了好。但正确的选择只是良好的开端，即使航向对头，我们依然还会遭遇风暴。淡水没了，船橹漂走，风帆折了……种种危难如同暗礁，潜伏于航道，随时可能颠覆小船。选择错了，不过是输了第一局。开局不利，当然令人懊恼，然而赛季还长，你可整装待发，蓄势来年。只要赢得最终胜利，终是好棋手。

在我们人生的旅途中，不得不常常进入出售败绩的商场。那里不由分说地把用华丽外衣包装的痛苦强售给我们。这沉重惨痛的包袱，使人沮丧。于是出了店门，很多人动用遗忘之手，以最快的速度把痛苦丢弃了。这是情绪的自我保护，无可厚非。但很可惜，买椟还珠，得不偿失。付出的是生命的金币，收获的只是垃圾。如果我们能够忍受住心灵的煎熬，细致地打开一层层包装，就会在痛苦的核心里，找到失败随机赠送的珍贵礼品——千金难买的经验和感悟。

如果执著地相信唯一，在苦苦寻找之后一无所获，或是得而复失，懊恼不已，你就拿到了一本储蓄痛苦的零存整取存单，随时都有些进账可以添到收入一栏里记载了。当它积攒到一笔相当大的数目，在某个枯寂的晚上，一股脑儿提出来，或许可以置你于死地。

即使选择非常幸运地与“唯一”靠得很近，也不可放任自流。“唯一”不是终生的平安保险单，而是需要养护、需要滋润、需要施肥、需要精心呵护的鲜活生物。没有什么比婚姻这种小动物，更需要营养和清洁的维生素了。就像没有永远的敌人一样，也没有永远的爱人。爱人每一天都随新的太阳一同升起。越是情调丰富的爱情，越是易馊，好比鲜美的肉汤如果不天天烧开，便很快滋生杂菌以至于腐败。

不要相信唯一。世上没有唯一的行当，只要勤劳敬业，有千千万万的职业适宜我们经营。世上没有唯一的恩人，只要善待他人，就有温暖的手在危难时接应。世上没有唯一的机遇，只要做好准备，希望就会顽强地闪光。世上没有唯一只能成为你的妻子或丈夫的人，只要有自知之明，找到适合你的类型，天长日久真诚相爱，就会体验相伴的幸福。

女友讲完了，沉思袅袅地笼罩着我们。我说，你的很多话让我茅塞顿开，但是……

但是……什么呢？直说好了。女友是个爽快人。

我说，是否因工作和爱人都不是你的唯一，所以才这般决绝？不管你怎样说，我依然相信世界上存在着“唯一”这种概率。如同玉石，并不能因为我们自己不曾拥有，就否认它的宝贵。

女友笑了，说，一种概率若是稀少到近乎零的地步，我们何必抓住苦苦不放？世上有多少婚姻的苦难，是因追求缥缈的“唯一”而发生的啊！对我们普通的男人和女人来说，抵制唯一，也许是通往快乐的小径。

文/毕淑敏

这一秒幸福，下一秒就可以崩溃。再多的甜言蜜语，累积起来也敌不过“分手”两个字。世界上有太多的悲哀。曾经那么坚信要一起幸福一辈子，到头来却剩下自己。等到我们年龄越来越大的时候，不得不去面对所谓的现实时，才会在梦醒时分，放开彼此的手，去找寻属于自己的路，也许牵的不是原来的手，但过得还是一样的生活，这也许就是所谓的“爱人不是唯一的，爱情是唯一的”吧。

演好你自己的偶像剧

许多精力充沛的年轻人，宁可聚精会神地把时间大把花在电视机前，观赏别人所谓精彩丰富的人生上，也不愿抽几小时的空儿，自去体验体验周遭的现实生活。问题是，现实人生真的就那么无趣吗？

很反讽的是，现今当红的偶像剧内容，大都取材自日常的生活，演员平均年龄与主要收视的观众相差无几，甚至场景也都是城区寻常的街景。不论人物还是剧情，相当程度地贴近时下青少年的生活。也因此，观众在情感的投射上是没有什么代沟的，不像早期琼瑶式的连续剧，时空背景设定在清末民初，一个离我们遥远而陌生的时代，描述一些不食人间烟火的痴男怨女，他们之间的梦幻不实但一定要天长地久的爱情。

既然现今那些偶像剧的剧情，已较少背离现实，相当接近一般“正常人”的生活，但大家为何还津津乐道、饶有兴趣地观赏下去呢？

其实，人之所以会如此热爱戏剧艺术，这里面隐含着几个复杂与微妙的因素：对角色扮演的渴望，对现实挫折不满足的宣泄，还有人类与生俱来的偷窥欲；以及想通过观赏与阅读陌生的事物，获取经验与知识。其中通过戏剧获得知识这项意图，在现今偶像剧与罗曼史小说的故事人物取材方面，基本上都来自我们熟悉的文化范畴中，其作用力甚微。

既然在现实生活中无法满足我们对角色扮演的渴望，于是我们将这股欲望转嫁至电影、小说以及戏剧上。借由观影的经验与小说的阅读，在情绪上以某种形式参与其中，体验自己终其一生也无法扮演的角色；或者是以第三者的角度在旁观看整个事件的发生，以满足我们自身对角色扮演的渴望。这多少也说明了角色扮演的线上游戏，一直以来都很受到青少年欢迎的原因。而我们在观影与阅读的过程中，也会了解和体会到不同领域、不同生活圈里的人，这其实也是一种精神形式上的偷窥。

不管是戏剧、小说、电影，还是现在大行其道的偶像剧，它们都提供了一个浪漫的想象空间，让观众或读者在情感上产生心有戚戚焉的共鸣，有着抚慰情绪、让人暂时忘却烦恼、逃避压力的作用。但不管偶像剧中的女主角如何温柔痴情，剧情怎样曲折，结局又如何感人肺腑，也跟你自己的人生毫无关系，对你所遭遇的困扰没有任何实质上的帮助。因为戏里头超现实的剧情，是无法套用在你的生活上帮你解决任何事情的。

如果你再继续执迷不悟关起门来躲在家里，自怨自艾地感叹自己的生活平淡无趣，然后还是把时间大把花在观赏别人的人生上，那不久的将来，你可能还要再花更多时间来后悔现在的愚蠢行为。电视上的偶像剧推陈出新，永远观赏讨论不完，甚至播出后你还能买DVD回家重复温习，但青春却只有一次。不要在十几二十年后，你只知道那出偶像剧里的男女主角发生过什么故事，却不记得自己仅有一次的青春，拥有了什么样的回忆。

现今有很多学生族穿戴着与身份年龄不符的名牌衣服，高中女生逛街背LV包，穿香奈儿服饰，早已是司空见惯相当普及的现象。这就像小学生的美术课作品，不比作品本身的美学与创意，而在比谁用欧洲原装的蜡笔，谁拥有日本进口的剪刀，谁又拿出一张要价台币两百元的八开西卡纸……

如果你听闻有小朋友专门在比较美劳作品的工具价值，一定会觉得这些小朋友太物质了，价值观被严重扭曲了！但为何同样的价值观套用在你自己身上，你就不觉得有哪里不对劲。为何某些年轻的学生群体，会如此热切地追求这些名牌呢？简单地说，就是想借由名牌的价值，衬托出个人的品位，还有物质上的炫耀跟享受，来达到心理上的慰藉，最后从中获得快乐。

现在的问题是，这种物质上的快乐能维持多久，而且要付出什么样的代价呢？如果说这种快乐能永久性地持续，而且也不需付出什么代价，那就赶快冲去买个LV的皮包吧！因为这样的投资报酬率太划算了！但实际情形并非如此，你只会不停地添购你认为永远少一件的名牌服饰，然而以学生的消费能力，势必入不敷出，因为那不是你的身份与能力可以取得的东西。结果是你永无止境地花钱在供养、孝敬那些名牌进口商，却得不到永久性的快乐。

文/方文山

为什么要把大好青春花在电视机前观看别人的人生，然后一味地抱怨自己的生活平淡无味、乏善可陈？何不换个角度和心情，将镜头对准自己，好好地演一出属于自己现实人生的偶像剧？不管你认为角色如何卑微，每个人在社会上都有自己的定位。现在是学生，就当个一百分、没有缺点和破绽的学生；是服务生，就当个笑容最甜美、服务最周到的服务生；是总机接线员，就当个最热情、有礼貌的总机接线员。当你扮演好自己在社会上的角色，别人也会以赞赏和肯定的眼光颁奖给你。

用一颗素心与自己坦然相遇

我是一个没有太长远计划的人，因为总是觉得，计划没有变化快。当然，我同时是一个做事情非常有计划，准确地说，会有一些短期计划的人。因为对我来说，一旦决定，就一定要动手去做，因为只要拖延一下，可能自己又失去了做的动力和兴趣。当然，最主要的原因，是去做的最好时机可能就过了，变化出现了，这个时候，手头的计划，已经不是自己最好的选择。

我一直是一个不太喜欢变化的人，希望按照既定的规则，按部就班地去做事情，因为这样的话，我能够掌控进度还有时间。但是世事难料，所以我也知道，更重要的，是要具备应对变化的能力，对于这一点，我想，还是因为经验以及积累，才能做到处变不惊。

有的变化来得很突然，需要自己马上调整心态，并且决定如何面对，但是更多的时候，变化是在慢慢进行着的。在这个改变的过程中，自己并没有意识到，而是突然停下来，回头看自己的时候，发现原来已经发生了太多的改变。

原本很随和，可以和任何人打交道的自己，越来越多的时候，会感到一种孤独，特别是一群人在一起聊天的时候，没有办法产生参与其中的感觉，看着周遭的面孔，觉得和自己隔得好远，有想逃离的感觉。

不再喜欢热闹的聚会，更不要说应酬，只喜欢几个人畅快地聊天，甚至就是自己一个人待上一会儿，因为时间对自己变得珍贵起来，觉得人生如此短暂，应该去做自己认为有意义的事情才对。

这些年，坐在一起见面的朋友越来越少，但是同时，没有见面，通过文字见面的朋友又越来越多，特别是躲在键盘后面，敲打着文字的时候，从来都没感觉过孤独，反而觉得，生活圈子变得丰富起来。

曾经面对镜头，可以滔滔不绝，但是现在，很多时候会觉得，不知道应该怎样表达了。特别是做了一场直播连线节目之后，自己会有迅速被掏空的感觉。当自己看的东西越多，积累的知识越多之后，才会发现自己曾经的浅薄。

尤其是喜欢上文字表达之后，会发现用口头语言的讲述，无法让自己感到满意，因为比不上文字的逻辑完整和严谨；也终于明白，为什么在哈佛的时候，报纸记者是那样受人尊敬，毕竟，电视需要更多的及时反应，和落笔的文字相比，再怎样都缺少了思考的时间，尤其是直播。

记者是一个不断向外倾倒自己所有的职业，如果没有平时刻意地通过学习来填充自己，总有一天会把自己掏空的。

而掏空的后果，就是面对变化的时候，根本没有能力去做点什么，如果这样，就算自己为自己制订了再完美的计划，或者对于未来带着怎样的预期，当变化到来的时候，自己也会变得异常被动。

最近走过中环的名牌店，发现自己没有了那种停下来看一眼的欲望，那些原本对自己相当有吸引力的时尚杂志，就算是去Salon剪头发，也不会拿起一本来打发时间。

购物已经从过去的享受和漫无目的，变成了一种必须要做的事情。比如冬天来了，需要添置冬装，不会像以前那样左看右看，而是果断地走进几家店铺，很快可以满载而归。这是因为，经过这些年，已经非常清楚哪些风格适合自己，符合自己对于剪裁、质地的要求，哪些品牌符合自己的消费能力。

很多人说，我的穿着很随意。确实，舒适已经成为最优先的考虑，但是低调里面强调品质，也算是自己对个人生活的一种坚持。所以，看别人的时候，我喜欢看细节和配件，因为这些用品，往往能够体现出一个人的着装品位。

这些年的消费经验让自己明白了一个道理：买一大堆当时时髦流行的东西，比不上买一件做工精良、看似不起眼的东西。因为流行总是在不断地改变，速度越来越快，而经典的价值就在于：即便不同的年份，也总是能够在不同的潮流里面屹立不倒。

现在的自己，已经不想多谈品位，因为对于物质的需求，不像年轻的时候，做的是加法，现在变得越来越简单，只要能够保证自己基本的，有质量的生活起居需要，就已经心满意足。其实现在更重要的，是生活的质量。

质量当然不是由物质的层面来决定的。当然，财富可以提升质量，这也是不应该否认的事实。只不过，根据不同的承受能力，不管是财富还是时间，来让自己过一种力所能及的高质量的生活，也真的是很有讲究的一件事情。

用开放的心态对待各种食物。找出时间，和家人一起去旅行而不是旅游。利用零碎的时间看书，听讲座，看电影，去剧场观赏演出，让自己的生活不仅仅只有工作，或者家居。

把家变成一个自己最愿意花时间留下来的地方，空闲的时候，做一顿好吃的，种植一些花草，用自己从世界各地搜罗来的有趣的东西装饰自己的房子，或者是耐心地把家里面的书柜填满。坐在房间里面，泡一杯茶，煮一壶咖啡，就是看看书，或者和家人聊聊天，八卦一下最近的那些社会热门话题。

可以做的事情很多，所有让自己和家人的生活变得愉快的事情，所有能够让自己摆脱工作状态的事情，让生活不是那样紧绷的事情。

深秋，为了能够有更多阖家团聚的时间，老公和女儿特地飞到杭州陪伴正在工作的自己。在西子湖畔，老公忽然发现了一家糖果店，一开始我还有些犹豫，但是在他的怂恿下，还是走了进去。当我们一家人出来的时候，手里面多了一袋五颜六色的糖果。

走在安静的北山路上，分享着不同味道的糖果，忽然觉得，阳光，还有吹来的微风，都带着丝丝的甜味。

在参加一次公益活动之后，一个同行问我："如何理解志愿者的付出？"

我告诉对方，在我看来，做志愿者，表面上看，是在付出自己的时间、精力，但是其实，在做这些事情的同时，也在收获。

一个一直在帮助残障儿童的志愿者告诉我，当他第一次遇到这些孩子的时候，他还是一个大学生，他是为了完成自己的一项学业调查。在和这些孩子相处一段时间之后，他发现自己改变了，变得乐观了，这是因为那些孩子的乐观感染了他，让他不再对生活感到害怕。于是，当他完成了他的调查之后，他成了一名志愿者，继续去关注和照顾这些孩子。但是，这些关注和照顾，不是自己站在一个比那些孩子更高的高度，双方是平等的，只不过各自擅长的东西，或者缺乏的东西不同而已。正如他可以为这些孩子提供日常的方便他们生活的服务，而这些孩子，则是他心灵成长的老师。

我们在讲付出的时候，如果过分地强调自己，就会忽略自己的所得，比如慈善捐款，不管是为了名声还是为了自己内心的安慰，甚至是赎罪，都能够从这样的行为里面寻找到自己所要的东西。就好比爱情，如果只是看到自己的付出，由于得不到对方的回应而感觉自己受到了欺骗，这其实也是忽略了自己在这样的付出过程中的快乐和痛苦，这种人生的经历，是别人拿不走的。

我记得小时候，老师们在课堂上讲述的那些模范人物，还有现在，媒体上宣传的那些道德模范，他们之所以被树为典型，就是因为他们愿意为了工作，或者是和自己看上去不相干的事情而付出，不计回报。

不过我总觉得，如果强调不计回报，就已经是一种功利主义的说法，道德标准无形中被降低。其实，我们去做一些事情的时候，我们不是为了得到什么，而是我们发自内心地认为这样做是对的。

但是我们从小却在一种功利主义的奖赏制度下生活，这种制度，对每一种付出进行着精确地计算。

比如，德智体发展，可以成为三好学生；去穷苦地区支教，可以免试读研究生；如果捐献了一大笔钱，就可以把自己的名字刻在某所高校的大楼上面；做义工，可以在升迁的路途上，增加一点分量……

当然，这样的思维在现在的中国太寻常不过。习惯了硬性指标、量化标准，那么，美德自然也可以进行计算，只是很可惜，这样的计算，并不会让社会的道德水准提升。相反，如果大部分人带着一种功利的心态，那么，在奖励不充分的情况下，这种心态会影响人们的行为。

从内心出发，才能够不计较付出，也许，我们很多的道德标本就是这样的人，只不过后来，被社会人为地量化了，给予了他们并不需要的荣誉。只有自己拥有道德进步的力量，才能完成个人的自我进步，而个人的自我进步，又能够推动社会的进步。个人的道德完善，没有标准，每个人尽力而为，能做多少是多少，在做的过程中感到快乐，这才是最重要的。

文/闾丘露薇

梦想、爱情、机遇……人生的命题依旧如故，变化的唯有心境。褪去喧嚣，洗尽铅华，只剩下一颗素心。作为一位走过世界各地的记者，闾丘露薇有着很强的人文素养和社会关怀，文字理智，思路清晰。她在这篇文章中不再写见闻，而是写自己的生活。她在反思：我是什么样的人，我要过怎样的生活……其实，这些也是我们必须面对的问题。她说：“七年时间，最大的变化，是我不再只看到个人的自我成长，而是学会了把自己放在社会里面。”确实，当我们开始关心这个社会，关心社会周边的人的生活状态之后，我们的价值观就会越来越清晰。

在可可西里回头

思贤是我们在楚玛尔河东岸的一个保护站认识的一个少年，他来自于河北的廊坊，才17岁，是保护站里志愿者中年龄最小的一位。他虽然小，但是眼里却有一种与他年龄不符的成熟。我凝视过他凝望那磅礴的雪山和青漫的草地时的眼神，是那么的忧郁而辽远，仿佛那一眼的浩瀚足以令人神往。

去年，我们是从格尔木顺着青藏公路去那曲的，到楚玛尔河附近的时候，听到了前方路段出现坍塌的消息，于是我们在保护站停了下来，便认识了思贤。

在保护站里休息的时候，思贤看到了我胸前挂的单反相机，于是过来找我照相。他告诉我，他的那部老凤凰相机途中摔坏了，于是每天只能望景兴叹了。我们坐在一起攀谈起来，他似乎对我有格外的亲切感，他告诉我他在这里的生活，他说在这里当志愿者的生活就是每天和其他朋友们，扯着横幅在黝黑的青藏公路上，为试图越过青藏公路向西迁徙的藏羚羊“开路”，因为这些藏羚羊每年的初夏都要赶往水草丰美的卓乃湖、太阳湖去产崽。每一天，他们都在藏羚羊经常出现的地方静静守候，如果这些可爱的藏羚羊机警地来到了马路旁，他们就和朋友远远地站起来，在马路上扯一条横幅提示来往的车辆，横幅上面写着“藏羚羊过公路，请停车熄火”，然后人们就停下车、熄火，安静地等待着那被藏人称为神物的藏羚羊慢慢地犹豫着走过公路，去那可可西里的西部腹地，去繁衍后代。

他说，虽然我们干的事情很简单，但是总是莫名其妙地被彼此感动。

我问他：“你这么小，怎么就想到来这里当志愿者呢？你的父母不担心吗？”

他听后，头一低，然后淡然地笑道：“我其实是离家出走的。”

他开始给我讲开了他的生活。原来，他是一名高中学生，他对高中学习一点兴趣都没有，他的爱好是摄影，每天都沉迷于摄影当中，学习成绩非常得差，而他的父母对他的“不务正业”极为不满，经常指责他，父亲气得抽他耳光，他从来都没有反抗过。但是就在两个月前，他最心爱的老相机被愤怒的父亲给摔了，他一气之下离家出走了。他修好了相机，便和一伙网上认识的志愿者来到了这里，这里曾是他梦想了好久的目的地。这里有世间最壮美的风景，他想一一拍下，有一天，能交到自己父母的手中，告诉他们，自己的儿子不是一个不务正业的人，只是有着更确切的人生目标而已。可惜的是，途中，他的相机又摔了一下，彻底报废了。他想不到能交一份怎样的答卷给自己，也不知道该拿什么去反抗父亲对他梦想的“压迫”。同时，他也在为藏羚羊开路的过程中担上了更深的使命感，于是他便决定再留一段时间，留到9月，藏羚羊迁徙期过去为止。

他说完他的故事，我不便相劝，只好拉着他拍照去了，并约好了，以后从网络上传给他。

第二天，公路通了，我们离开保护站，驱车去那曲。

他把我们送到路上，然后亲切地和我拥抱、挥手。我和他挥手时，眼睛竟然有些湿润。我不知道这是为什么，大概是为他那年少却执著的梦想吧。我路上一直在想，这个坚强的孩子应该回家，家长应该接纳他，认可并鼓励他。或者这样，他才能活得快乐，才能走向梦想。

半个月后，我们从那曲回格尔木，又途经了那个保护站。车还没有到的时候，就远远地看到保护站有个人在挥手。他不是别人，就是思贤。

思贤看上去神情有些伤感，眼睛像是哭过般又红又肿。他要我们带他回格尔木。我们带上他就上路了。

我问他是不是发生了什么事情。

他告诉我说，发生了一件不好的事情。原来，3天前，他们在路上为藏羚羊开路的时候，有一个鲁莽的司机为了赶路，居然不顾他们的阻拦，闯关而过，直接撞飞了 只可怜的小羊羔，羊群被切割成两半散去了。他们为此悲愤不已。然后，捧着那幼小的羊羔埋在了保护站特意为羊羔挖的坟墓里。他们葬了羊羔之后，正心意难平时，却看到有一只母羊在公路旁徘徊哀号，整整一个下午都在呼唤。他们知道那是羊羔的母亲，于是，又含泪把羊羔给挖出来，放到母羊的面前。母羊悲伤的神情令每一个人心碎。直到母羊绝望地离开，他们才再次埋葬了羊羔。

说完后，思贤的眼中有泪光泛起，年轻的脸上悲愤交集。我们听了也义愤填膺，却没有人多语。

我试图转移一下话题，来驱散一下悲伤的气氛，于是搂着思贤的肩膀问："你接下来准备去哪里？"

思贤忽然泪水直冒，然后握住我的手哭道："大哥，我要回家！我妈妈一定找我找疯了！"

我一把抱住他，将他的哭声捂在怀里。我的眼泪忽然也涌了出来。这个迷失在世界边缘的少年，在见证了真正的忧伤之后，深深地明白了一种爱，终于在美丽的可可西里回头了。

文/骆非翔

故事中的思贤酷爱摄影艺术，但却得不到父母的理解和支持，于是选择离家出走，来到可可西里成为保护藏羚羊的自愿者。后来，由于亲眼看到母羊失去小羊的悲伤，联想到母亲对自己的思念，从而踏上了回家的路。思贤第一次哭是为羊羔的死而伤心，第二次是因为通过母羊的表现联想到自己离家出走后母亲的伤心情景而自责，难过。文章最后一句表达了作者的欣喜之情，无知的少年在悲伤的经历中长大了，回头了。

脚步越不过良心

作为一名初中的班主任，我对体育生深恶而痛绝之。虽然我知道，学校招收体育生自有学校的道理，作为特长生他们只需普通学生三分之二的分数，就可以稳入高中的校门，靠他们至少可以把升学率提高几个百分点，但不知道学校领导是否还明白这样一个道理：他们晚不睡早不起，下课乱跑上课睡觉，三五成群勾肩搭背，作为能够坏了一锅汤的老鼠屎，在同学中所造成的负面影响，怕是远远大于他们对升学率的贡献。

在学校里他们唯一能够露脸的机会，就是每年一次的春季运动会。班级在运动会成绩的好坏，有一多半就取决于体育生的发挥，那时候的他们，一个个都意气风发，把运动服的领子竖得高高的。在那一天，老师们都会破天荒地给他们笑脸，拍拍他们的肩膀说：“就看你的了！”

其实用不着我出面鼓励，他们自然知道运动会对他们意味着什么。学校特意为他们做了明文规定，在全校运动会上取得第一名者，可以直接升入本校高中部。

张文是专攻中长跑的，他参加的八百米和三千米两个项目，我早已经把十二分算到本班的账上了，这样一来我们班的总分就有希望进入全校前三的位置。但让我感到诧异的是，八百米比赛一鸣枪，张文就似乎完全不在状态，只跑在第二的位置上，连非体育生都跑不过。本以为他是采取跟跑战术，没想到第一圈跑下来，他竟又落后了一位，跑在了第三的位置上。同学们都替他着急，班长首先就坐不住了，冲到跑道边大声吆喝："老张，凭你的实力还用讲究什么战术？"

但张文似乎听不见，一直到最后也没能超越那个小个子，只得了第三名。

他低着脑袋回到看台，跟我说："对不起，我尽力了。"

我心里很是失望，真想嘲讽他一句："学习不好，难道连跑都跑不好了吗？"可想了想又把这句话咽了下去。人人都有状态低迷的时候，也不好苛求，只安慰他："中午好好吃，吃完好好睡一下，争取下午三千米比赛拿个第一。"他这才抬起头来："一定的，老师！"

他说到做到，下午三千米比赛的时候一马当先，以领先第二名五百多米的成绩率先到达终点，甚至还打破了沉寂八年之久的学校纪录。

运动会结束后我把他叫到了办公室，盯着他的眼睛质问他："你跑三千米的时候，我专门拿秒表替你测过，比这次八百米冠军的成绩，整整快了十秒钟。为什么你不拿班级荣誉当回事？"

他低着头沉默了半天，终于下定决心似的开了口："对不起老师，我确实没尽力。可您知道跑我前面初三（2）班的那个石小奇吗？他家的经济条件很不好，父亲下岗了，母亲常年有病，如果他考不上咱们学校高中的话，他家根本拿不出额外的钱来让他去别的学校。但靠他的学习成绩，又没有把握做到直升，所以他把赌注放在了跑步上，经常跟我们一起训练。他的身体条件不是很好，但训练得很苦，他非常渴望继续学习，而这一届运动会又是他最后的机会了，所以我想把跑第一的机会让给他。"

原来这孩子有这么一颗善良的心，我的气消了一半："但第一圈跑完，他就已经注定拿不到第一了，你对他的帮助也就没有了任何价值。在他已经拿不到第一的情况下，凭你的能力完全可以后来居上重新夺回第一的。"

"我知道。"他用脚尖划拉着地面，"但如果我帮不了他，也就不想让他知道我是在帮他。如果他注定因为这次比赛而丢掉前程的话，我也决不想让他的前程毁在我手里。我觉得自己的良心被拦在他的身后，让我的步子无法超越。"

那是我第一次正眼看他。相比较在他身上表现出来的这种悲悯善良的情怀，会不会解应用题，能不能配平化学方程式，似乎倒成了无关紧要的事。

文/伊老莲

在这个良心被越来越多人忽略和轻视的今天，我们无法做一个"空心"的人，在何种程度上有良心的发现和发现良心，标志着一个社会在多大程度上的文明和进步。掩盖我们的良心，其实就是掩盖我们的良知，让丑恶和愚昧不战而胜；发现良心和提倡良心，其实就是颂扬人间的正义、光明、美好和真理。所以，我们要学会怎样听见和理解良心的呼唤，以便按良心而行动，对不幸者产生同情，对弱小者予以支持。

浅喜深爱

喜欢一个人，浅浅地喜欢是最美，不需要告诉他，有时，只是欣赏，还不到爱。喜欢听他的声音，看他的微笑，他颈间小小的痣，还半遮半掩，还欲说还休，还是春天里的二月，还藏着要吐蕊的花苞。这浅浅的喜欢，如饮清茶，淡然而落寂，挑落灯花，满心禅意，是银碗里盛雪的素清，却又听着隔水的云箫，分外缠绵。

还有比喜欢更俏的吗？是俏，也娇了，也羞了，低头婉转的心思，只有秋云知道，大朵大朵向西流着，相思何曾闲，我喜欢你了，听得到空气中传来的翠鸟的鸣叫声，喜欢，喜欢！

是雪白的蚕，在暗夜里流动，看了惊心，一点点地吐了丝，这样的缠绕。春阳艳艳之日，一个人跑到开满樱花的院子里看梧桐，那些梧桐真是美，樱花是为它开得这样灿烂吗？喜欢一个人，就剩下一粒简单的心了，其实心里开满了桃花，只能是桃花，这样的艳，这样的粉，只有自己知道。这桃花带了满身的巫气，虽然是巫气，可不染尘埃，只觉得日子好长，端坐着，心里还是他，走到大街上，心里也是他。胡兰成写刚刚迷上张爱玲，从她那里出来，去朋友家串门，看到灯下朋友们在打麻将，他看了一会儿，只觉得灯明晃晃的，朋友们说了什么，他不知道，于是走出来，在春夜里，一个人，继续想她。

这真是喜欢了。

放不下了，费心思了，明亮亮的喜欢，小虫子一样，在心里蠕动着。喜欢多好啊，如春潮在涨，一直往上涨，彻底崩溃那天，索性赖了皮——我爱你！到底说了，浅浅地喜欢变成了爱。

爱就互动了，你来我往，爱有抱怨有纠缠，喜欢没有，喜欢是暗自芬芳，是四月里初绿的芽和嫩粉的花，爱是五月天七月雨，风雷雨电，从丽日晴天到天昏地暗，也许只一个刹那——人生都这样快，何况爱？

如果爱，请深爱。

不游戏，不江湖，把你当做心里面最里面的那个人，轻易不提你，我可以和全世界所有人开玩笑，只是与你这样紧张。别人提及你的名字，这厢已经崩溃，手脚冰凉，与别人发短信三言两语就玩笑起来，与你，却是字字千金，桃花万里冰河，动一下，便是心里的桃花心里的疼，哪一个字都紧张，这样的发紧，一点也不放松，一点也不江湖。

是深爱了。因为有了放纵，居然会这样想念一个人，不是发了疯是什么——原本，是矜持的女子，忽然有一日就问了又问——你到底爱我多少？爱，多少是个多？多少是个少？爱情哪里能度量衡？小女生玩的把戏也敢玩，小女生不敢穿的衣服也敢穿，好像一只夏日的蝉，拼命地叫啊叫啊，只为这一季？也是，人生能多少时日可以是真心？

放不下就是爱了，忘不了也是爱，爱情最怕什么？应该最怕时间。时间可以检验爱情，爱着的时候都说一辈子，总还嫌不够，于是对天盟誓，于是海枯石烂，但如何抵挡它如花美眷似水流年？

转眼就会平淡。

甚至忘记他的长相他的声音，甚至忘记，他的名字。

如果过二十年，还能口口声声说爱一个人，只爱她，无限的爱，我这才相信，那是真爱，更是深爱。

浅喜深爱，如果我选择，我选择喜欢，因为喜欢更长久，更绵延，更适合一个人暗自留恋；不张扬，不对抗，只是默默在一边。它不够彻底不够过瘾，但如果和时光抗衡，它一定是化骨绵掌。这千山万里路，只有喜欢，只有喜欢可以浩浩荡荡走下去呀。

文/雪小禅

浅喜，深爱，浅浅的喜欢，深深的爱。感觉就像一杯纯水，喜欢是数片茶叶，在水中慢慢晕开，一点一点将水染成欢快的黄绿；而爱是一把咖啡豆，要精心地研磨，缓缓地加工，然后在水中迅速溶解。同样使人回味悠长的两种物质，却有着这么大的不同。茶，那么清香，那么淡雅，浅浅的感觉抚摸着你的味蕾，绵长；咖啡，那么沉郁，那么浓厚，深深的感觉刺激着你的口腔，热烈。

让阳光照亮心理地库

同一个人，具有两种或是更多种完全不同的人格，就叫多重人格，《24重人格》这本书的主人公卡梅伦·韦斯特就罹患此症，学术名称叫做“分离性身份识别障碍”。即使对专业人士来说，这也是罕见的病例，对于普通读者来说，便更费解。允许我打个不一定准确的比方——卡梅伦·韦斯特好像成了川剧绝活“变脸”的演员，瞬忽之间，形神陡变。他原本是风度翩翩的商界成功人士，是宽容有趣的丈夫，是慈爱幽默的父亲，却不料眨眼功夫就成了退缩善良懦弱的8岁男孩，马上又是霸道骄横顽劣的叛逆青年，更不可思议他还能化做温柔的12岁少女脉脉含情……总之各种嘴脸腾挪跌宕呼风唤雨，间不容发眼花缭乱。

一共有多少种角色呢？本书中，主人公历数他身上共存的角色，共计24种。就像一栋大房间里，住了整整两打房客。哦哦，说房客似乎不大准确，应该说是居住着24位司令官，轮番发号施令。彼此性格不同、面目不同，行事风格也各有千秋，你方唱罢我登台，熙熙攘攘好不热闹。看到这里，你一定会紧皱着眉说，这似乎不大妙。是的，岂止是不大妙，简直是军阀混战天下大乱！为了不让读者们一头雾水，作者特地在本书的扉页上列出了一张“人格清单”。建议你千万不要忽略了这张清单，它非常要紧，是你阅读此书的不倦向导。不然的话，你很可能被这些人格的化身吵得头脑发胀，险些失去阅读的耐心。倘若真是那样，你就和一本重要的心理学著作失之交臂啦！

作为一个正常人，我们很难想象，在一个人有限的身体里，壅塞了24种截然不同的人格，会怎样倒海翻江？

韦斯特一步步描绘了这场突如其来的劫难，让人不寒而栗。那些喷涌的鲜血，虚无缥缈的字迹，脸上不断变幻的表情和毫无连贯的词语，就是这种人格大拼盘的惨痛写照。韦斯特带着我们一步步经历他内心的崩塌和陷落，体验他的恐惧、无奈和悲愤。我们为世界上曾有人遭受过这种罕见的折磨和苦难，心乱如麻，心急如焚。从这个意义上说，《24重人格》提供了非常翔实而真切的心理病理标本。书中有一页插画触目惊心，那是韦斯特发病时，用鲜血在纸上写下的“救命”二字。虽油墨为黑，但映入眼帘，会感到喷薄而出的殷红与烧灼。

在深入了解韦斯特的痛苦之后，一个冷峻的问题凸显而出：这些芜杂喧嚣的人格，是如何诞育的？韦斯特何以深受其害无法自拔？他会在开车时，变成一个混沌无知的低能儿，连油门在哪儿都不知道；也可能在夫妻亲热时，忽然变成年幼的孩童惊慌失措……

在心理医生和妻子的帮助下，韦斯特潜入冰冷的童年之海，打捞出了可怕的记忆残骸。跟随着韦斯特的笔触，我们看到他如何坚韧地寻求着自我救赎之路。亲人们鼎力相助，帮他将众多的人格一一整合。韦斯特终于在心理医生的引导下，在高科技录像技术的展示下，看到了一个个分身活灵活现的表演。他开始直面自己的病态，承认自己罹患重症，和众多分身达成协议。在勇敢地对质和谴责了当年迫害者们的罪行之后，他渐渐地走向了康复。

这就是韦斯特的经历，令人扼腕叹息。也许有人会说，毕竟是太罕见了，只当听一个遥远的故事。其实，本书为我们提供的意义远大于此。

每个人的内心，都有一间仓库。我们所经历过的事情和情感，都被一一输送到仓库里，分门别类地储存起来。其中有一些贴着精致美丽的标签，那是让人欢愉的美好回忆，我们十分乐意时时拉开抽屉，欣赏一番。也许还会拿出来展示，与亲朋们分享。那些让人不愉快的记录，我们将它们贴上封条，放在旮旯处，恨不能闭目塞听，永不开启。也许在哪个不经意的瞬间，那扇小门冷不丁地弹开了，我们会忙不迭地关上，愁眉不展。

我们以为这就是全部的库藏了。其实，并非如此。有一些最不堪回首的惨烈记忆，被我们深深地掩埋在心灵库房的地下，化做了冰冷僵硬的泥土。

然而，负面的能量不会自动消失。如果没有正确地清理和根除，它们会在地下发酵，滋生出越来越密厚的复仇菌丝。终于有一天，它们遏制不住地爆发出来，让人们抑郁、烦躁、悲观、绝望……甚至，衍生出陌生而诡异的人格，操控我们的生命。

韦斯特遇到的是极端事件，一般人的隐痛，可能没有这般惊心动魄。但他疗治心理暗疾的过程，却为我们提供了宝贵的参照系。

怎么让内心永远保持澄澈呢？诀窍只有一个，就是敢于正视心底的负面能量，绝不退却。无论它多么邪恶和不可一世，你已经长大，你已经强有力，你已经安全。你可以战胜它们，粉碎它们。很多时候，我们恐惧的其实并不是事件本身，而是莫可名状的虚弱感。只要心灵强健，过往的伤害就变成了纸老虎，灰飞烟灭。

韦斯特是值得我们尊重和学习的，他敢于一个接一个地挖开尘封多年的仓库地下室，寻找让自己无法面对的严酷真相。当他终于直面这段历史，并接纳了自己的分身之后，力量与和谐就回到了他的身上。他完成了心理学的博士课程，成为了一位临床心理学家。

掩卷之后，我们发现了人人都可能有一座心理地库。打开门，挖下去，拂去尘封的蛛网，清理旧物，让阳光照进暗室，从此让那里宽敞明亮，是你的责任。

人格这东西，有一个就够用了。它坚定友爱勇敢仁慈智慧安宁……

文/毕淑敏

让阳光照进心理地库，就是要做驾驭心态的主人。我们不能控制自己的遭遇，但可以控制自己的心态；我们改变不了别人，但可以改变自己；我们改变不了已经发生的事情，但可以调节自己的心态。有心无难事，有诚路定通，心态是人生的向导，阳光般的心态能让人生更坦然和淡定。在遇到难处或是心情抑郁的时候，请你拉开遮挡在心灵上的那面窗帘，让阳光照进你的心理地库，享受太阳给予的温暖。

第二辑　可以不成功但不能不成长

人生重要的并不是你所站的位置，而是你现在所朝的方向。你可以不成功，但不能不成长。成长是无止境的，生活中有很多东西难以把握，比如爱情，你可能会变，对方也可能会变。但是成长是可以把握的，这是对自己的承诺。我们虽然再努力也成为不了刘翔，但我们仍然能享受奔跑。可能有人会阻碍你的成功，却没人能阻止你的成长。

比云更高的，还有山

2000年12月的一天，日本东京国立中学的一间教室内，正在进行年度的作文测试，一个矮瘦的男生此时正紧张地在抽屉里搜索着一本作文书。他身体多病，最讨厌的课程便是作文，最喜爱的事情是户外运动，攀登珠峰是他最大的梦想。

作文老师神不知鬼不觉地出现在他的面前，使他的梦想暂时停歇，当老师的手触及他的手时，他感觉有一种一脚蹬空的失落感，在失去依赖的情况下，他不得不借助于自己的空想来完成今天的考试。

他凭空设想了自己的将来：自己可以在云朵上翩翩起舞，原来云朵上也是一片平坦，在地面上能做的事情，在云朵上也可以完成。你可以唱歌，可以种一片庄稼，更可以与小伙伴们一块玩耍。只是你需要注意云朵的间隙，那是整块云最薄弱的部分，一不小心，你就会从云朵的缝隙里掉下来。

这篇作文被老师当做范文在课堂上朗诵，老师的点评是：文采并不出众，但想象力丰富，只是缺乏可以实现的基础。

同学们嘲笑他的空想，说云朵是虚幻的，怎么可能上去？他下课时，带着疑惑找到作文老师，问他这样的梦想是否可以实现。

作文老师被这个小家伙的执著感染了，老师低下身去抚摸着他的头，说道："科幻是不可能实现的，迄今为止，还没有人能够在云朵上跳舞。"

这个叫栗城史多的小个子听完后，一阵沮丧，每天傍晚时分，他便站在村口的山坡上，看着天上的朵朵白云思索，自己好想长一对像雄鹰一样的翅膀，飞越苍穹，跨越云朵。

18岁那年，他开始攀登日本的富士山。成功后，他不知足，觉得应该挑战更高的山峰，他的目标瞄准了珠穆朗玛峰。

但看过医生后，他却被通知不得不放弃这样的极限运动。医生告诉他，他的握力、脚力、肺活量及肌肉发达程度等都低于成年男子的平均水平。先天性的不足使他差点放弃自己的梦想。

但他是个不服输的家伙，他认为自己有登顶富士山的经验，况且自己的心理状态极为优秀自信；如果不成功，也可以积累登山方面的经验。即使真的失败，结果也不过是永远依偎在高山的怀抱。

在攀登珠峰前，他先做了热身，在经历了生死考验后，他成功地登上世界第七高峰道拉吉里峰。

2008年，他第一次登珠峰失败，他的身体出现短暂性的休克，且视力模糊，严重的缺氧反应险些让他丧命。第二次，他总结了经验，在自己身体状态最好的时候出发，但事与愿违，珠峰发生了严重的雪崩，当一位遇难者的遗体出现在他的面前时，苦难、死亡的考验如雪花般袭来，由于心理接近崩溃，他退缩下来。

2011年11月，在经历了两次失败后，他成功登顶珠峰。在日记中他这样写道："看到无数的云朵在自己的脚下游荡时，我感到自己胜利了，小时候的梦想实现了，原来，比云高的，还有山。"

云时常用一种高傲的姿态面对着世间万物，让你无法企及，折戟沉沙，让你儿时的梦想休克，因而裹足不前。既然我们无法在云朵上飞舞，我们何不更换思想，高人一头，超越云的身躯。

比云高的还有山，当你有一天登上伟大的巅峰时，你会发现，云不过以虚幻的面貌在你的脚下徘徊、游荡。

比路更长的，还有脚；比云更高的，还有山。

文/古保祥

我们总是有很美好的想法，却迟迟不愿迈开脚步，而惧怕于自己想象的困难。我们总是停在困难面前，同时也停在美好面前，空留下许多抱怨、叹息与懊悔。事实上，没有比脚更长的路，没有比人更高的山。我们不怕目标的高远，只怕没有追寻的勇气、热情、执著……只要心头时时燃烧着坚定的信念，一往无前地行进下去，你就会惊讶地发现——很多所谓的远方，其实真的并不遥远。

平凡的孩子也有春天（节选）

到书店看书，见家庭教育方面的有两大书架，都非常积极向上，都很有雄心壮志，《哈佛女孩》、《哈佛男孩》、《如何让孩子成为优秀的人》……突然感到有点烦，想到我的鲁鲁儿，他似乎只是个平常的孩子，至少到目前为止，我还看不出多少优秀乃至卓越的迹象。

说实话，我不知道儿子将来会走什么样的路，会成什么样的人，会有多大的造化，一切都在他自己，一切都在天，未来还长得很。

我并不打算刻意培养出一个名人、伟人，孩子有多大的造化，有多大的福分，那是他自己的事，我只能给他一些基本的东西，有助于他一生平安、一生幸福的东西，这样，哪怕将来没有了我，哪怕他成不了万众瞩目的人物，他也能在平凡的生活中得到快乐，得到力量，得到人生的意义。相反，灵魂有病的人，就算是得到所谓的成功、所谓的荣华富贵，最终也未必幸福。

成功不是终极目标，考上个名牌大学，创办个著名企业，在某个领域成为顶尖人物，这些都只是人生的一个方面，当然，这些成功有助于幸福的实现，但却不能让幸福必然来临。

前段时间有个人大的女博士跳楼了。看报道说，她很优秀，即使在著名学府的博士生中也是鹤立鸡群，不容易了。但她却并没有感觉到幸福，反而痛苦甚于常人，以致于选择了最极端的方式解脱。同样的情况在名牌大学中并不少见。

要幸福还是要赢？这确实是我们需要思考的问题。为了赢，就必须牺牲很多，包括孩子的健康、快乐，以及他的兴趣。牺牲孩子的兴趣，实际上就是牺牲了他自己天性的选择，也许天赋就真的被埋没了。

当然，人都是有惰性的，孩子更是贪玩，不可能主动、自觉地专注于学业，家长似乎不强制他奋斗就是不负责任。朋友说：“还给孩子快乐童年，留给孩子终身遗憾。”确实有这种可能。因为中国的整个社会环境还没有达到能让孩子自由发展的程度。

世界上真正卓越的人只是少数，不管我们的孩子是不是那少数之列，他只要有了健康的身体，健康的人格，只要他一直向着自己的目标走，成为一个他想成为的人，无论他最终是否卓越，他的人生都是美好的。

那天，电视里在介绍袁隆平，一个著名的专家说，袁隆平引领我们过上丰衣足食的日子。我说：“中国这么多人，要吃饭，上帝派来了袁隆平。”

儿子说：“上帝派来了李鲁！”

“上帝派你来干什么？”

“吃饭！”

“上帝不派没用的人来。”

“是啊，我就有用啊！没有吃饭的人，种粮食的人也没有用了！”

说得好。没有需求，供给也就没有意义。施的人固然伟大，受的人也不可或缺，每个人都是上帝派来的，每个人都有存在的意义。

世界上没有废物，世界上更没有废人。

“别忘了寂寞山谷的角落里，野百合也有春天。”想起了一首歌。

每个生命都是珍贵的，不管他漂不漂亮、优不优秀，最终都会绽放，都会散发自己的芳香。

“赢”这个词，看起来喜气洋洋，霸气十足，实质上非常残酷。有“赢”就有“输”，赢不是单方面的状态，而是对立的结果、斗争的结果，所以它充满着硝烟味。这是一般人的感觉。但是，这种感觉是建立在狭隘的认识之上的。

竞争确实存在，不可避免，但竞争的双方，难道就只是“我”和“别人”？我们常常只把竞争当成自己和别人之间的事，也就是自己和那些身外之人、身外之物、身外之事去斗争，但这些“身外”的东西，对于真正有智慧的人来说，恰恰不是人生最重要的。

我们通常所谓的成功，只是一种功利性的成功，职位高低、财富多寡，这些都有具体的指标，成功与否，一目了然。但内心的愉悦和宁静，却只有自己能够感受，外人难以窥破。难以窥破便无从评价，便处于边缘状态，便不被大众所尊崇。功利性的成功，更容易引起世人的艳羡，也就更容易成为炫耀的资本，受到高度重视。

痛苦的人往往惊天动地，幸福的人则默默无闻。世俗的成功并不一定带来内心的宁静，人可能在与外人的搏斗中获胜，却未必能在自身的对抗中“赢”。有的人甚至输得很惨。媒体上经常可以看到一些明星、老板、博士、硕士之类自杀、出走、精神失常的，这些成功人士、天之骄子并没有因他们在事业上的成功而获得快乐，获得生命的价值感。这难道也算赢？

想起鲁鲁有一次说到学校开运动会，他没有报名，因为要班上前十名的同学才有资格报。我说：“你连前十名都没进，说明你不行。”他笑嘻嘻地说：“不是我不行，我还是跑得很快，只是还有比我跑得更快的。”他的神情不仅快乐，甚至还有点骄傲。

孩子为什么快乐？因为他单纯，他知足。有人比自己更行，并不证明自己不行。关键是自己肯定自己！一切的幸福，都要由自己来感受。

没有哪个父母希望自己的孩子将来一穷二白，更没有哪个父母希望自己的孩子自杀或者疯掉。这两者都是极端，发生的概率都比较小，但假如家长没有对孩子进行合适的教育和抚养，这两种情况都是有可能发生的。

无论什么情况下，培养一个正常的、健康的、快乐的孩子，永远比培养一个“优秀”的、“卓越”的孩子更重要。更何况，所谓的优秀和卓越，也只有真正正常、健康并且快乐的孩子，才能达到。

快乐的孩子才会赢，一方面快乐是自信的源泉，快乐的人有更强大的动力，有更高的效率和更好的人际关系，这是他们获得事业成功的基础。另一方面，快乐的人更容易解决各种心灵困扰，快乐给他们带来心灵的解放，带来人生的幸福，赢得更多的精神财富。

人类社会越来越文明，作为个体的人，一生中受教育的时间也就越来越长。

古代，一般人并不上学，但跟着父母劳动，到十多岁已经掌握了必备的生存技能。现在不行了，科技越发达，人类越文明，知识就越重要，有知识的人也就越来越显出优势，人就不得不接受更多的教育。

以前小学生就很受人尊重，可以记账，写个书信什么的。后来初中生才算文化人，可以当国家干部，吃皇粮。再后来，高中成了必需的学历。再往后来，只有大学生可以直接端上铁饭碗。

刚粉碎“四人帮”那阵，大学生几乎就是青年精英的代名词，博士则只有耳闻，很少目睹的。现在，大学本科已经成了基础教育，硕士、博士也遍街都是。

但精英和大众总是有区别的，精英们要想和大众拉开距离，就只能再往上走，从“平常的大多数”中跳出来。现在的年轻人要想当精英，不读他个硕士、博士不行，算一算，真是半辈子都在上学。

这还只是教育体制内的常规阶梯，就算你不走这条路，一生还是离不了学习。现在是知识爆炸，逼着人不得不更新。在工作岗位上有各种培训，哪怕单位不组织，也得自学，不然就不能适应形势的需要。

大学只是给人一种知识体系，给人一种学习能力。我们这些当了家长的人，有多少还在靠学校的知识吃饭呢？年龄越大，离自己的专业越远，就算仍然从事着自己的专业，也不是课堂里的内容了。

学习是一辈子的事。千万不要把学习的目标就设定为考试，更不能为了考试而硬灌、硬压。正因为来日方长，才不能在孩子幼小的时候就败坏了学习的胃口，更不能因为学习而搞坏了身体，将来要学的东西多得很，年纪轻轻就学不动了，那还了得。

现在有很多大学生厌恶学习，失去学习的目标和动力，这多少与他们小时候受的应试教育有关。靠压力压出来的优秀，一旦压力消失，孩子就无所适从了。

不必把一时的得失看得太重，社会越发达，分工越细致，行业越丰富，人的发展空间就越大。人生有太多的可能性，机会永远都有，只要自己努力，总会找到合适的位置。

文/鲁稚

在这个功利的年代，孩子成了父母最重要的面子工程，即便不能培养出一个出类拔萃的天才，至少不能比周围亲朋好友的孩子差劲。不能输！输不起！世俗眼光下的杰出人才是唯一的标准吗？本文告诉我们，不要总想着打造“天才”，每个孩子都是“人才”，给孩子快乐的生活、完整的人格，比教他一生去追逐金钱和地位、成功与喝彩更加重要。当我们接受了这样的观念，大人和孩子的生活都会轻松快乐很多。

小表妹的奋斗

小表妹是我的一个远房亲戚。记得她第一次到我家是在她考上北京的一所大学后，她拿着三姨姥的信找到了我。

小表妹最初给我的印象，个儿不高，圆圆的白净的脸，扎了两个羊角小辫，显得青葱和稚嫩。当时，我还有一点担心，年纪这么小，家长又不在跟前，在北京这样大的城市一个人生活能行吗？

不久就证明我的担心是多余的。小表妹虽然年纪轻，但非常有主见。比如说，她知道我们一家刚搬到北京不久，当地的社会关系很少，因此，她从不跟我们提落户口、找工作或者介绍男朋友这些事，除了在节假日过来看看我们，或者寒暑假在我家住几天外，她很少和我们谈她将来的去向问题。

不谈并不等于不想，或许那个时候小表妹就知道靠谁也不如靠自己的道理，她默默地开始了她在北京的奋斗之路。

小表妹的奋斗是渐进的，作为一名普通大学生，她只能从最基本的做起。她是学外语的，为了强化和提高自己的口语表达能力，她先是利用节假日到很远的一个社区英语角学习口语，一来为下一步到企业打工做好准备，二来也是锻炼自己在陌生人面前说话的胆量。接着，她便利用每年的寒暑假到企业去打工。

小表妹打工和她的师姐师妹们不同，其他人是想挣点零花钱，小表妹却想挣积分。也就是说，小表妹打工专找知名企业，比如中国银行、联想、摩托罗拉、西门子等这些中外闻名的大企业。但到这些企业打工其实是一件很难的事，小表妹联系了很多家都被婉言拒绝。有被小表妹的热情感动的，不过人家事先告诉她来实习欢迎，但只管午餐，没有工资，就这小表妹也去。实习完毕，她让人家在她的实习表上写下评语并盖上单位的大印。几个学期下来，她已手握好几家企业的打工表。

小表妹打工并不耽误学业，大学毕业后，她门门课优秀，被学校保送到北京一所名牌大学读研究生。

由于要换一所学校，原来的大学寝室不能住了，而新学校的宿舍要等到开学以后才能入住，这样，小表妹便搬来和我们一起住了。那是小表妹和我们一家待得最长的一段日子。那一段时间，小表妹自然什么话都跟我们说，但说得最多的是她的婚姻问题。北京很多外地的女孩子都希望留在北京，小表妹也不例外，因此，找北京户口的男朋友就成了小表妹的首选。有一天，小表妹打工回来后，把她最近交往的男朋友向我们汇报了一番。有一个北京户口的追她追得梃紧，年龄稍大点，不过工作不错，收入高，有房有车，但接触了几次，她却爱不起来。还有一个男孩，是老乡，同学帮她牵的线，男孩比她大几岁，学计算机的，个子高高大大的，是她心仪的那种，可是男孩的家却是农村的。

面对这两难的选择，小表妹有点茫然，便让我和我爱人拿主意。我是希望表妹留在北京的，这样好在北京有个亲戚走一走。因此我建议表妹还是现实点，找个北京户口的。小表妹未置可否。

大概过了有半年时间，小表妹突然告诉我她谈的对象定了，是她的那个老乡。小表妹没有选择捷径，而是选择了爱情。这让我多少为她的将来有点担心。两年后，小表妹顺利地研究生毕业，由于有丰富的实习经历，她被一家事业单位录取了。更让我想不到的是，看似非常难解决的户口问题，在小表妹工作不到一年时间里，就解决了。这看似偶然，其实必然。这一切要归功于小表妹那些无偿的打工经历。有这么多优秀企业的工作经历，哪家单位不需要呢？

户口解决后，小表妹便开始张罗结婚的事。但住哪儿呢？按小表妹的意思，最好住自己的房子。可是当时北京房价四环外都已经一万多一个平米，小表妹小两口刚参加工作，自然买不起。2009年初，房地产宏观调控紧锣密鼓，全国房价一片降声，北京也不例外。那一天，小表妹又来咨询我们，房价还会不会再降了。因为他们看上了一套很不错的二手房，双方父母也为他们准备好了首付。我从事的行业虽然与房地产有关，但面对一片降声的房地产市场，我也拿不定主意，这让小表妹很彷徨。

仅仅过了两天功夫吧，小表妹就给我爱人打了个电话，说房子他们已经买下来了。他们相信，现在买或许是对的。事实证明，小表妹的这个决定不仅正确，而且及时。因为，在小表妹买房后不到两个月的时间，房价又开始疯涨。现在小表妹的房子已经增值了一倍多。

房子买下后，小表妹小两口已经倾其所有，新房的装修又成了问题。但这也难不倒小表妹，早有算计的她已经在几个月前报名参加了央视二套的“交换空间”节目，并且幸运地入选，他们得到了18000元的奖励基金。就这样，小表妹不仅装修了房子，还上了中央电视台，向所有的亲戚朋友展示了他们的新房及她和男朋友的风采。节目播出那天，我们都围坐在电视机旁观看了这一档节目。我们既为小表妹高兴，又为她自豪。不久，小表妹又买了车。现在，小表妹一家在北京其乐融融，过着幸福的日子，她还把自己的父母接过来同住。

八年时间，小表妹完成了她在北京的第一次飞跃：从一个扎着两条羊角辫的小姑娘成为一个地道的北京市民。这是一个真实的故事。小表妹的奋斗经历告诉我，也告诉那些正在或者准备要北漂的人们，只要你脚踏实地而不好高骛远；只要你目标明确且持之以恒，你就有可能实现你的梦想。

文/柳枢

杰出人士与平庸之辈最根本的差别，并不在于天赋，也不在于机遇，而在于有无人生的目标！对于没有目标的人来说，岁月的流逝只意味着年龄的增长，平庸的他们只能日复一日地重复自己。也许我们曾不满于自己的平庸，也许我们曾抱怨过生活的无聊，然而，当我们在心中为自己设下目标并持之以恒地向前迈进时，我们的生活也就掀开了新的一页。

只想帮你补些人生的课

政治老师姓杨，课讲得非常好，大家都很喜欢听。但杨老师喜欢不定期点名，上第一节课时他告诉大家：“如果一学期缺课三次以上，就不用参加期末考试了。”

大家闻言都很紧张，于是政治课谁也不敢逃课。只是没想到课上到第四周的时候，他老人家不知是哪根神经错位还是突然心血来潮，居然在课堂上宣告了一个大快人心的决定：“我知道你们都恨我管得太严，这样吧，如果你自信自己期末考试可以通过，就可以不用再来上我的课！”

有如天下大赦，教室里的“群臣”山呼万岁。不过多数同学还是不敢掉以轻心，因为谁也不敢保证自己期末考试就一定会及格，多来听听课还能捞一些印象分。

一位经济管理系的兄弟，尽管他的宿舍离教室只有三分钟不到的距离，但他却“从此君王不早朝”。

杨老师依旧不定期点名。一天，他陡然发现这位老兄的缺课次数已经很多。那天点完名后，他沉思了许久，然后让人将这位老兄喊过来。

那老兄优哉游哉地走进了教室，前面已经坐满人，他只好坐到了最后一排。

“我说过如果旷课超过三次，你明年就得重修。”杨老师走到他身边，微笑着说。

“你不是说过只要自信期末考试能通过，就可以不来了吗？”老兄没有半点退让。

“我是说过，你这么有把握吗？”杨老师不紧不慢地问道，“你知道吗？你们经济管理系的其他学生每次都来了。”

“我比他们都要强！”老兄说话时环顾四周，俨然没把教室里的其他学生放在眼里，“他们来是因为他们担心考试不及格！”

教室里 片哗然。

杨老师闻言半天没吱声，然后慢慢摇了摇头，长叹一声说：“你好自为之吧！”

转眼间，期末考试结束了，一百多个考生里，就这位天才老兄没有通过考试。这位老兄不相信自己没有及格，他怒气冲冲地跑去找杨老师查试卷。试卷上面的红色分数是那样夺目：92分。全校最高分！

“我考了这么高的分，你为什么不给我算通过？”他怒目圆睁，大声质问道。

“你是考得很不错啊！但是成绩还包含学分，而学分不等于成绩。学分还包括方方面面，例如人品。”杨老师回答道。

“我要到学生处告你，你是故意整我！”这位老兄气得差点吐血。

“我已经汇报过了，他们同意我的决定。”杨老师依旧不愠不火地说道。

这位老兄咬牙切齿地跑去教务处投诉杨老师，但教务处的老师说他们完全支持杨老师的决定。不过教务处的老师告诉他，如果他能让经济管理系的本届学生联合签名同意给他学分，杨老师可以将学分补给他。

这位老兄只好低着头去找经济管理系的学生，但没有一个人愿意为他签名。

你不是比我们都强吗，还来找我们干吗？尽管没有人说出这句话，但他终于明白当初这句话对大家造成的伤害有多深了。

他突然之间平静了下来，似乎一夜之间明白了许多。第二学期他选择了重修政治课，再也没有迟到、早退、旷课。当他上了12周课时，杨老师告诉他不用再来了。

“你的成绩是最好的，你只是差12周课而已。”杨老师微笑着说道，“今年让你来，只是想帮你补些人生的课。”

他怔怔地望着杨老师。

“再优秀的人，如果没有人缘、无法处理好人际关系，他也许能成为一位埋头苦干的研究工作者，但绝对不会成为一位杰出的管理者。”杨老师拍了拍他的肩膀，说，“别忘了，你学的是经济管理，没有人缘你怎么处理人际关系？”

这位老兄像根木头一样呆在那里，许久他才轻轻地说了声：“谢谢。”

文/廖晶

这是一堂不同寻常、极有意义的人生课，出自一个尽职尽责的老师，他使学生明白了：一个人的成功，是为人处世的成功。一个人拥有再高的学历，再多的学问，但做人失败，那也只是表面的光荣，不值得歌咏赞叹。这些做人的道理，犹如醍醐灌顶，令人茅塞顿开。

差生日记

又上数学课了，我望着黑板，目光却是分散的，反正我也看不懂黑板上写着的到底是什么，当然那些小学生都认得的字我是认得的。

两年多以前，我妈花了几千元硬是把我“买”进了这所比上不足比下有余的重点学校，我虽不反对，但也不见得有多高兴。

开学的头几天，给我印象最深的是教数学的班主任，她50多岁，似乎天生就不会笑，每天紧绷着一张脸，一双冷血、锐利的眼睛透过酒瓶底一般厚的眼镜扫视你的时候，会让你不寒而栗。她最大的特点是，走路快如风，刚一出教室，就不见身影了。

开学几个星期后，便有知情人传话——她是本学校最严厉的一个老师，也是很出名的一个好老师，许多学生家长特意找关系把自己的孩子安排在她的班级里。

她的教学和管理很有一套。开学的第二天，她给我们安排座位，按个头高低将男女生各排一条长龙，从左到右，从前排到后排，男生先由低到高坐下去，坐在了前几排，再按同样的方法让女生坐到余下的座位上。这个老师真是怪了，重男轻女，让男生全坐在前面，女生全坐在后面。男生感到不解，女生更是个个在心里愤愤不平，但是谁也不敢把不满表现出来。接着她命令第一组的同学站起来，按照高低重新调整，其余各组亦然。真是奇了，排座位的速度既快又公平，我们个个佩服得五体投地。

在上新课前，不知哪个阿Sir出的鬼主意，让我们全年级10个班重新“中考”一次，我提心吊胆，整日心神不宁——我可是比最低分数线还少了29分呢，而且平时差得一塌糊涂的英语中考时鬼使神差般考了117分（150分卷），这次重新“中考”肯定不会再碰上那样的好运了。

我们高一（5）班的50多名同学，我一个也不认识，连抄袭都没门儿。

进入考场后，我先埋头把那些别人都认为简单得不能再简单的题目绞尽脑汁勉勉强强地答了一通后，便一边等待交卷，一边等待被“判刑”。偶尔发现监考老师瞥到这边的时候，装成认真思考状，让他误以为我也是一个挺不错的学生。

57分（100分卷），我没有太大的惊讶和悲伤，这于我来说才是正常的。没想到的是还有十几个同学比我晚拿到卷子，也就是说我的这个可怜的成绩居然不是倒数第一，还有十几位同学为我垫底。这时，我才抬起自卑的头，认真打量起这个陌生的教室和这些陌生的同学。

像很多同学一样，开学之初，我信心十足地开始筹划未来3年的学习和生活，我要一开始就一课一课地跟上，艰苦奋斗3年，考上个大学！

我非常认真地上好每一课，课后作业更是一丝不苟地去完成。第一个星期自我感觉良好，照这样发展下去，考上大学问题不大。我对自己充满了信心。

第二个星期，我渐渐感到力不从心，我总有太多要思考的问题，太多要完成的作业，但是我没有足够的时间。

我的功课开始一天落下一点点，没几天就积了一大堆，我心慌了，开始开夜车，往往是熬到半夜才拖着疲惫的身体倒在床上呼呼大睡。次日，我无精打采，一不小心就会在课堂上打瞌睡。功课越落越多，我也越来越没信心。

上数学课，我盯着黑板听老师讲，盯着盯着，黑板上的粉笔字就变得越来越遥远。

那一天的数学作业我没交，不是没做，我真的不知如何下手，不知如何解答。我认真地看过例题，却还是不懂得变通。我紧张极了，从晚上6：00思考到11：00，还是只会做最简单的题，还有15道题不会做。这15道题不知从哪里找来的，比课本里的题难度大很多。我躺在床上翻来覆去怎么也睡不着，急得全身冒汗，明天老师会怎么处置我？明早去抄同学的作业，要抄谁的呢？谁肯让我抄？班里从来没有人抄袭别人的作业，他们会鄙视我吗？老师问我上课有没有听课，我该怎么回答呢？

不知何时我睡着了。醒来时，天已大亮，母亲把早饭也张罗好了，我匆忙洗漱完就向学校奔去。

教室里稀稀落落坐着几个早来的同学，我几次鼓起勇气走到某一位同学身旁，可准备好的台词却一个字也吐不出来。回到座位上，我心一横：不交作业了。

教室的座位渐渐坐满了，讲台上的作业本也越摞越高，我的心揪紧了。数学老师一阵风冲进来，依旧严肃地扫视一遍教室，最后，搬起那摞作业本又一阵风地消失了。而我的心里依然忐忑不安，也不知道上午都上了些什么课，一放学，数学课代表叫我留下来，说是数学老师交代的。我坐在那里，心“咚咚”地跳个不停，手心沁出细细的汗珠来。不一会儿，数学老师来了，我的心提到了嗓子眼……

“说，你怎么不交作业？”那声音好像要把我吃掉。

我的腿发颤，头昏昏的。我感到世界末日来了。以后她再讲些什么，我也不知道了，我慌得哭了起来。不知何时，她走了，那个中午我一直坐在教室里，没有去吃午饭。

我对未来充满了恐惧。此时，我多羡慕我初中那些已不再念书的同学。

渐渐地我越来越怕学习了。

两年过去了，我现在坐在高三的教室里，我的学习一塌糊涂。反正像我这么笨的人再怎么学也就那么一回事，干脆不学算了，趁早另找出路……我看课外书、学习写作，我的目标是成为作家。

至于数学老师，我学会不怕了。没有人懂得你适合什么路，只有你自己懂得，她不会给你成功，成功掌握在你自己手中。

这节课依然是数学课。我坐在最后一排写作，或许她看我是没救了，也就不再逼我听课了。

文/郑海晃

其实，即便是大多数人眼中所谓的“好学生”也会有缺点，那么差生有优点又有什么值得奇怪的呢？中国的教育太死板，光是用成绩就封杀了许多学生的积极性。在一味强调高分、强调升学率的中学阶段，在很多家长与老师看来，任何占用学习时间的兴趣爱好都是多余的，甚至是有害的。而到了大学，这些能力，这些兴趣恰恰又成了优点，成了孩子们出类拔萃的条件。学会信任与关爱孩子吧，在充满爱与关怀的环境中，孩子才能更加健康地成长。在这篇语言朴实而稚嫩的日记中，我们从字里行间仍能看到一颗好学、上进的心！

冷酷，是另一种关怀

是绝境和屈辱才让我真正站起来，也让我理解了父亲的冷酷后面的爱。

若非母亲下了最后通牒，我是无论如何也不会回乡参加父亲的生日宴的。准确地说，他不是我的亲生父亲，是继父。

我十九岁的时候，母亲嫁给了他。虽然突然冒出一个父亲心理上多少有些排斥，但我不免又有一点窃喜：他在这个小城还算个人物，而且我真心希望孤单了十年的母亲能够得到幸福。

二十三岁毕业后我回小城在银行工作，父母对此相当满意。只是好景不长，因为工作应酬我结识了不少朋友，同时也染上了一个恶习：赌博。和大部分滥赌的赌徒一样，我在赌红眼之后开始不择手段——把手伸向了自己工作的地方。虽然被挪用的金额很少，但我却遭遇了人生的第一个打击——被银行开除。

失业以后，在父母的一番好心开解下，我搬去和他们一起住。但我突然觉得周围的人都开始戴着有色眼镜看我，对我指指点点。事实证明我的感觉没错：有天清早我倒垃圾回来，在楼道里听到二楼的邻居大声骂他的儿子：“你再和三楼那家做贼的赌鬼儿子去打台球，我就打断你的腿。”

一时之间失去工作也失去朋友，我很苦闷。正逢以前的赌友打电话约我出去轻松轻松，虽然知道他们没什么好事，但我还是鬼使神差地去了。

我赌病复发的事情很快被父母知道了。在母亲言语和眼泪的攻势之下，我回心转意。父亲托人给我找了一份司机的工作。做司机比我之前的工作辛苦很多，但工资却比之前要少，更令人生厌的是到哪里都被老板当成炫耀、取笑的资本：呵呵！我这个司机可是大学生！然后，我的丑事又被人重播一遍！虽然知道重新开始不容易，但我很快就无法忍受了，在牌桌上替老板赢了几千块之后，我的心蠢蠢欲动：我不要再过这样的生活！

听到辞职消息赶来的父亲在找到我的时候，我正在牌桌上忙碌。一番苦口婆心教导无效之后，气得脸色发白的父亲撂下了狠话："以后你出了事，别再来求我！"我无所谓，和赌友们在一起，没人和我讲大道理，更没人看不起我。

只是，等我输得一无所有之后，他们的友善也消失了。我没脸回家，就在外面租房住。不过，付了一个月房租的我只住了半个月就被房东撵走，因为三天两头上门讨债的人让他烦不胜烦。我东躲西藏，最后还是在被人暴打了一顿之后回到家里。

看到我浑身的伤，母亲伤心地哭泣。把伤口包扎好之后，父亲冷冷地叫我走，我哭着向他保证："我绝对不再赌博！"他无动于衷。我生平第一次放下自尊，跪在他面前求他，他还是冷酷无情地说："当时我说过，只要你再赌，我就不会再理你！所以你现在给我马上滚！"然后他像打发乞丐一样把两百块钱扔在我面前的地上！看着母亲哭着帮我求情，他却铁青着脸一言不发的样子，我悲哀地想：血浓于水的确有道理！如果我是他的亲生儿子，他能做得到这么无情吗？我咬紧牙关站起来离开，在街角的公用电话用身上最后的一块钱给姐姐打了一个电话。

身上揣着姐姐给我的五百块坐车离开小城时，我暗暗发誓：我一定会活出个样子来！

在经历了几年的艰难生活之后，我终于有了一份不错的工作。偶尔也觉得自己今天的一切是拜他所赐，但在心里无论如何也难以对他有一丝感谢和尊敬之情，毕竟在我最需要帮助的时候，他不但袖手旁观而且还落井下石！虽然母亲三番五次的催促，跟我说他的好话，但我没有再叫过他一声父亲，也没有回过家。

生日宴在酒楼的一楼举行。和母亲闲谈时我看到他进了大厅，几年时间不见，他似乎老了很多。虽然没和他打招呼，他还是对我的归来表现得相当高兴。我没有和他坐一桌，但我远远地可以看见他端着酒杯得意地指着我和他那班老朋友说笑，大概是向别人炫耀吧。我不屑地想：如果我一直是个赌棍，恐怕今天连进门的机会都没有！但现在稍微混得有点人样，他马上就当我是他的荣耀！这种人还真是现实！我突然有点恶意地想：如果我今天把他灌醉，然后再让他当着这么多人的面把当初将我赶出家门的原因说出来，那该有多精彩！

我走过去假意殷勤地向他敬酒，他对我突然表现的好意有点受宠若惊，但没有推辞，而且还叫服务员加了一个座。他的酒量并不好，很快就拿着酒杯对我称兄道弟了。母亲走过来叫我不要再给有高血压的他敬酒。我假惺惺地对母亲说："你不要扫兴嘛！难得这么高兴！"看着他抓住酒杯开始含糊不清的时候，我故意扮着醉意高声问他："当初你怎么那么狠心？是不是因为我不是你亲生的？"周围几桌客人突然一下子静下来，全部把目光投向我们这一桌。他红着脸打着酒嗝说："嗯！是！"看着众人惊讶的表情，我心里有一丝报复的快意，然后他打着酒嗝继续说："如果你是我亲生的，成不成材也都是我们两父子的事。呃——但你不是！所以我必须严厉一点才对得起你！才对得起你的亲生父亲！对得起你叫我的那一声爸爸！"听到这话，我的心忽然向下一沉。为了赶走心里突然产生的歉疚之情，我冷笑着把憋了很久的心里话吼了出来：“严厉？严厉就非得把我像条狗一样赶出去才行？！”他摇摇晃晃地站起来：“当初那么做，我就已经预料到你会恨我！但是，我没得选择，因为我知道我帮不了你，只有绝境和屈辱才能让你真正站起来。你恨我没关系，你知道我看到今天的你有多高兴吗？”

文/浅蓝色

“严父慈母”是几千年的传统，可以说已经在人们的心目中已经形成一个固定的模式，那就是慈爱的母亲，温柔可敬；严厉的父亲，远而避之。父亲像是一座不可融化的冰山，一座不可移动的铁塔。在作者的心目中，继父对他缺乏应有的关爱和亲情，可谓铁石心肠，在他最困难最落魄的时候不仅没有伸出援手，反而落井下石，赶他出门。为了争一口气，他痛改前非，努力奋斗，终于混出了点人样。在一番五味杂陈的痛诉之后，他最终了解到了继父恨铁不成钢的心情，“天下最苦父母心”，原来，继父是以严厉的方式爱着他！

你不是坏学生

这个班级的学生很捣蛋

教室里乱得像一锅粥，不断有挪动桌椅和学生来回走动的声音……这多少让我有些心烦，刚刚调到这所学校，只能接别的老师都不愿意接的班。

不过，我倒想看看，这究竟是怎样的一群初中生，竟会让所有老师都如此犯难。

推开门，教室立刻安静下来，不过也只是一瞬，接着又开始“嗡嗡”地响个不停。56个学生只要每人嘀咕一句，就可以将我淹没。

清了清喉咙，我用最大的分贝勒令学生们安静。

一番自我介绍过后，我正准备按名单逐一认识一下学生，只听“扑通”一声，最后一排那个大个子男生突然从座位上滑了下来，连人带椅全倒在了地上。随即，教室里爆发出一阵哄笑，甚至，个别学生还拍起了巴掌。

他们是故意的。既然如此，何必理会？

我盯着名单开始点名。又是一声脆响，一枚硬币弹到黑板上又被弹了回来，落在我的脚前打着旋儿……看样子，他们是打算激怒我，让我就范。我才没那么笨。

我弯下身拾起那枚硬币，放在粉笔盒里，悠然说道："想必是哪位同学想贿赂老师，让老师对他好一点。放心吧，同学们，不用这个，老师也一样会对你们好。我先把它放在这里，让它透透气，下课以后，是谁的谁拿回去。"我故作轻松地微笑。有同学在下面窃窃私语……

还好，剩下的时间他们没再耍什么花样，虽然整堂课教室里都发出嗡嗡声。下课铃声响起，我紧绷的神经才稍微得以放松。

可我没想到的是，刚才课上的那些小动作不过是冰山一角。课间他们竟惹了大麻烦。

课间操过后，我刚走进办公室，隔壁班的老师就匆匆地跑过来："小姜老师，你们班的学生和别的班学生打群架了，都动了铁锹了，就在操场前面的那个大花坛那儿！你快去看看吧！"来不及道谢，我便跑了出去。

赶到现场，那个从椅子上滑下来的大个子男生正握着铁锹，怒目圆睁地和"敌手"对峙着，后面五六个男生也都个个手提方砖，严阵以待。似乎只差一声号令，便可以"豪情迸发，厮杀一场"了。

情急之下，我也顾不上许多，冲上去挡在大个子男生面前："都给我回去！有什么事情让老师来解决！"我一句话竟然也说得"义薄云天"。

但大个子男生并没有买我的账，站在那里纹丝不动。

"战争"一触即发，我的心里不断地打鼓，幸好政教主任及时赶到……

办公室里，我并没有责怪那个大个子男生——朱皓，只是郑重有力地告诉他："老师很担心，不是担心班级名誉受损，而是担心你的人身安全！15岁已经不再是孩子了，应该知道怎样更好地照顾自己了。"

你不是坏学生

下班了，我的自行车却出了毛病，车钥匙怎么也插不到锁眼里去。眼看着偌大的校园里人越来越少，我焦急起来。

我没想到的是，朱皓竟然跑来了，手里还拿着把螺丝刀。说话的语气还是急冲冲的："只能把车锁撬开了，明天再换个新的吧。"我微笑着点头。

他还真行，三下五除二，很快就解决了问题。我高兴地向他道谢，他极其潇洒地挥挥手："没什么，小事一桩。"而后，他问我，"今天我跟别人打架，你怎么没修理我？"

我一愣："修理？什么意思？"

"以前的那几个老师，我一打架，他们就数落我，有一个还打过我耳光！"朱皓有些愤愤不平，"我特别讨厌他们，磨磨唧唧，满口大道理，却从骨子里瞧不起我们这些人！"

抬头看朱皓，他的个子比我还要高出半头，他真的不再是孩子了，他的自尊像他嘴角隐约露出的那抹胡子茬，明明白白地写在脸上。

"你认为自己是坏学生吗？"我问。

"当然了！从我上学以来，别人就没把我当好学生。我特别淘气，坐不住板凳，不爱学习，总是惹祸。他们都说我将来没出息。我特别不服气。我承认我学习不好，将来可能考不上好学校，但我相信我将来一定能养活自己。"

我有些想笑，这个朱皓说话还一套一套的。但是，看着他一脸的认真与严肃，我的心又有些隐隐作痛，他的话没错，却没有人相信他的话是对的。

"淘气是孩子的天性，这很正常。"我说的是心里话。

"你觉得我不是坏学生？"

“是啊！你看你帮我修好了自行车，一个乐于助人的人怎么会是坏学生呢？”

“但是，是我早晨在你的车锁里塞上的纸团，本想给你个下马威……”

原来如此！

“哦，没关系，下不为例！”我腾出一只手，和他握手，然后离开。

我不知道他在原地站了多久。

你的优点是你绽放的理由

那天夜里，我失眠了。我一遍遍思索着朱皓的话。对于那些和朱皓类似的“坏”学生来说，他们已经用别人的责备和否定套牢了自己，他们觉察不到自己还有什么优点，却总是放大自己的不足，久而久之，便失去了正确评价自己的能力，因此，也就失去了用正确的观点来权衡和指挥自己行为的能力。所以，我必须要帮他们找回自己，那个隐藏在“坏”表象之后好的、善的、美的自己。

第二天的语文课，我没有带课本。我告诉学生们，这一周的语文课我们都不讲课文，我们要讲故事，讲同学们之间最有意思、最难忘、最感动的故事。

说自己身边的事，调皮捣蛋的学生们来了兴致，顾不得举手，顾不得斟词酌句，一个说完了另一个抢着说，甚至我这个老师都没有插话的机会。

学生们讲述的内容五花八门，不得不让我喟叹，他们的世界是如此丰富多彩，如果老师把眼光只单单放在分数上，真是可惜了那些单纯闪光的心灵。他们脸上洋溢着无忧无虑甚至有些肆无忌惮的笑容，青春难道不该如此吗？

一周的时间很快就要过去了，也终于轮到我讲话了。一周轻松无间的相处，他们放下了对我的戒备甚至是敌意。这时候，终于适合我说话了。

“同学们，在一周的时间里，我听到了许多来自于你们的故事，通过你们的讲述，也让我看到了许多人心里闪光的东西，包括助人为乐、忠于友谊、坚持不懈、齐心协力等等优秀的品质。在你们身上一定还有更多的优点，只是你们自己还不知道。但是，身边的同学们知道，老师也体会得到。下面，我们就把全班同学的优点一一写下来，好不好？”

于是每个人都思考着，仔细地写下来。我也精心写了一份。

经过整理，班级每个同学都收到了许多写有自己优点的纸条。他们高兴地阅读着……这些纸条上对其优点的肯定让他们重新认识了自己：是的，我们很调皮捣蛋，但我们能够真诚坦率地对待同学、对待生活；我们没有高分数好成绩，但我们一样有理想、有抱负，并且肯为之努力……

然后，所有的学生，特别是那些自称坏学生的学生，悄悄地改变了。虽然学习成绩进步不明显，但是，运动会上，我们拿到的奖项最多，劳动任务第一个完成，文明班级评比每个星期都排在首位。而且，朱皓不再打架了……

未来对于这些孩子来说，有着太多的可能。但只要他们能够清楚地认识到自己的长处在哪里，选一种正确的，并且是他们喜欢的生存方式，又有何不可呢？他们需要的，只是对他们的选择的承认与肯定。

文/姜振东

世上没有绝对的坏，也没有绝对的好，也许今天的你是一个坏学生，但是明天的你会怎么样，谁也不知道。师爱犹如春雨，无论滋润怎样的学生，都会产生巨大的效应——使学生看到自身的价值，产生向上的力量，积极上进。正因为如此，学生渴望爱的抚育，有时甚至超过对知识的追求。常言道："亲其师，信其道"，当一个学生在接受教育的过程中，观察和体验到老师对自己无微不至的关怀和谆谆教导，就会对老师产生信赖，乐意听从老师所讲的道理，严格按照老师的要求控制自己的行为。

人的一生应是奋斗的一生

逼出来的“奋斗”

“王侯将相宁有种乎”，这是两千多年前农民起义军领袖陈胜发出的振聋发聩的口号，不过如今很多人再次读起来多少会有些无奈。比如前几年电视剧《奋斗》热播后就有人感叹：再怎么奋斗也不如有一个好爹，有俩好爹当然更好。

此话听后虽让人心生寒意，但却是公开的秘密，此理古今亦然。

你有一个好背景吗？没有。那你就奋斗吧！这是有些人对电视剧的感悟，也是对生活的感慨。

这个世上有好背景的人不多，所以很多人必须奋斗，为了生活，甚至是为了生存。

尽管如此，现在还是一个激情缺失的时代，正因为这样，我们才越来越推崇“奋斗”的精神。

没有“奋斗”的民族强壮不起来，没有“奋斗”的年轻人必将会垮掉，无论你有一个多么好的身世、多么好的背景。

电视剧《奋斗》或许已经过时了，但我们对“奋斗”的需求还在继续。今天，我们已经“被就业”了，无论如何，我们不能再“被”命运安排了。

既然别无选择，那我们只好“奋斗”吧，因为“奋斗”至少是一剂没有副作用的兴奋剂。

如果我们有一个伟大的理想，有一颗善良的心，我们一定能把很多琐碎的日子堆砌起来，变成一个伟大的生命。

北大是改变了我一生的地方，是提升了我自己的地方，是使我从一个农村孩子最后走向了世界的地方。毫不夸张地说，没有北大，肯定就没有我的今天。北大给我留下了一连串美好的回忆，大概也留下了一连串的痛苦。我正是在美好和痛苦中间，在挫折、挣扎和进步中间，最终找到了自我，开始为自己、为家庭、为社会做一点事情。

我记得自己在北大的时候有很多的苦闷，一是普通话不好，二是英语水平一塌糊涂。我是经过三年的努力才考到北大的，实际上我的英语水平很差，在农村既不会听也不会说，只会背语法和单词。我们班分班的时候，五十个同学分成三个班，因为我的英语考试分数不错，就被分到了A班，但一个月以后，我就被调到了C班。C班叫做“语音语调及听力障碍班”。

我奋斗了整整两年，希望能在成绩上赶上我的同学，但是北大精英人才太多了，在北大追赶同学是一个非常艰苦的过程。尽管我每天几乎都要比别的同学多学一两个小时，到了大学二年级结束的时候我的成绩还是排在班内最后几名。

到毕业时，我的成绩依然排在全班最后几名。但是，当时我已经有了一个良好的心态。我知道我在聪明上比不过我的同学，然而我有一种能力，就是能持续不断地努力。在我们班的毕业典礼上，我曾说了这么一段话：“大家都获得了优异的成绩，我是我们班的落后同学。但是我想让同学们放心，我绝不放弃。你们五年干成的事情我干十年，你们十年干成的我干二十年，你们二十年干成的我干四十年。”我对他们说，“如果实在不行，我会保持心情愉快、身体健康，到八十岁以后把你们送走了我再走。”

有一个故事说，能够到达金字塔顶端的只有两种动物，一是雄鹰，靠自己的天赋和翅膀飞了上去；还有另外一种动物，也到了金字塔的顶端，那就是蜗牛。蜗牛肯定只能是爬上去的。从底下爬到上面可能要一个月、两个月，甚至一年、两年。在金字塔顶端，人们确实找到了蜗牛的痕迹。我相信蜗牛绝对不会一帆风顺地爬上去，一定是掉下来，再爬，掉下来，再爬。但是，同学们所要知道的是，蜗牛只要爬到金字塔顶端，它眼中所看到的世界，它收获的成就，跟雄鹰是一模一样的。我在北大的时候，包括到今天为止，我一直认为自己就是一只蜗牛。我一直保持爬行的状态，也许还没有爬到金字塔的顶端，但是只要你在爬，就足以给自己留下令生命感动的日子。

我常常跟同学们说，如果我们的生命不为自己留下一些让自己热泪盈眶的日子，那你的生命就是白过的。在一岁到十八岁的岁月中间，你听老师的话、听父母的话，现在你真正开始了自己的独立生活。我们必须为自己创造一些让自己感动的日子，你才能够感动别人。我们这儿有富裕家庭来的，也有贫困家庭来的，我们生命的起点由不得你选择。如果你生在贫困家庭，你不能说老爸给我收回去，我不想在这里待着。但是我们生命的方向是由我们自己选择的。未来的路该怎么走，成为了每一个同学都要思考的问题。就本人而言，我觉得只要有两样东西在心中，我们就能成就自己的人生。

第一样叫做理想。我从小就有一种感觉，希望穿越地平线走向远方，我把它叫做“穿越地平线的渴望”。也正是因为这种强烈的渴望，使我有勇气不断地高考。当然，我生命中也有榜样。比如我有一个邻居，非常的有名，是我终生的榜样，他的名字叫徐霞客。当然，是五百年前的邻居。可他确实是我的邻居，江苏江阴的，我也是江苏江阴的。

因为崇拜徐霞客，直接导致我在高考的时候地理成绩考了九十七分。正是徐霞客给我带来了穿越地平线的这种感觉，所以我也下定决心，如果徐霞客走遍了中国，我就要走遍世界。而我现在正在实现自己这一梦想。所以，只要你心中有理想，有志向，你终将走向成功。你所要做到的就是在这个过程要有艰苦奋斗、忍受挫折和失败的能力，要不断地把自己的心胸扩大，才能够把事情做得更好。

第二样东西叫良心。什么叫良心呢？就是要做好事，要做对得起自己对得起别人的事情，要有和别人分享的姿态，要有愿意为别人服务的精神。

所以，对同学们来说，在大学时代的第一个要点就是要跟同学们分享你所拥有的东西，感情、思想、财富，哪怕是一个苹果也可以分成六瓣大家一起吃。因为你要知道，这样做你将来能得到更多，你的付出永远不会是白白付出的。

人的一生是奋斗的一生，但是有的人一生过得很伟大，有的人一生过得很琐碎。如果我们有一个伟大的理想，有一颗善良的心，我们一定能把很多琐碎的日子堆砌起来，变成一个伟大的生命。但是如果你每天庸庸碌碌，没有理想，从此停止进步，那未来你一辈子的日子堆积起来将永远是一堆琐碎。所以，我希望所有的同学能把自己每天平凡的日子堆砌成伟大的人生。

（本文为俞敏洪在北京大学 2008 年开学典礼上的演讲词）

文/俞敏洪

人的一生是非常短暂的，时间会是我们的绊脚石，我们无法对抗时间的伤害。那么，就价值而言，我们应该怎么度过短暂的一生？选择奋斗，还是选择逃避？如果你想充实地度过一生，就应该为自己真正热爱的事业，不惜一切地努力，因为奋斗也是一种快乐。科学家喜欢望着天空探索宇宙的真谛，商人执著于商场风云，而老师看着一个又一个弟子成才，医生看到病人痊愈时欣慰地微笑，这就足够了，少些欲望，多些平和，你就能够得到更多。当你离开这个人世，你不是害怕，而是微笑着开始另一段旅程。

人为什么活着

我在半个世纪前创立了京瓷公司，四分之一世纪前创建了KDDI公司，虽然创业时都是赤手空拳，但由于努力经营，这两家公司现在的营业收入合计已经超过5万亿日元。现在，我还接受日本政府的邀请，全力投入日本标志性企业——日本航空公司的重建。日航的重建相当顺利，超出了预定的复兴计划，仅是本年度上半期，营业利润就已经超过了1000亿日元，企业的经营得到了切实的改善。

到本月底，我将79岁了。我出身是技术员，当初研究开发新型陶瓷，27岁时创建了京瓷公司，经营企业至今已超过了半个世纪。在70多年的人生中，我不断地思考人生的意义，就是人的正确的“活法”，也就是人应有的生活态度。

我年纪很轻就担负起经营企业的重任。怎样去经营企业才不会破产？怎么做才能保护自己的员工？创业之初，我每天都苦苦思索，烦恼不已。

当时我是在经营企业，但这个企业究竟能不能顺利发展？该怎么做才能避免企业倒闭的悲剧？怎样才能使企业顺利发展？我一边思考这些问题，一边每天都拼命地工作。与此同时，我还不断地思考另外一个问题，就是“人生究竟是什么？”虽然当时我还是一个青年。

人生是不是命中已经注定了呢？就是说，是不是每个人都具备各自不同的“命运”呢？这命运是自然授予的，还是神灵授予的，谁也不知道。但是，我们不都是背负着各自与生俱来的命运降生人世的吗？我开始有了这样的想法。

我们顺着被注定的命运这条经线度过人生，同时在命运的摆弄下，我们在人生过程中遭遇到各式各样的事情。同时，在这个过程中，如果想好事、做好事，人生就会产生好的结果；如果想坏事、做坏事，人生就会产生坏的结果。就是说，人生中存在“因果的法则”。我又开始有了这样的想法。

在顺着命中注定的命运行进的时候，在每一个节点上，由于自己的想法不同、做法不同，就会出现新的、不同的人生结果。因果法则这条纬线不也行走在我们的人生之中吗？我就这么思考。换句话说，每个人各自的人生，都是由命运这条经线和因果法则这条纬线交织而成的一匹布。我的思考又进了一步。

但是，即便相信因果法则，遵循这条法则去做事，人生还是难遂心愿，时而飞来横祸，时而撞上好运。忽喜忽忧，喜忧参半，这就是我们的人生。

在企业经营中，我遭遇过许多灾难，也碰到过不少幸运。我认为，这些都是人生的考验。同时，我也意识到，在面临人生考验时，如何应对是非常重要的，这决定了我们今后的人生。

大自然会在人的一生中给予我们很多考验。我所谓的考验，有时是灾难，有时则是幸运。虽然很多人认为灾难才是考验，但是我认为幸运的降临也是一种考验。而且，无论是遭受灾难，还是遇上幸运，都应该以感谢之心予以接纳。应该以“非常难得”这种感谢之心，接受灾难的考验。但是，人在遭遇灾难时，往往怨天尤人，“为什么偏偏是我遭此不幸”，以致忧愁悲叹，自暴自弃。而一味地发牢骚、说怪话，人生就会越来越黯淡。

绝不能让自己陷入悲观失望的境地！无论遭遇何种灾难，都应该将其当做神明给予的考验，坦然接受，积极乐观，努力向前。我这么想，逐步形成了自己的人生观。

人生往往容易接受命运的摆布。但是，在人生中，只要坚持想好事、做好事，总是乐观向上，积极进取，那么，你的人生一定会朝着好的方向转变。从自己的切身体验出发，我对此深信不疑。抱有怎样的思想，采取怎样的行动，人生的结果就会随之而不同。这一点，我想大家已经有所理解。接下来，我想谈一谈“人生的目的是什么”这个问题。人生无常，在瞬息万变的人生中，我们活着的目的究竟是什么呢？

我即将迎来79岁生辰，死亡正向我逼近。无论是否留恋生活，人总有一死。那么死亡究竟意味着什么呢？

按照我自己的理解，死亡不过意味着肉体的灭亡。我认为肉体和灵魂，或者说，肉体和心灵的结合才构成了稻盛和夫这个人。所以我相信，我降生俗世，生存至今，当我迎来死亡的时候，死亡的只是肉体而不是灵魂，灵魂是永恒的。

我刚才说过，这个宇宙中涌动着爱的意志，这种意志推动万事万物向好的方向发展，而我们则生存在这个充满爱的宇宙之中。我认为顺应宇宙意志，灵魂开始启程时便意味着死亡，或者说，灵魂迎来新的旅程时就意味着死亡。

我衷心盼望汇集于此的各位朋友，一定要存善念、行善事，持之以恒，度过自己精彩的人生。

今天，我很冒昧，我讲的话近乎说教，但这些话都是我的肺腑之言，都是我在漫长的人生中所坚信的道理。我只有一个心愿，就是“希望大家的人生更加精彩”。

文/（日）稻盛和夫

人生下来是没有意义的，人的诞生是一个“意外”。准确点说，你的诞生并不是由你自己决定的，为什么活着是被生下来以后才去考虑的。在世上走一圈，你寻找荣耀，掩埋悲伤，等待明天的太阳。人活着有无数种理由，没有绝对的答案，在你将死之前，你回忆种种，可以流泪，可以欢笑，庆幸自己来过，成为史诗，或成为小人物，无论如何，我们为自己活过。

我们可以不成功，但是不能不成长

做好一件事就好

人与人虽然没有优劣之分，但却有很大不同。一次参加一个论坛，有位教授说了一个观点："一个人不需要每件事都做好。其实只要一件事做好，你就有下一次机会。"我觉得很有道理。像我遇到很多做记者的同行，他们说："杨澜你多幸运，能采访那么多国家元首和政府首脑，我们都没有这个机会。"而我其实是从采访一个区长开始的。所以要是区长没采访好，就不要去采访市长；市长没采访好，就不要采访部长；等部长采访好了，再想去采访副总理、总理、总统。

这就好比医学，有的医学生，在学校理论学得很好，但手比较笨，所以在临床上就不适合做外科医生。有的理论学得不是很精专，但手很灵巧，就可以成为外科的"一把刀"。这就是因为每个人有不同的比较优势。

一般来讲，一个人刚刚大学毕业，走上工作岗位的时候，容易产生这种思想：我一定要做一项很有意义的工作，或者我很有兴趣的工作。其实根本不用着急。可以先做一些看上去"大材小用"，或者完全事务性的工作。但如果你能在这件工作上做得比别人好一点点，不需要很久，你就有下一次机会去做更大的事。但千万不要什么都不做，停在那儿抱怨："我在其他方面还比他们强呢。"那根本没用，这个世界没有人想听这样的话。大家只关注你做事的结果。所以你只要在某一方面比别人好一点点，你就有成长的机会。

几年前，当时的俄罗斯总理卡西亚诺夫来中国访问，停留两天，只接受了一个采访，就是我的采访。应该说，作为民间的传媒机构，能得到这样的机会很难。所以我很好奇，问他为什么会接受我的采访。他的随行人员告诉我，是因为在这之前，我采访过他的副总理。副总理告诉他："如果你去中国，应该接受这个女记者的采访。她提的问题很有水平。"我听了之后很高兴。这种口口相传，千万不要小看。你做的每件事都会对你今后的成长产生影响。希望更多的是正面的影响而不是负面的影响。

找到自己的比较优势

为什么当时我会离开《正大综艺》？这是不断有人问我的问题。我不知道是否说清楚了，急流勇退也好，有学习的精神也好，这都不是问题的实质。实质是，我觉得我不擅长做综艺节目。我既不会唱歌，也不会跳舞，更不会演小品。只有一次和赵忠祥老师合作演魔术，叫什么大变活人。还没走出去呢，就让别人认出来了，魔术的效果一点儿也没有。所以我想，我真是没有什么艺术天分，我还是老老实实做自己能做好的事。所以日后我开始做访谈节目。

作为记者和访谈节目的主持人，我还有一个比较优势，就是容易和别人交流。1996年，我在美国与东方卫视合作一个节目叫《杨澜视线》，介绍百老汇的歌舞剧和美国的一些社会问题。其中有一集是关于肥胖问题的。一位体重在三百公斤以上的女士，接受了我的采访。大家可以想象，一般的椅子她坐不下，宽度不够，我就找来另外的椅子，亲自搬来，请她坐下，与她交谈。最后她说："我一直不知道中国的记者采访会是什么样，但我很愿意接受你的采访。”我问她为什么，她说：“别的记者来采访，都是带着事先准备的题目，在我这儿挖几句话，去填进他们的文章里。而你是真正对我有兴趣的。”这句话给我的印象很深。所以在镜头面前时也好，在与人交流时也好，你对对方是否有兴趣，对方是完全可以察觉的。

这就是我对自己比较优势的挖掘。其实每个人都有自己的比较优势。当然，你不会一开始就知道，只能通过尝试做不同的事情来体会。对于我来说，我做电视已经做了十七年，中间也经历了许多挫折。比较大的，就是2000年在香港创办阳光卫视，虽然当时是抱着一个人文理想在做这件事，但由于模式和市场的问题，确实经历了许多商业上的挫折。这让我很苦恼，因为我觉得自己已经这么努力了，甚至怀孕的时候，还在进行商业谈判。从小到大，我所接受的教育就是：只要你足够努力，你就会成功。但是后来我发现事情并不是这样的。如果一开始，你的策略和定位有偏差的话，无论怎样努力也是不能成功的。

给你的人生做加减法

后来我去上海的中欧商学院进修CEO课程，一个老师讲到了商人和士兵的区别：士兵是接到命令之后，哪怕打到最后一发子弹，就算牺牲了，也要坚守阵地。而商人则好像是在一个大厅中的人，随时要注意哪个门能开，就从哪儿出去。所以商人就是要一直寻找流动的机会，并不断进出，来获取最大的商业利益。听完之后，我已心中有数——自己不是做商人的料。虽然可以很勤奋地去做，但从骨子里，这不是我的比较优势。在我职业生涯的前十五年，我都是一直在做加法，做了主持人，我就要求导演：是不是我可以自己来写台词。写了台词，就问导演：可不可以我自己做一次编辑？做完编辑，就问主任：可不可以让我做一次制片人？做了制片人，就想：我能不能同时负责几个节目。负责了几个节目后，就想能不能办个频道？人生中一直在做加法，加到阳光卫视，我知道了，人生中，你的比较优势可能只有一项或两项。

在做完一系列的加法后，我想该开始做减法了。因为我觉得我需要有一个平衡的生活，我不能这样疯狂地工作下去。就这样我开始给生活做减法。因此今天我想把自己定位于：一个懂得市场规律的文化人，一个懂得和世界交流的文化人。

可以不成功，但是不能不成长

每个人都在成长，这种成长是一个不断发展的动态过程。也许你在某种场合和时期能够达到一种平衡，但平衡是短暂的，可能瞬间即逝，不断被打破。成长是无止境的，生活中很多事难以把握，甚至爱情，你可能会变，那个人也可能会变。但是成长是可以把握的，这是对自己的承诺。虽然我们再怎样努力也成为不了刘翔，但我们仍然能享受奔跑。可能会有人会妨碍你的成功，却没人能阻止你的成长。换句话说，这一辈子你可以不成功，但是不能不成长。

文/杨澜

你可以不成功，但不能不成长。成功不过是你的需要在某种场合和某个时期达到了一种平衡，而“需要”无止境，生活中很多东西又都在变化之中，包括引导和评判成功的主流价值观，所以成功经常会让你无所适从，难以把握。如果你的眼睛只盯在成功上，你永远也追赶不上快乐与幸福的脚步。而成长则意味着你自身的强大，它牢牢地掌握在你自己手中，让你拥有幸福和快乐的能力。

我为什么是最出色的球员

感知今天的阳光，明天还会霞光满天。

带着以下这种想法进入NBA的人是少之又少：只要是全队胜利所需要的，自己可以付出任何不求回报的牺牲。实际上大部分人都在想着拿分，争取更长的上场时间，以吸引更多人的注意力。

据我观察，我所遇到的球员当中极少有我认为已经取得辉煌成绩的。

我会说“魔术师”约翰逊和拉里·伯德取得了某种程度上的辉煌。我把他们当做学习的榜样，希望由此让自己成为一名在进攻和防守两方面都才华横溢的更优秀的球员。

另外一位很出色的球员斯科特·皮蓬，他天性聪慧，对打比赛有深刻的理解和领悟；他是勇士，任何时候都极具攻击力；他既擅长进攻，又精于防守，是场上生龙活虎的精灵。

皮蓬来自闭塞落后的乡下，但他敢于同从小在城市长大的球员相抗争。农村来的孩子可以不断学习，只是要比别人花费更多的时间和精力。伯德和约翰逊进队时准备好的是在某些方面教教别人，而皮蓬进队时已经做好向他人请教的准备。相信我，他不会跟别人离得太远。

不知多少回，在场上我感觉自己是在同孪生兄弟一道打球，我们俩在一起打球时他所取得的进步由此可见一斑。如果我们作为对手，打一场比赛，那我坚信自己比他略胜一筹——我对比赛的细微变化理解得更深刻些，但那肯定会是一场精彩绝伦的角逐。皮蓬让自己成为随时进攻别人的“侵略者”，每次进攻都给人们创造一次惊奇。

但我和他之间存在着区别：他是只有后面有一群狼在追着自己时才会发动进攻，而我是任何时候任何位置（哪怕没有追逐的狼群）都会发动进攻。其实这种区别是巨大的，所带来威力的不同也是不言而喻的。

我经常能够看见其他球员眼中的丝丝胆怯，尤其是在他们发现自己没有完全把握实现事先许下的诺言时。

这么说吧，有位球员发誓要打好第二天的比赛，但一旦比赛开始，他的第一次投篮失败时，你便可瞥见他眼睛里流露出的代表着一丝胆怯的轻微迷惘。他如果不及时清醒头脑，并告诉自己：“没关系，我会投中第二个球的！”取而代之的将是消极的念头一个又一个地聚集起来，直至垒成一堵“恐惧墙”，最终再没有机会重拾斗志了。

而我，丢了一个球之后会怎样呢？我以积极的心态接受这种结果，绝不让一次失球影响整个晚上的比赛。我从不让消极的念头一点点堆积，这种时候我告诉自己：“都过去了，珍惜后面的机会！”然后，前面丢5个球，后头我会投进10个，我总是让自信贯穿比赛的始终。

一个没投中，我不会担心后面的一个球可能也投不中。还没投，干吗就担心投不中呢！其实，这种消极的思想往往会成为所有人（不仅仅是运动员）一次失足后重整旗鼓的羁绊。

其实，生活又怎么可能永远一帆风顺呢？我会努力争取每一天都能取得一点进步，我需要回顾昨天，感觉今天比昨天好就足够。一天一点进步，那一辈子该有多少的飞跃啊！

比赛当中最重要的是保持镇静，学会在热火朝天的氛围中让你的神经保持一分冷静。当然偶尔你的情绪也会受比赛气氛的影响，但关键是这时候你必须及时提醒自己，遏制这种消极念头的扩张蔓延。

一名伟大球星的高明之处就在于，他能让全场比赛始终合乎自己的节奏，而不至于整个晚上总是在担心“追赶”不上比赛。

小时候我总喜欢在周日里为自己的穿着修饰一番，兄弟姐妹喜欢穿工装裤，但我总是穿上西装，打上领带——在我看来，穿西装、打领带才算是真正的打扮。清楚得记得父亲曾告诉我，第一印象对一个人有多么重要。在北卡罗莱纳大学时，每次外出我们都穿西服，这正合我意。我们一起旅行，希望给人们一种高贵、中看的感觉。正因为如此，我每次赶去赛场之前总不惜时间地在房间里好好打扮一下自己。我希望给人们留下一个好的印象，并让他们知道我很在意他们对我的想法，当然，我对他们也能够尽量地表示尊重。

我想跟更年轻的球员们说的一点是把握现在，小心不要让自己被别人设下的陷阱困住。成功会产生更高的期望值，这就是我们这个社会里自然的演变规律。在长大成人、当上球员之前你得先了解你是谁。

什么是真正的幸福？这是每位球员（尤其是年轻球员）需要回答的问题。尤其年轻一代的球员更应当知道，在球场外能给他们带来幸福的是什么。我认为很多球员心中没数，但他们还认为知道呢。他们认为，出去看电影、上酒吧，每天晚上和不同的女人约会……诸如此类就是球场外最大的幸福。如果你真这么认为，那总有一天会毁了自己。

别紧张，放松些，别让生活太难。我经常跟好朋友“老虎”伍兹说起这些。学会以高境界的态度看待生活中的喜怒哀乐，这也不失为一种超脱。我认为，年轻的球员们更应学会“为现在而生活”，让生活自然发展，遇见困难和挫折，别纳闷，你就可以有这么大能耐，不必苛求生活中原本就子虚乌有的那份“完美”。

你还得学会体验过程，如果不知道享受获得成功的历程，那将来的成功就不会显得那般美妙了。感知今天的阳光，明日还会霞光满天。

文/迈克尔·乔丹

乔丹对于篮球的热爱是发自内心的，对别人的评价就像高手过招一样，都是从自身的角度对篮球比赛和篮球的理解。文中提到的其他球员的缺点，并非说他们不行，而是认为他们可以做得更好。作为一个好胜心很强的人，乔丹在篮球方面希望自己能够做到最好，他的做法是：在比赛中保持冷静，绝不惊慌失措；把握现在，绝不成天想象着未来如何如何。就这样，他一步步踏实地走上伟大球员的阶梯。

成熟离你有多远

一个大一的学生青涩，是纯真，大四的学生再青涩，就成了“书呆子”；而三四十岁了还不太懂人情世故的话，会被认为很“二”；但如果一个七八十岁的老教授偶尔卖点“萌”，又成了“童心未泯”。

有个三十五六岁的资深技术人员忧心忡忡地问我：“比起二十七八岁的人，我的优势到底在哪里？我的收入比他高，但我们做的是一样的事。事实上，现在的人脉也不比他多到哪里去。如今网络四通八达，他想找的人，微博上私信一下，也就找到了。而我这许多年积累的所谓人脉，其实也不过是‘商务关系’，只要有生意做，人家也不介意跟新人合作。”

为了缓解他的焦虑，我安慰他说：“你至少有三样东西是有价值的：一、成熟度；二、人品；三、看问题的角度。这三样东西，恐怕不是靠一时的聪明和过硬的技术能够替代的，而是需要时间的积累。就算公司希望缩减成本，有不少岗位也是不肯打折雇用年轻一点的人，就是因为以上三个因素积累出来的信任度还不够。当然，若是这家公司面临资金链断裂的危机，那对信任度的要求可能就没那么高了。”

这也不全是安慰，而是事实。有位四十岁左右、拥有西方大学MBA学历、只有两年银行工作经历的人，在结束全职妈妈的经历后，做了一家网站的营运副总监。她初上任时，惹来不少非议，大家全都以为她无法胜任，毕竟她在职场的时间太短，另外，她也不懂网络。但时间证明，她是在这家网站待得最长的员工之一。首先，她懂得坚决执行CEO的命令，而且只听CEO一个人的；其次，她十分懂得维护自己职责的边界，既不越权，也不让别人侵权；此外，她的学习能力也不差。这些优点，大概就是成熟度造就的了，与业务能力无关。

成熟与否，还是很容易分辨的。成熟的人，你可能并不一定能感觉到这份成熟。但不成熟的人，一定会让你感到别扭。比如一个大四的实习生，在指导老师面前经常提到“小孩儿”，也就是他的低年级师弟师妹，标准例句如下：“这件事我让低年级的小孩儿去做吧！”、“昨天小孩儿跟我提起一件事……”他完全没有想到，在指导老师心目中，他也是个“小孩儿”。听“小孩儿”说“小孩儿”，感觉会不会怪异？本来他只是想显示自己的成熟，不幸适得其反。

就这个意义而言，美剧《广告狂人》是一部成熟的人写给成熟的人看的电视剧。里面的许多人在应对复杂场面时的行为臻于完美，比如合伙人斯特林。他女儿的婚礼前夕，肯尼迪总统遇刺了，而他的女儿又不许“幼稚的”后妈出席婚礼。情况很复杂，他的原则也很明确：一、因为这个婚礼已经有太多波折，经不起再折腾了，一定得如期举办；二、国难当头，要照顾到来宾的情绪，还得制造欢乐；三、不听话的后妈必须出席；四、不能让前妻和女儿难受。

综上所述，他在婚礼上的致辞如下：“今天的祝酒词会比正常情况简短得多，显然我们心情都不太好。有人能把我太太从厨房里叫出来吗？我要说一些她的好话了。但趁她不在，我想说点我前妻的好话，莫娜，你像一头母狮一样，谢谢你保护你的幼崽不被吃掉。这本来是个伤心的日子，但我们聚在一起，没看电视，在这里见证他们的婚姻。敬新娘新郎，大人们永远都想保护你们，但你们的爱与希望给了我们力量。我向你们保证，如果你们能够安然度过今天，婚姻对你们就是小菜一碟。祝幸福天长地久。”

就我目前的成熟度，面对同样的境况，我还无法比他做得更得体。成熟度是与日俱增的，我希望过几年后，可以超过他。事实上，能正确对待自己昨天的幼稚，本身就是一种成熟的态度。毕竟，罗马不是一天建成的，成熟也一样。

文/谁谁谁

成熟是什么？这个问题似乎不太容易回答，成熟往往与幼稚联系在一起，它们似乎代表一组对立面，因为幼稚总是和不懂事的小孩子联系到一起，幼稚、天真、理想化，而成熟代表了稳重、谨慎、现实。一个人的身体成熟是随年龄的增长自然形成的，但一个人的心理成熟一定是与阅历及其对事物的理解能力即悟性有关。这不是一时一事可以学会的，除了先天的因素外，还需要丰富的社会经历。在人生的不同阶段，随着认知能力的不断增长，你看待事物的方式会发生变化，其实这就是你在慢慢地走向成熟。生活也是学习，得不断地总结才会进步。

读大学，究竟读什么

当你揣着录取通知书走进大学校园，你便是一名大学生了。不知道你有没有考虑过这样一些问题：大学生和非大学生的区别究竟是什么？难道仅仅只是一本小小的学生证或毕业证？读大学，究竟是读什么？难道是读大学校园里那些建筑、草木和池塘？

一个机电专业的大学毕业生能够操作、维护一台机器，但是一个只有初中学历的熟练技工也照样可以操作，甚至比大学生操作得更好；一个外语系毕业的大学生能够说一口流利的外语，能够将长篇的外文资料翻译成中文，可是，一个跑到外国卖了几年烤红薯的人也能说外语，甚至比大学生说得更地道；一个医学院的毕业生能够拿起听诊器给病人看病，能够凭借几百万一台的医疗仪器诊断出病人的疾病，可是，很多卫校毕业的中专生在积累若干年经验以后，照样可以拿手术刀，古时候有的医生甚至能够悬丝把脉，仅凭一根丝线就能为病人开药治病……

所以，大学生和非大学生最主要的区别绝对不在于是否掌握了一门专业技能。如果是这样的话，那大学跟技校也就没有什么两样了，顶多也只算是一所规模更大的技校。而且就专业技能而言，大学生肯定还比不过技校生，因为技校厨师专业的学生第一节课可能就要学切菜，而假如大学开设了厨师专业，肯定要用两年时间来研究厨师的社会使命、职业道德、历史演变、阶级属性和学术分类。

那大学生究竟凭什么区别于技校生并进而区别于一切没有读过大学的人呢？要回答这个问题，我们不妨先来看一下一位张小姐写的关于自己毕业求职经历的文章。

大学临近毕业，就业形势相当严峻，而我又属于运气最差的那类。

第一次，有家电器公司通知我面试，出门前打扮得太久，加上路上堵车，结果整整迟到了一个小时。工作人员扬起手上一堆报名表对我说："小姐，你不适合做员工，适合做老总。"

第二次，我素面朝大地提前来到一家礼仪公司，可工作人员依然摇着头对我说："注重仪表是对别人的尊重，你在学校没有学过吗？"

几天后，一家英国公司的招聘广告让我重新打起精神。这次的应聘与前两次都不一样，公司对形象也没什么要求，我也很准时地到了应聘现场。所有面试的人都集中在一个大房间里，考官给每个人发了一张试卷，上面只给了一道看起来简单的题目：英国每年买几个高尔夫球。没有其他数据，要求在45分钟内完成。

看到这个无厘头的题目，我几乎傻眼了。后来仔细一想，发现这道题不是要我答出一个确定的数字，而是需要一个思考的过程。这样的题目对我这个经济系的高材生来说并不算难，中间涉及的很多管理知识对我来说也轻而易举。

所谓的"英国买"其实就是英国进口。进口的数量与市场需求有关，市场需求与人口有关。英国有多少人口，这个我脑子里要有数。可以假设16岁至70岁之间有多少英国人，其中最有可能打高尔夫球的30岁至45岁之间有多少人。为了使数据精确，我还在答题纸上写明了如何进行抽样调查。写完步骤后，我再假设50万人口在打高尔夫球，这些人当中经常打的有多少人，这些人估计每年要用多少球，其他的人会多久打一次，需要用多少球。这些数字加起来就是英国总的市场需求。最后我写下一组数字，并满意地交了答卷。

一个月后，我收到这家公司的录用通知。

张小姐第一次面试因为迟到而失败，第二次又因为仪表而被拒绝。作为一个求职者，她犯了两个很不应该犯的错误，因为守时和注重仪表都是做人的基本要求，也是对别人最起码的尊重。但是，我们并不能因此而断定张小姐不是一个合格的大学生，虽然一个受过高等教育的大学生更加应该知道守时和注重仪表。这种做人的常识不但大学生需要知道，而且其他每个人都应该知道。我们不应该把做人的标准用来作为衡量一个大学生是否合格的标准，否则就相当于抹杀了大学生和非大学生之间的区别。一个没上过学的农民可能非常守时，而一个著名学者却可能非常邋遢，这都不影响他们继续做农民或者做学者。

张小姐第三次面试的时候证明了自己作为一个合格大学生的实力。如果面试时那个问题的答案只是一个确定的数字，那么在答题的时候一个读过大学的人和没读大学的人比较起来丝毫也不占优势，因为大学生没有理由一定会比别人的记忆力更好。很多孩子拥有过目不忘的能力，但他们并不是大学生。既然张小姐面试时那道题目考察的不是一个数字，而是一种分析问题的方法，那么大学生的优势便凸现出来了。张小姐在大学期间经过系统的思维训练，对于分析问题、解决问题的方法有着丰富的理论知识，所以在面对一个问题的时候不会再单纯从简单记忆或者机械模仿的角度来考虑，她能够站在更高的角度来分析、解决问题。在这种时候，被动的记忆能力已经上升为了主动的分析能力和独立的思考能力，而这种能力正好是一个合格大学生最本质的特征。

社会需要的也正是大学生这种系统分析的能力。不管在什么行业工作，所面对的问题都是纷繁复杂而且瞬息万变的，如果没有系统分析、独立思考的能力，就算把所有的书本吞进肚子，就算大学期间每次期末考试都得第一名，也绝对不可能在工作中脱颖而出。

文/覃彪喜

走进大学并不是幸福生活的开始，如果颓废地度过4年，一样会被社会抛弃，在走出校门后一无所有，很快被另外一群人替代。只有永不懈怠地学习才会无愧于那些逝去的青春，只有目标坚定地努力才会为日后的辉煌奠定基础！站在人生的分岔路口，我们要学习的不仅仅是一门专业，我们不能再拘泥书本，而是要经过系统的思维训练，为分析问题、解决问题积累丰富的理论知识，在面对一个问题的时候才会不再单纯从简单记忆或者机械模仿的角度来考虑，而是站在更高的高度来分析、解决问题。

蒲公英的假条

她从小不受管束，是疯得出了名的。

上小学的时候，班里整天不见她的影子。有一次，老师一把抓住正要跳窗逃走的她，呵斥道："白一帆，你能不能老实点，别一天到晚跟个蒲公英的种子似的，有风没风的到处乱跑。"老师的话还没说完，她一扭腰，一挫身，便从老师的眼皮子底下大摇大摆地溜走了。学生们哈哈哈地笑，说蒲公英又飞了。

蒲公英这个外号，从此传了下来。

她和学校的一帮坏小子混在了一起，经常晚上跳墙出去上网，凌晨才回来。学校知道之后，好说歹说不要她了。母亲没办法，托人送礼，把她转到了离家近的另一所学校。而她依旧跑到网吧去，和天南地北的人聊天。

人们都说，这孩子废了。母亲不高兴，说："我闺女啊，我心里有数。"母亲决定每天接送她。于是，每天上下学，那条尘土飞扬的乡村路上，总有母亲弓着身子骑车前行的身影，而车子后边坐着的，则是跷着腿、摇头晃脑、玩世不恭的她。

在学校里，老师们都不愿搭理她，同学们也瞧不起她。有一次，她的一篇满是错别字的作文，被一个恶搞的学生贴在了学校的公告栏上，旁边写着这样一行字：“‘蒲公英’的大作。”

然而，有一天，她突然很郑重地给班主任写了一张假条。大意是母亲病了，她要去照顾。对于这个破天荒的举动，班主任有些意外。因为，他从来没有见过她写过一张假条。

过了些天，她让同学又捎来了话，说需要延长假期。班主任觉得有些不同寻常，一打听，她妈妈是真的病了，而且在市里的一家医院住院。

两个月后，她回来了，像变了一个人似的。她说她的母亲去世了，这一段时间，她一直陪在母亲身边。

之后，她没有旷过一节课。毕业那一年，只考上了一所艺术学校。然而，由于她不俗的才艺，以及在艺校的出色表现，她被上海的一家服装设计中心看中。几年之后，她成了那家服装设计中心的设计总管。

这一切变化都像梦一样。后来，有人问到她的这段人生经历，她说：“这一切改变，是从母亲要我认认真真写一张假条开始的。我得知最疼爱我的母亲得了绝症之后，我哭得泪水涟涟，母亲说：‘闺女啊，这些年，好多人说你不好好上学，娘不信。他们说，你闺女外号叫蒲公英，出入学校从来都没写过假条的。娘在最后，求你一次，你给娘争口气，认认真真地写张假条……’”

“我的人生在那一刻，突然刹住了车。看着母亲哀求的眼神，想着那么多年她为我付出的一切，我一下子清醒了，我发誓，一定要为我的娘争口气。居然，就因为这一张假条，我一直走到现在。”

人们都为这个孩子后来的变化啧啧称奇，人们说白家在路边捡到的一个腿有残疾的孩子，能有这样的造化，全是因为她的养母，这是用全部的爱创造出的奇迹。

文/马德

这是一张有神奇魔力的假条，这是一张能够改变人生的假条，只因它隐藏着妈妈的心。文章讲述了一个母爱改变女儿人生的温暖故事。在人生的旅途上，母亲所赋予生命的深度和广度，没有哪本书能够比她更周全。最后一段告诉我们一个事实，她是个孤儿，是母亲从路上捡的，这让我们深深地体会到——母爱无疆。她的母亲只是一个平平凡凡的人，但却是一位不平凡的母亲。

第三辑　有一种坚持叫执著

时间的流逝永远比你想象的要快，人生不管活得有没有意义，必然是殊途同归。也许我们尽力充实地活了一辈子，也不能真正得到什么，至少你要明白，勇气和坚持让你不会后悔。

真正想做的人，什么都不说

周六晚上回南京，在候车大厅看到一队自行车爱好者，他们穿着专业的衣裤鞋子，拎着自行车前轮，有说有笑，浩浩荡荡。

上了火车落座后，我才发现自己与他们邻座。我和其中的一个女孩子攀谈。于是了解到，原来他们是从南京骑到镇江，然后坐火车返回。这只是他们周末的一个小旅行，他们还去过山东、河南、浙江、安徽。

我看着姑娘晒出斑点的脸颊和稍显壮硕的大腿，觉得羡慕，由衷地感叹道："哇！你们好厉害，真是羡慕！"

姑娘笑着说："这有什么难？你也可以！"

我说："我没有自行车。"

她指指一个高个子男孩说："你看他，大伟，他也没钱买车，都是借别人的车骑。"

我说："啊？这样也行？"

她就笑了："为什么不行？我们每次骑行不是所有人都会去的，他就借那些不去的人的车。一辆好车几千块钱，他还是个大学生，正自己偷偷攒钱呢！"

我说："我没经过专业的训练，坚持不下来！"

她说："我们今天出发的时候是二十几个人，中途有几个坐巴士回去了，坚持骑到镇江的有十几个，还有几个骑行回南京，我们觉得体力不够的就坐火车。现在公路交通很方便，坚持不住就坐车回去呗。"

听她这么一说，我忽然发现，这个世上似乎没有什么是不可以的。

有个朋友，家是苏北农村的，在北京漂着，拿着一个月6000元的工资，每早在地铁里看电子书，晚上吃着泡面打dota，再过4年就30岁了。他常常跟我抱怨，说到最后就一句话："他妈的混什么北京，还不如回农村！家里两层的小洋楼，至少吃得新鲜、住得舒服！"

我就说："那就回去啊！"

他就说："怎么可能？"

我说："怎么不可能？明天递个辞职报告，然后买张火车票，不就回去了吗？"

而他总说："得了，别闹了。"

我哪里闹了？辞个职，买张火车票，这很像开玩笑吗？

我的大学室友，她某天在一本旅游杂志上看到了一张照片，是一个女画家在巴黎街道边的小咖啡馆里给路人画肖像的工作照，她喜欢得不得了，剪下来贴在床头，每天都和我们说她要去法国当画家。我们当然都笑她，说她在做梦。我们不断地告诉她那些她比我们更清楚的事实：你父母是工薪阶层，出国要花很多钱；你根本没有画画基础；法语很难学，你甚至不会发小舌音；就算去了法国也不一定能留在那里，搞不好还是要回来……她不理会我们，在我们为拍摄毕业作品忙得不可开交的时候，她报名学法语。有一次我和她在图书馆熬通宵，我写分镜头，她在啃法语书。我熬得两眼发直，一抬头看到对面的她：左手边是一个大大的书包——高中生才会用的那种双肩背包；右手边是从一个学校跳蚤市场上淘来的电子词典；她面前则堆着两三本字典和法语书。她一边念念有词一边写写画画，眉头微微地皱着，佝偻着腰。那一刻我被她感动得一塌糊涂，觉得她一定会成功。

去年她赶回来参加我的婚礼，并送给我一幅她画的小画。席间我们出来吹风。我望着她微笑，她烫着大波浪的长发过腰，染成大红色的指间夹着一支长长的女士香烟，竟然一点都看不出当年在书海里啃字典的小女生模样。她说：“你记不记得有一次我们两个在图书馆熬夜啃书？我觉得你认真画分镜头的样子真好看，我差点动摇，想留下来和你们混中国的影视圈，哈哈！幸亏……”我接下去说道：“幸亏你坚持住了！”

她说，她现在是一名摄影师，偶尔也在广场上给人画肖像，她说欧洲经济不景气准备回国，她说她还是没学会小舌音，她说你看你们都结婚了就我还混呢……她临走前我们俩都哭了，她说她很想回来，果然被当年的我们说中了。而我知道，她不会真的回来，因为，如果她真的想回来，那么一定是上网查最近几天的机票，就像当年她二话不说把室友的钱借了个遍去报法语班一样。她的人生和我们是真的不同。

我们总是一边抱怨生活的无聊，一边羡慕着那些行动者，每个白天浑浑噩噩，一天当中做出的最大的努力就是思考中午该吃西红柿鸡蛋盖饭还是炒米线，而每到晚上夜深人静时，我们扪心自问，又懊恼得恨不得登时死过去，并且咬牙发狠明天一定要怎样怎样。

我想，每当我们说“我想怎样怎样”的时候，其实并不是真的想，而是想让别人看起来像是想怎样怎样。

真正想做的人，他们总是什么都不说，一扭头找人借辆自行车，骑着就走了。

文/刘钊

光说不练，十年不变；梦想繁华，人过花甲。成功无捷径，要成功就得脚踏实地，而不是光说不行动。即使你有一千个想法，如果没有付诸行动，一切都是零。道理很简单，说得再天花乱坠，也不能变成真金白银。而消除了知行差距，便会享受到行动的益处。成功始于心动，成于行动。所以，人生最大的失败就是光说不练。

两分之差的人生

如果不是恰巧得到那与我同龄的两个人的消息，今晚我一定仍会心满意足地大吃酣睡，虽然我承认我原来绝对讨厌猪一样没有目标的生活。这两个人，一个是我的高中同学，一个是我曾经的同事。我的不平静，来源于我知道了她们现在正走在辉煌的人生路上，而我在15年前，与她们的区别，只是两分的距离。

永远不会忘记15年前那个黑色的7月，短短的3天高考，打破了我对未来所有的美好憧憬和向往，也使我忽然有了命运的概念。在鲁北的这个教育质量还算上乘的县级重点中学，当时我应该算是“知名人士”，因为我在同级的学生中，排名从来没下过前三，据说老师曾在校长面前豪情万丈地保证我不上北大清华也绝对能上个一流的重点大学。然而，高考前我却大病一场，虽然勉强坐到了考场上，但面对第一场我很拿手的语文试卷，如看天书，连题目要求都茫然不解其意，考试后的沮丧可想而知。

得到成绩消息的那天，我正在我那时的同桌静家里。令我们都颇为震惊的是，我居然只比她高了两分。而一直以来，她在我们班里只是中等以下的水平，能否考上大学她并不抱太大希望。可是，可是，太意外了！她考了个对她来说相当不错的成绩，而我，成绩直落，欲哭无泪。

我们都只达到了中专分数线。收到来自河南某中专学校的录取通知书时，我把自己关在房里哭了3天。农村的孩子，在街坊邻人看来，能有学上，将来有个工作，告别脸朝黄土背朝天的乡下生活，跳出农门，就已经不错了，虽然大家也都为我感到惋惜。父母知道我的难过，告诉我，他们再苦再累也会全力支持我的选择。可是看着一贫如洗的家，看着被风霜雕刻的双亲粗糙凄苦的脸，我说，我不想再考了，这个中专，我上！

上的是个水利学校，学的是我没有任何兴趣的专业，这却不妨碍我在上学的两年里，轻轻松松地一直稳拿一等奖学金。毕竟，我是基础超扎实的学生。虽然我的高考成绩极不理想，但就是这个极不理想的成绩在这个来自黄河上下诸多省份同学组成的班级里依然遥遥领先。

中专毕业，又一次面临人生道路的选择。鬼使神差地，我被分配到了现在这个被连绵不断的群山包围的水库管理单位。四周的大山像一堵堵厚重的墙，挤压得我几乎要窒息。在挣扎无果后，我再一次选择接受。在大山围成的井里，我成了那只只看到眼前一丁点天空的浅陋青蛙。

应该说，我并不是甘于平庸的人。在这封闭的大山里，我尽量保持我的进取，虽然周围多是浑浑噩噩的人。然而，直到现在我终于发现，环境的力量有多么强大。远离了全速前进的城市生活，感受不到外面世界残酷竞争的压力，终日生活在充斥慵懒气氛、小富即安的山乡一隅，慢慢地，要强的我终于被环境同化，感觉越来越变得迟钝。工作后参加的大专自考，经过了5年才拿到毕业证，而直到现在，我的本科自考也仅仅过了6门，这样的成绩，在参加工作以前的我，简直不可思议。而我，竟然没有失败的感觉。直到我确切地知道了我那个同桌静的消息，还有，我那个叫峡的女同事现在的生活，我才感到了痛。

当年高考后，静出乎意料的好成绩使她增添了信心和勇于进取的勇气。因为家境较好，她选择了读委培的大专。多交了3000元钱，处在中专线上的她走进了山东某重点大学的校门，读大专班的市场营销专业。两年后，她又以优异的成绩专升本。在青岛某外贸公司工作几年后，不甘落后的她进入了美国某大学留学，一路昂扬，所向披靡。当年的两分之差，没想到经过15年的裂变，已经放大成天文数字。如今的静，经过了人生多级跳，已经是美国纽约某公司的高级职员。

听到峡的更多消息，是我到她原来办公室时无意间聊起的。屈指算来，峡离开我们这个单位已经10年了。因为工作中接触较少，加之她在这个单位工作了仅一年，我对她的情况并不十分了解，只大约知道她先是办了停薪留职，跑到北京一心复习考研，后来经过3年努力终于考上了梦寐以求的北京大学。这在我们这个单位当时也确实轰动了一阵子，在我的心中也曾激起过巨浪，但慢慢地一切重又归于平静。今天，从她办公室同事口中听到的关于她的消息，最令我震惊的，是她与我竟然也是同年参加高考，而她的分数，只比我高了两分！在她所在的省份，她的这个仅比我高两分的成绩，却让她轻松进入了她所在省的财经学院，读了4年本科。

峡跟我一样也是学校分到这里的不幸者。她觉得这小小的天地不能让她呼吸，会扼杀她的激情和青春，所以她决意要走。10年前，放弃一个效益还算不错的单位，把自己重新置于风雨中，的确需要足够的勇气。

她以自己的果敢放弃了稳定的工作，以不屈不挠的执著和坚韧不拔的毅力赢得了命运的转机。她考上了北大的MBA，现在已经成为事业有成的女强人。3个人的两分之差，经过十几年时间的孕育发酵，却膨胀为3种迥然不同的人生。15年来，我的不进取，不抗争，使命运也藐视我，我几乎沦为了命运的奴隶，听从了它对我庸常人生的安排。我是3人中的失败者。好在，我终于看清了命运的面目，我终于清醒了，虽然，这种清醒也许来得迟了些。

文/孙淑兰

相信自己可以掌握自己命运的人，比较容易获得成功，因为他们真的能完全掌握自己的生活。认为命运受到外在环境左右的人，就没办法控制自己的生活，因为他们很容易产生压力和受到别人的影响，比较缺乏毅力和应付变局的能力。对于成功的人，我们只看到他们成功之花绽开时的惊艳，殊不知，这背后有多少不为人知的艰辛。咬咬牙挺过艰难的日子，命运就掌握在你手中了。一旦被困难和失败吓倒，就只能沦为命运的仆人，被动地跟着命运走了。

生活，从阅读开始

在一份小报上看过，说人20岁之前必须要做的几件事，有失恋、辞职、离家出走等等，有点搞笑。不过，在某个年纪回顾一下自己生活的过往，想想自己在此之前的得与失，是应该做的事。

回想自己人生的最大收获，是找到了真正喜欢的事：读书。纵观个人史，本人的“启蒙”阶段总是要比别人晚。别人早早就明白要好好学习、天天向上时，我还游手好闲、玩兴不减；别人已是情窦初开了，我却“发育”迟缓，不解风情；别人一进入社会就八面玲珑、世事洞明，而我却懵懂未开、不知所措。所以青年时就找到自己真正喜欢的事，对我而言绝对是件大事。别的事可以晚一点，唯独这件事不能晚。因为读书是一种生活方式，一种最接近生活本质的生活；读书也是一种信念，一种脚踏实地、不随波逐流的信念。当我找到读书是自己的最爱时，实际上是找到了真正属于自己的生活，开始获得自己把握自己的能力。这比什么都重要。

读书是怎样一种感觉呢？有点像饥饿的人沉浸在美味中，嗜睡的人对美梦的留恋，但这仅是一点感官上的快感，读书带来的更多是精神上的愉悦、心灵的满足。这种愉悦与满足所产生的巨大享受，不是语言能说清楚的，甚至不愿用语言去描述，舍不得与别人分享。所有的享受，都容易使人懒惰，读书也不例外，而且精神享受所产生的懒惰尤甚，有时就常做这样的白日梦，能整天不干别的，光读书，就好了。鲁迅先生在《读书杂谈》中，喻“嗜好的读书”犹如打牌，“天天打，夜夜打，连续地去打，有时被公安局捉去了，放出来之后还要打，目的不在赢钱，而在有趣”。“嗜好的读书，能够手不释卷的原因也就是这样”。

书中自有黄金屋，书中自有颜如玉。真一头扎进了书里，反而会对摆在眼前的“黄金屋”视而不见，错过捞个“黄金屋”的诸多机会，更是会冷落“颜如玉”，令“颜如玉”耿耿于怀愤愤不平，又无可奈何。当然，读书没有狭隘的功利动机，不等于就是没有追求没有目标，也难免会有“僭越”的想法，想一吐为快。但等提起笔来，却欲言又止，无处下笔，此时才发现，不是材料不够，就是设计不周。材料与设计，书中均有现成的模型，此时读书，是以书为师，不再走马观花，而是醉心于其中的机巧关键，平时难以领略的意味、忽略过的细节，此时无不妙处毕现。但再好的设计终是别人的，自己要写，还要重新设计重新思考。而引入思考正是读书真正的价值所在。读书就是学会思考、养成思考的习惯。读书人可以不写作，但一定要思考，不思考的读书人是给书搬家的劳动力，不过是把书从一个房间搬到另一个房间，搬得再多，跟他自己是没有什么关系的。读书与思考的关系，就是孔子说的：“学而不思则罔，思而不学则殆。”思考的时候，书就不再是老师，而是朋友，彼此间进行的是平等的交流。思考的时候，人才能从对书的崇拜中走出来，发出自己的声音，沿着书的阶梯一步步登上高处。思考中，人获得是一种独立的权利。思考或书写，也是享受，是甘苦同在的享受，应该就是所说的“幸福”那样的东西。

真正的生活是从阅读和思考开始的。正确地阅读人生，平静地思考人生，然后重新审视自己审视生活，发现自己的浅薄、浮躁、迷惘，开始无比强烈地渴望改变这一切，并为创造一种新生活而不懈努力，不管遇到多大困难都绝不妥协。阅读与思考能赋予人生活最重要的能力——洞察真相的能力。面对各种诱惑与假象，不会轻易为外物左右而迷失自己，牢牢把握住自己生命中最重要的东西。这样的生活品质是任何外在的、物质的标准所难以衡量、难以比拟的。

最喜欢的事是读书，最不喜欢的事也就有了：那些无意义、浪费时间的事。有的人以消磨时间为乐，消磨自己的时间，可能也是一种乐趣，只是不为别人所知。还有很多人，专门消磨别人的时间，并以此为理所当然。对这样的人和事，深恶而痛绝之，犹恐避之不及。但还是有很多这样的人和事无法避开，也不再生气上火，既来之，则安之。每在这样的环境中，就来个神游物外，或干脆就观察思考眼前这样的人，好歹也是生活的一部分，其中总有某一方面的意义，有助于对生活的理解。这只能算不是办法的办法了。

生活从阅读开始，从思考开始。每一件正当的、真正喜欢的事，都有改变生活的力量。条件是要找到它，并从精神上投入其中。找到它是幸运，投入其中就成为享受。充实的人生无非如此。

文/李泉

生活在充满喧哗与躁动的年代里，物质的诱惑总是要多于精神的诱惑，外在的失落总是要多于内在的失落，因而人生少不了有太多的苦痛与尴尬。而解决这一问题的有效途径，也许可以用“阅读”二字来解决，因为阅读可以让我们的内心安静下来。一旦我们的内心安静下来了，即便外面的世界充满无数诱惑，也难以动摇我们的生活态度与生存方式。

不要把人生浪费在正事上

也许我最幸运的事，就是自我觉醒比较早，明白自己喜欢什么，以便于早日开始，在一条道上走到黑。

我常跟很多中学生、大学生聊天，最大的感触是，他们不知道自己喜欢什么、擅长什么，哪怕正在念哥伦比亚大学、多伦多大学的品学兼优的三好青年，面对我一个最简单的问题：你喜欢你的专业吗？他们也一脸茫然的表情。他们说，没想过，我妈说商科有前途，以后容易找工作，我就念了。我妈说当律师赚钱多，我就选念法律，她总不会害我。

父母和教育体制联手把青少年改造成听话的机器、不思考的机器、赚钱的机器。陈丹青就说，现在的学生，开口就在背书，没有自己的思维和判断。我觉得更可怕的是，很多学生没有自我。走饭说得对，世上只有一个自己，每个人都是濒危动物——可是你连自己的爱好、价值和特长都看不到，你又如何独立自主地看待这个世界？

有个姑娘说，我就喜欢做机械的、不费脑的、单调重复的工作，糊火柴盒啊、盖章啊、收发信件啊之类——多好，年纪轻轻就深刻地了解自己，守脑如玉也是一种珍贵的理想啊，比没有理想好多了。

做能让你沉迷的事，如果这种兴趣还能赚钱，这种人生就是上等人生。别理睬这个专业吃香、那个职业前景好这种鬼话，做你喜欢且擅长的事，在任何一个行业你都可能很抢手。

成天喊着不要把人生浪费在正事上的我，一直耻于承认的一件事就是，我其实就是个工作狂。谁说工作和娱乐必须截然分开？我把工作当做玩，我玩的时候也在工作，在这种变态模式中，我过得很爽。

我的电脑桌面上永远有一个文件夹，随时把看到的有趣有创意有想象力的句子、图片、视觉设计等玩意扔进去，每隔一段时间进行整理，分类到我的笑话库、语录库、标题库、选题库、图片库、版式库里——这些都是我的养分，别人可能是遇到问题才临时找方法，而我是随时都在更新自己的素材库和方法库，有这种充沛的准备打底，我才能在工作中游刃有余，才能过着每天睡到自然醒的荒淫无耻的生活。

于我而言，无趣是万恶之源。我的一大乐趣，就是把自己变得有趣。研究别人怎么说话、怎么写出好文章、怎么做好一次采访、怎么写好一部电影，这些都是我在每天的日常八卦中关注的。

看韩剧，遇到好玩的台词我会随手记录下来；看美剧，我会顺便分析谢耳朵的话为什么好笑，有哪几种有趣的方向；我在天涯论坛闲逛，顺便找到别致的观点和句子；而微博上看到陌生的句子，我会拷贝下来，启发自己在遣词造句时更富创造性。我喜欢在煎蛋网上看英国的没品笑话集，我会挑特别有智商的存下来，研究一下它们的逻辑、分析一下幽默的生成原理，其实所有的幽默，都是有迹可循的，我就对分析的过程感兴趣。像伍迪·艾伦的幽默，通常就是抽象原理加上日常生活的混搭，比如，我不相信有来生，但是我还是会带上换洗内衣裤。比如，如果一切都不存在，一切都是幻象该怎么办，我那300英镑的地毯绝对买亏了。

我看书比较快，每周保持看两本严肃书，不是随便翻翻，而是从头到尾读完，记读书笔记，顺便把漂亮句子背了。

我看《康熙来了》，会忍不住分析蔡康永是怎么把一个尴尬的问题抛给被访者的，并巧妙地让对方跳入一个提问陷阱里——单就这个题目，我觉得可以写出至少一万字的专业分析。而小S为什么好玩，也可以写成一本专著。

很多同学也一直问我，咪蒙呀，怎么才能说话更有趣、文章写得更好？其实，眼界是认识的前提。你写的每一个字，都在不经意地泄露你的智商和见识。你是不可能写出超越自己智商和见识的文字的。我跟很多85后接触，发现他们最大的问题，不是没有文笔、没有创意，而是没有完整的知识体系。最基础的，《中国哲学史》、《中国美学史》、《中国通史》你至少每一类别选其中一两个喜欢的版本通读，而《全球通史》、《西方哲学史》，社会学、心理学的经典著作，这些基础读物必须系统读过，中外文史哲大家的经典作品，都得看吧？随便问问，《鲁迅全集》你看了吗？《胡适全集》你看了吗？《王小波全集》你看了吗？这些都是再初级不过的了，别急于求成。说话和写文章的核心，无非观点、叙事和修辞，但最重要的，还是观点，没有丰厚的知识储备，就只能指望自己是天才了。

千万别以为我每天埋头苦读、皓首穷经，活像一坨蜡烛。我写了那么多，以分享经验的名义，不过是为了把自己的浪费时间上升到理论高度。我认为分析、思考、学习是人生最有趣的事之一，虽然我分析、思考和学习的内容，常常是些很无聊的事——专心致志地要无聊，这就是我的理想人生。

文/咪蒙

主流社会鼓吹的正事，可以说就是削尖脑袋赚大钱，买名车，住豪宅。当钱和权成为衡量人们高低贵贱的唯一标准，作者却跳出这个规则，不把人生浪费在正事上，而是专心致志地耍无聊，并且从不为自己的闲散感到恐慌和自卑。让这个世界变得更美好的方法，正需要引进一批像作者这样的人。当你超越世俗的得失欲和功利心，就会像大鹏鸟一样，拥有挟泰山以超北海的雍容气度。

狗一样地学，绅士一样地玩

我们说要珍惜时间，努力为实现理想而打拼，但有一点要注意，那就是不要一味地拼命，也要有适度的休息和放松。对此，哈佛有个很贴切的说法，叫做“狗一样地学，绅士一样地玩”。

很多人都有这样一种误解，觉得努力就是要利用一切时间来拼。其实，珍惜时间并不意味着不停地学习或放弃休息，而是指要有效率地做事，并能很好地利用休息和空余的时间，这样，我们才能更好地学习。要知道，时间的价值就像金钱的价值一样，它是体现在如何使用上。我们常常看到很多物质丰厚的人不舍得为自己花费分毫，这样的人就是个守财奴，纵使有亿万家财也是形同乌有。同样，在时间的利用上，舍不得花费时间去获取更多的幸福、去使更多的人幸福的人，从某种程度上说，也是虚度年华。

所以，我们提倡该做事的时候就要全力以赴，而当事情做完时，就要给自己放个假，轻松一下。这样，看似没有把所有的时间都用来学习，但是，效果要比你花费全部时间来学习好得多。况且，你也不得不承认，很多时候，你的精力也不允许你不停地学习。与其效率低下地空耗，不如适当地放松。

有这样一则寓言：有3条毛毛虫经过长途跋涉，最后来到目的地的对岸。一条毛毛虫说，我们必须先找桥，然后从桥上爬过去。另一条说，我们还是造一条船，从水上漂过去。最后那条说，我们走了那么远的路，已经疲惫不堪了，应该静下来先休息两天。

听了这话，另外两条毛毛虫很诧异：休息，简直是天大的笑话！没看到对岸花丛中的蜜快被喝光了吗？我们一路风风火火，马不停蹄，难道是来这儿睡觉的？话未说完，一条毛毛虫已开始爬树，准备摘一片树叶做船。另一条则爬上河堤的一条小路去寻找一座过河的桥，而剩下的一条则爬上最高的一棵树，找了片叶子躺下来美美地睡着了。

一觉醒来，睡觉的毛毛虫发现自己变成了一只美丽的蝴蝶，翅膀扇动了几下就轻松过河了。此时，一起来的两个伙伴，一条累死在路上，另一条则被河水送进了大海。

人们常说："会休息才会更好地工作。"事实的确如此，人们做任何事情都需要讲究劳逸结合，有张有弛。该努力时拼命努力，该休息时尽情放松，这样才是聪明的做法。

我们说要"像狗一样地学"，就是说要有一种拼的劲头，勇往直前，绝不退缩。还要有一种执著的精神，咬定目标不放松。要有一种"狗啃骨头"的精神，以一种坚韧的态度全心投入自己的事业。

我在哈佛认识的朋友查理·马德告诉我，他祖母的邻居是一位叫约翰·克里西的作家，年轻时勤奋写作，但受到了接二连三的沉重打击，共收到743封退稿信。面对这样的挫折，约翰说："虽然我正在承受人们所不敢相信的大量失败的考验，但如果我就此罢休，所有的退稿信都将变得毫无意义。而我一旦获得成功，每封退稿信的价值都将重新计算。"结果，到他逝世时为止，一共出版了564本书，无数的挫折因他坚持不懈而变成了惊人的成功。查理告诉我，正是看到了约翰的坚持，他才会激励自己努力，最终考上了理想中的哈佛大学。

相反，如果你对目标不执著，你就不会坚定自己的信念，也就不会走向成功。在美国，有个小女孩，从小就渴望做一名芭蕾舞演员。有一次，一个著名的芭蕾舞演出团到当地去巡演。小女孩无比兴奋，她找到团长，问团长自己适不适合做芭蕾舞演员。团长看了她一眼，很冷漠地说了3个字：你不行。小女孩无比伤心，她太相信权威了。她想：团长只看了我一眼，就说我不行，看来我是不适合做芭蕾舞演员了。

若干年后，小女孩已经成为一位妈妈。一次，当年那个芭蕾舞演出团又来演出了。她抑制不住内心的冲动，找那个团长问："为什么当初你只看了我一眼就说我不行呢？"团长的回答几乎让她崩溃："我对每一个问我这个问题的人都是这样回答的。"她气疯了，大声责骂团长："你这个混蛋，我这一生都被你毁了！"但团长下面这句话，让她很羞愧地低下头走了。团长说："你是永远都不可能成为一名优秀的芭蕾舞演员的，因为你会因为别人的一句话而改变目标，你是不可能成功的。"

在哈佛，虽然学习强度很大，但他们认为，玩也不能忽视。哈佛意识到适度的课外活动不但不会背离教育使命，而且还会给教育使命以支持。因此，他们提出要像"绅士一样地玩"。

哈佛的理念就是要求你在紧张的学习和工作后，能够暂时地完全忘记它们，像投入学习或工作那样投入玩耍，尽情地放松。的确，在你尽心休闲的时候，所得到的体力和精力的恢复，会为你下一阶段的奋斗增添无穷的动力。所以，在前进的路上，你不仅要勤奋努力，还要学会放松。

文/丹妮·冯

随着现代生活节奏的加快，人们的工作压力也越来越大。很多人走进了一个误区，让心灵和身体处于无尽的忙碌状态，并牺牲休息时间来完成工作，其实这是十分得不偿失的。只会工作的工作狂不但会累坏自己的身体，也会失去生活中许多美好的东西，该工作时就工作，该休息时就休息，这样才能拥有一个健全的人生。我国古代就有“一张一弛，文武之道”的说法，弦绷得太紧，迟早会断掉。金钱是永远都赚不完的，而生命却脆弱而短暂，只有享受了生活，保住了健康，才能赚取更多的金钱，才能更好地体验生活的本质。

花儿在不同的季节开放

人生如四季，每一季，都期待怒放的生命。

我们几乎每一个人都喜欢花儿，因为花儿代表了美丽、高雅和生命的灿烂。但如果所有的花儿只在一个季节开放，比如都在春天开放，而其他季节都见不到鲜花的绽放，这个世界一定会显得单调枯燥，并且让人们没有了对美的期待。大家试想一下夏天、秋天和冬天没有属于自己的花儿开放，那将会失去多少美好的诗意啊。设想梅花和桃花去凑热闹，一起开在春天，王安石还能写出“墙角数枝梅，凌寒独自开。遥知不是雪，为有暗香来”这么有风骨的诗吗？我们徜徉在春天的鲜花丛中自然感到愉悦，但你是否同时也觉得这么多花争奇斗艳（迎春花、杏花、桃花、梨花、玉兰花等等）显得太热闹繁杂了一些？而且春天的大部分花，芳香和颜色由于互相争艳总是显得有些平庸。

和春天的花相比，我更怀念八月满池塘的荷花，那亭亭玉立的花朵，碧色连天的荷叶和空气中的清香；我也怀念秋天原野上一望无尽的野菊花，那种漫天遍野迎风开放的状态；我还怀念冬天的腊梅花，北京的冬天似乎没有这种花，但我记得有一年冬天在南京，天降大雪，我去玄武湖散步，看到腊梅迎雪盛开，暗香浮动，让我感到这是生命真正独特而又动人的姿态。

我常常遗憾人类发明了常年什么花都能栽培的方法和技术，因为花儿只有开放在自然中和属于自己的季节里才会迷人，而我们等待鲜花开放的心情其实比看到花儿开放更加重要，等待着花儿在某一个季节开放，就像我们等待自己的生命走向成熟一样，那是怎样的一种激动和期待啊。我们之所以激动和期待，是因为我们知道，只要是属于那个季节的花儿，到了那个季节必然会美丽地绽放。

我们的生命和四季的花儿一样，也是不同的阶段有着不同阶段的美丽：童年的纯真、少年的遐想、青年的冲动、中年的成熟、老年的智慧，都彰显着生命的精彩。假如我们一出生就像老年一样洞察世事、精于世故，这一辈子都没了期待；如果反过来我们一辈子都像毛头小伙一样懵懵懂懂、青涩简单，这一辈子也就没有了进步和精彩。

人生之所以可贵，是在于我们不同的阶段总会有不同的成长和领悟。我最怕的就是一辈子没有变化或者所有的精彩一次性都释放完毕，没有变化意味着停滞不前，也意味着蒙昧无知；所有的精彩一次性释放完毕意味着生命就像夜空中的礼花，尽管精彩得炫目，但一瞬间就归于黑暗。我们看到很多年轻时就成名的电影明星或歌星，像夜空的流星一样，闪耀登场，却瞬间消失，总觉得有点遗憾。现在的很多青年人急于求成，看到别人年轻时成功了就很着急，寻找各种方法取得所谓的成功，甚至不惜在网络上自曝隐私；还有很多大学生刚进大学就想创业赚钱，把通过读书积累自己一辈子的底蕴这样重要的事情甩到脑后。这些做法都是陷入了误区，认为一时的成功就等于一世的成功。其实人生就像花儿一样，有的人在春天就开放出了美丽的人生之花，有的人要到夏天、秋天和冬天才绽放绚烂的人生之花，我们的人生并不会因为花季晚到就不精彩，反而，甚至会更加精彩，因为我们有更多的期待和努力。是的，我们要做的就是努力进取，期待未来。我们可以学学夏天的荷花、秋天的菊花和冬天的梅花，也许越晚开越香，越晚开花期越长呢。

肯德基的创始人山德士五十岁才开始经营一家小小的快餐店，最后成了世界上最大的餐饮连锁店之一；姜太公八十岁的时候还在渭河上钓鱼，最后终于得到周文王的重用，一起打下了周朝八百年的江山；齐白石到九十岁艺术创作才达到了顶峰。花有自己的季节，人有自己的时刻。英文中有一句话叫做“Every dog has its day”——每条狗都有自己的得意日子，何况我们人呢。让我们过一种从容人生，在努力进取中期待生命鲜花怒放的时刻。

很多人不成功是没有给自己足够的时间和耐心去努力，很多人一生只成功了一次就像流星一样消失，是因为他们没有懂得成功是一种持续不断努力的过程。当我们懂得人生每个阶段通过自己的努力都能够精彩时，也许我们的少年就会像春天的桃花一样绚烂，青年就会像夏天的荷花一样清香，中年就会像秋天的菊花一样坚韧，老年就会像冬天的梅花一样，在寒冷中给人们留下难忘的温馨和动人的精神。

文/俞敏洪

每个人都有机会成功，只是还没有等到合适的时机。花草在没有遇到适合自己开放的季节时，需要吸收养分和阳光，储蓄足够的能量等待属于自己的季节来临。所以，我们现在也要储蓄足够的能量，那就是学习更多的知识，经历更多的挫折，积累更多的人生智慧，当属于你的季节一到，自然会绽放出美丽的人生之花。

坚持意味着一切

苏格拉底曾经对学生们说："今天是开学第一天，我们只做一件事：每个人尽量把胳臂往前甩，然后，再往后面甩。"说着，他做了一遍示范。然后他接着说："从今天开始，每天做300下，大家能做到吗？"

学生们都笑了：这么简单的事，谁能做不到？可是，一年之后，苏格拉底再问起此事的时候，发现全班只有一个学生坚持了下来。这个人就是以后的大哲学家柏拉图。

点滴小事能长期坚持，离大功告成近在咫尺。有3个绘画的小故事很能说明这一道理。

美国有位有名的画家，被人们叫做"摩西婆婆"。她在丈夫去世之后才开始画画，那年，她已70岁。在此之前，她从来没有学过画画。在画画的日子里，她经常废寝忘食，用心钻研，向比自己强的画友请教。绘画成了她安度晚年的亲密伴侣，几乎整个生命都与绘画融为一体，日积月累，摩西婆婆从70岁开始到去世，一共画出了1600多幅作品。她的亲戚朋友及画友对她崇拜无比，她对他们说："我很快乐，也很满足，因为我用我的生命去完成我所能从事的东西。生命，是用来创造的，过去是这样，未来也是这样。”她的不少作品赢得了专家的赞誉，她在美国画坛也占有了一席之地。

一个国王听说有位画家擅长水彩画，便专程去拜访那位画家。

“请你为我画一只孔雀。”国王要求说。

一年后，他再次登门拜访画家。

“我订购的水彩画在哪儿？我曾经要你为我画一只孔雀。”

“您的孔雀就要画好了。”画家说。他拿出了画纸，不一会儿工夫，就画了一只非常美丽鲜艳的孔雀。

国王觉得很满意，但是价钱却使他吃惊，“就那么一会儿工夫，你看来毫不费力，轻而易举就画成了，竟要这么高的价钱？你这不是敲诈吗？”国王不满意地说。

于是，画家领着国王，走遍他的房子。每个房间里，都放着一堆堆画着孔雀的画纸。画家说：“这个价钱是十分公道的，您看起来毫不费力的事情，却是花费了我很多的时间和精力。为了在这一会儿的时间里为您画这只孔雀，我可是用了一整年的时间做准备呢！”

有两个爱画画的孩子。第一个孩子的妈妈给儿子准备了一叠纸、一捆笔，还有一面墙。她告诉他：“你的每一张画，都要贴在墙上，给所有来我们家的客人欣赏。”第二个孩子的妈妈给儿子拿来一叠纸、一捆笔，还有一个纸篓。她告诉他：“你的每一张画，都要扔在这个纸篓里，无论你自己对它满意还是不满意。”3年以后，第一个孩子举办了画展：一墙的画，色彩鲜亮，构思完整，人人赞扬。第二个孩子没法展览，一纸篓的画，满了就倒掉，所有的人，都只看到他手里尚未画完的那一张。

30年以后，人们对第一个孩子一墙一墙地展览的画已不感兴趣，第二个孩子的画却横空出世，震惊了画坛。人们把第一个孩子贴在墙上的画揭下来，扔进纸篓，又将第二个孩子扔在纸篓里的画拿出来，贴在墙上。

成功，是时间的积累；灵感，是长期酝酿的爆发。某些成功的故事和传说，常常会使人产生错误的认识，使一些人相信，成功是突发的或偶然的。实际上，那些一举成名的故事背后，都有一个长期积累的过程，一次大的成功，往往是许多已有的、常常为肉眼所看不见的小的成功所积累的结果。微不足道的成功慢慢聚合，便可以产生更大的成功。有些人说："我运气不好。"那是他们还没有重视并积累这种阶段性的小的成功。对待事业，除了无比热爱外，有一颗执著的心往往更为重要。

文/哈伯德文

俗话说，天道酬勤。无论做什么事情，只要努力坚持下来就意味着一切；无论身处什么困境，只要思想意识不放松，也就意味着一切。坚持，意味着努力去想办法解决问题，不能有畏难情绪，想完办法就去努力实践，一遍不行两遍，两遍不行继续努力……也许你能得到自己想要的东西，也许取得的成绩不是那么耀眼，但至少你为梦想拼搏过，能够问心无愧！

拒绝责难，拒绝推诿

亲爱的约翰：

如果我说一直不甘示弱、总以为自己是世界第一富豪的安德鲁·卡内基先生来拜访我，并向我讨教了一个非常严肃的问题，你会不会感到惊讶？事实上，那位伟大的铁匠就是这么做的。

两天前，卡内基先生来到基奎特。或许是我笑容可掬的态度，和我们轻松的谈话气氛，熔化了卡内基先生钢铁般的自尊，让他放下架子问我："约翰，我知道，你领导着一群很能干的人。不过，我不认为他们的才干不可匹敌，但令我疑惑的是，他们似乎无坚不摧，总能轻松击败你们的竞争对手。我想知道，你施了什么魔法让他们有那种精神的，难道是金钱的力量？"

我告诉他，金钱的力量当然不可低估，但责任的力量更是巨大。有时，行动并非源于想法，而是源自揽起责任。标准石油公司的人都有负责精神，都知道"我的责任是什么？我怎样做可以把事情做得更好"。但我从不高谈阔论责任或义务，我只是通过我的领导方式来创造具有责任感的企业。

我以为这个话题到此就应该结束了，但我的回答显然挑起了卡内基先生的好奇心，他很认真地追问我："约翰，那你能告诉我你是怎么干的吗？"

看着卡内基先生谦逊的神态，我无法拒绝，我必须如实相告。我告诉他，如果我们想要永续生存，那么我们的领导方式就要断然拒绝为了任何理由去责难任何一个人或任何一件事。责难就如同一片沼泽，一旦失足跌落进去，你便失去了立足点和前进的方向，你会变得动弹不得，陷入憎恨和挫折的困境之中。结果只有一个：失去手下的尊重与支持。一旦落到这步田地，那你就好比是一个将王冠拱手让给他人的国王，无法再主宰一切。

我知道责难是摧毁领导力的头号敌人，我还知道在这个世界上没有常胜将军，不管是谁都将遭遇挫折和失败。所以，当问题出现时，我不会感到愤恨不满，我只是在想：怎么能让形势好转起来？采取什么行动可以补救或是修复我们的失误？积极地选择朝向更高的生产力和满意度前进。

当然，我不会放过我自己。当坏事降临在我们身上时，我会先停下来问自己一个问题："我的职责是什么？"回归原点，借着对自身角色进行完全坦诚的评估，可以避免窥探他人做了什么，或是要求其他人改变什么等等无意义的行为。事实上，只有将焦点专注在自己身上，我才能将无意中拱手让出的王冠重新收回。

但是，分析"我的职责是什么"并不意味着自责。自责是一种最阴险狡猾的责难陷阱，诸如"那真是一个愚蠢的错误"等自我责难，只会使我陷入与其他任何责难相同的愤恨与不满的圈套之中。事实上，"我的职责是什么"是一种具有强大分析力和自我肯定的步骤。当我知道，真正的问题不是他们应该要做什么，而是我应该要做什么时，我不会自怨自艾，而只会让自己更强大。自己越强大，别人的影响力就会越小，看来这不是件坏事。

如果我能将每一个阻碍视为了解自己的一个机会，而非斤斤计较他人对我做了什么，那么我就能在领导危机的高墙外找到出路。

当然，我从不把自己视为救世主，也没有救世主的心态。我自问：我在哪些方面应为自己负责？也自问：在哪些方面，部属们要为我负责？领导者的工作不是全知全能、全权负责。如果我视自己为英勇的正义使者，准备去拯救这个世界，那就只会让自己陷入领导危机之中。我的责任中，很大一部分是让其他人也为自己该负的责任负责。如果一个雇员对于事关自己切身利益的事情都不在乎的话，我不相信这样的雇员能对出色完成工作有强烈的渴望，那他就应该离开，为别人去服务了。

感觉责任在肩的那种压力能让人不自觉地兴奋起来。没有一件事像个人的责任感一样，可以激发并强化做事的能力。而将重大责任托付部属，并让他了解我对他充分信任，无疑是对他最大的帮助。所以，我不会将部属必须并且能够负担的责任揽在自己身上。

我不只光靠示范作用来营造公司负责的氛围与风气，我的部属都知道我的基本原则：在标准石油公司没有责难、没有借口！这是我坚持的理念，每一个人都知道。我不会因为他们犯错而惩罚他们，但是我绝不能容忍不负责任的行为存在。我们的箴言是支持、鼓励和尊重将被全心接受与加倍颂扬。只会找借口而不提供解决方式，在标准石油公司是无法容忍的。

我们很少犯任何错误，因为我的大门随时为部属敞开着，他们可以提出高见，或是纯粹发牢骚，但是要用一个负责任的方式。这样的结果会让我们彼此信任，因为我们了解所有的事都需要摊在阳光下来讨论。

卡内基先生是位优秀的老学生，他没有让我浪费时间，他在我结束这个话题时说：“在抱怨声中，优秀的雇员也会变成乌合之众！”他真聪明。

约翰，几乎所有的人都有推诿真正责任的防御心理，以致推诿责任的现象处处可见。但它贻害无穷，而避免的方法就是倾听。

领导者最大的挑战在于，要如何创造出一个能让人们觉得开诚布公会比隐藏实情来得舒适的环境。主动邀请其他人陈述他们的想法，用一些诸如“再多说一点”，或是“我真的想听听你的意见”的话语来鼓励他们说出自己的想法。和一般人所相信的刚好相反，在对话中，聆听者才是拥有权力的人，而非陈述者。

难以置信吧？想想看，陈述者的语调、焦点还有内容，事实上都取决于你倾听的方式。试想，和一个面露敌意且肢体呈现侵略性姿态的人，以及一个对你表示全神贯注的人说话时，两者之间的差异。当你单纯地聆听其他人说话时，你卸下了你的防卫。你会得到这些好处：你对有攻击性或愤怒的语言的背后隐含的议题，会有着更透彻的了解；你可以得到更多的信息，而这些信息可以改变你对整个事件来龙去脉的假设；你会有更多的时间来整理思绪。

陈述者会感觉你重视他们的观点。最令人兴奋的是，当你专注地倾听之后，原来的陈述者也会更愿意聆听你的意见。

真实的倾听是不具任何防御性的。即使你不喜欢这个信息，你也应该倾听了解，而非立即做出回应。专注地倾听不太像是一种技巧，它比较像是一种态度。滑雪的人在遭遇障碍时的每一秒钟，都投注百分之百的注意力，绝对不会分神去思考过一会儿他要对伙伴说什么。同样的，作为一名积极的倾听者，你贡献百分之百的注意力给另外一个人，不会出现想到什么就脱口而出的情况。如此一来，你去除了先入为主的观念，并敞开胸襟开创一段更有意义和更有效果的对话。

长久以来，我们塑造了生活也塑造了自己。这个过程将会持续下去，我们最终都将为自己的选择负责。就如“目的”决定你的方向，拒绝责难将筑出一条实现目标的大道。

爱你的父亲

文/约翰·戴维森·洛克菲勒

在生活的舞台上，每天都有无数的意外和惊奇在上演，每个人都有犯下错误的可能。发现错误的时候，不要采取消极的逃避态度，也不要将责任归咎于他人，而应该想一想自己应怎样做才能最大限度地弥补错误，同时汲取教训，在经验中不断完善自己，从而使自己更接近成功和目标。

怕吃苦吃一辈子苦

我和所有人一样，都是懒惰的、容易放弃的、坚持不下去的、没有毅力的。所有人都这样，你不必自卑，因为我们从基因上就是被设计成这样的。你不用为此感到难过，我们都是受这个控制的。

我相信你们也有过这样的经历，年轻的时候，可能听过一场令人热血沸腾的人生励志讲座，听完了之后睡不着觉，连夜决定背单词。掏出一本朗文词典或者韦氏词典，连夜就开始背，眼睛发亮，瞪得像铜铃一样。同宿舍的叫你打麻将，你就用鄙视的眼神看他们一下说："庸俗。"继续背单词。晚上只睡三个小时，第二天特别亢奋，虎虎有生气的那种，这种美好的、进步的状态，能维持多久呢？一般就是两三天。到了第三天，你一看这个词典，心里就呻吟一声，心想怎么又是你！有一句话叫三分钟热度，说的就是这种情况。其实所有人都是这样的。如果我们想获得持续的人生进步，保持这种美好的、亢奋的状态，最好是每三天听一场热血沸腾的人生励志讲座。但是你想想，怎么可能有这样的条件呢？因此，退而求其次，可能实现类似效果的就是看一些所谓的励志的、成功学的书籍。

我小的时候，这类图书还是非常多的。我很瞧不上成功学的书，就是什么卡耐基啊，谁动了我的奶酪啊，什么高效能人士的几个臭毛病啊，最伟大的推销员之类的，就是这些书，我从小就不怎么看这些东西，因为我知道这些东西是没有思想、没有内容、没有营养的。全世界的成功学书籍，出了几亿种，归根到底就是一句话：只要努力，就能成功。

我平时虽然不看这些书，但你要明白一点，当你定下一个艰巨的、阶段性计划的时候，有这么几本书放在床边，绝对是最好的精神鸦片。你什么时候坚持不下去了，随手拿起来一翻，就像给你打了一针兴奋剂，又能坚持三天。我当时去海淀图书城的旧书籍区，买最便宜的那种破书。在中国书店里，有两种旧书：一种是两毛钱一本收进来，三毛钱一本卖给你，还有一种是论斤卖的。我在那里精心挑选，一共去了三次，买了一堆回来，堆在门口，作为战备粮，然后就开始了艰苦的复习工作。

跟我想的差不多，就第一次表现得还可以，坚持了四天。再往后全都是三天一放弃。第一次坚持四天的原因只不过是天气不好，天天下雨，于是我就关起门来学习，反正下雨也不想出去，就在家背背单词做做题挺好的。到了第五天早上，天放晴了，蓝天白云。我那个房子在六楼，附近的房子都很低，我往城里的方向一看，远远地感觉红尘滚滚。耳边出现幻听，好像有个邪恶的声音说："年轻人，快进来玩吧，滚滚红尘啊，在郊区干吗呢？大好青春，是吧。"我一想，是啊，于是掏出手机给城里的狐朋狗友打电话，然后他们说，赶紧出来吧，啥也别说了。说好了晚上先去哪吃饭，然后唱歌、捏脚，说得很热闹。

收拾了一下准备出门，走到门口，就看到那些书上落满了灰，买回来五天了，一次也没有碰过，于是想应该给它们一次机会。然后随便拿起一本书，翻了不到三页，就有一句话像雷电一样击中我，就是李敖年轻时候讲过的一句话："不怕苦，吃苦半辈子；怕吃苦，吃苦一辈子。”当时看到那句话，心想说得多好啊。你想，我当时就是一个二十几岁的人，一事无成，现在刚制订了一个阶段性的人生计划，挺了不到几天又准备放弃了。在这个节骨眼上，居然有个远在台湾的人说了这么一句话，怎么就阴差阳错被我看到了呢？这种神奇的感觉，就有点像失恋的时候，在马路上听到任何一首情歌，都觉得那歌词是唱给你的。我当时羞愧不已、号啕大哭，跪在地上又撞墙又打滚、抽搐，什么眼泪、冷汗，全出来了，最后冲进浴室冲了一个冷水澡。然后抽了自己十几个耳光，回到电脑边，冷静下来，先背单词，然后做题，做题做恶心了背单词，背单词背恶心了做题。这样轻轻松松又挺了一天，到第二天、第三天，很犹豫，但还是挺下来了。

到了第四天，一模一样，又想放弃了，就觉得我这是干吗呢，大好的青春在这儿耗着，于是又想放弃。走到门口看到那些书，心想应该再给它们一次机会，于是又拿起一本。注意！这时候有个技术性的问题，如果你再拿上次那一本，翻到那句话，“不怕苦，吃苦半辈子；怕吃苦，吃苦一辈子”，管不管用？肯定不管用。没准你一看心里就直骂娘，心说就是上了你这句话的当，老子才多受了三天罪！要不然老子早就滚滚红尘去了！所以，历史的经验教训告诉我们：绝对不能再碰那本书。我当时为什么要买一堆呢？就是因为这个，不然一本不就够了嘛。拿起另外一本，随便一翻，翻了不到三页，又一句警示之言，说：“失败只有一种，那就是半途而废。”我心想，哇，说得多好啊！然后号啕大哭、满地打滚，又不行了，冲到卫生间洗个冷水澡。这次很极端的是甚至把光鲜一点的衣服都剪掉了，就只剩些秋衣秋裤，不能出去见人了。

平均每三天放弃一次，绝不夸张。中间有一两次，狐朋狗友实在不忍心了，杀到郊区把我拎出去滚滚红尘了一把。但基本上靠着那堆书，我坚持到了最后。实际上等到离开那个房子的时候，那一堆书只剩两三本没碰过，其他的都看了。也就是说，量的掌握很关键，如果你差那么两三本，可能就前功尽弃了。

文/罗永浩

宝剑锋从磨砺出，梅花香自苦寒来。人生亦是如此，不吃苦中苦，难得甜上甜。一分耕耘一分收获，肯吃苦肯上进肯付出才会有回报，得到相应的成功，下半辈子就可以享受到回报。反之，不肯努力不肯吃苦，便会在懒惰中挣扎一辈子。

他们为什么能得诺贝尔奖

从2011年10月3日开始，2011年度诺贝尔奖陆续颁出。布鲁斯·巴特勒、布赖恩·施密特、达尼埃尔·谢赫特曼、托马斯·特朗斯特罗姆、埃伦·约翰逊·瑟利夫……在这些对普通人来讲既陌生又令人崇拜的名字后面，人们有理由相信：他们绝不是浪得虚名，一定有非凡的过人之处。所以，不仅科学家需要学习，就是一般的职场人也可以从中分享成功的职场心经。

瑞典卡罗琳医学院将2011年诺贝尔生理学或医学奖分别授予3位科学家：美国人布鲁斯·巴特勒，卢森堡人朱尔斯·霍夫曼，以及加拿大人拉尔夫·斯坦曼。卡罗琳医学院说，获奖者发现了免疫系统激活的关键原理，这使人们对人体免疫系统的认识有了革命性的改变。据介绍，无论是研发针对传染病的“治疗性疫苗”，还是开发对抗癌症的新方法，这3位科学家的研究成果都有重要的意义。

布鲁斯·巴特勒1957年生于美国芝加哥，1981年获得芝加哥大学医学博士学位，2000年起担任斯克利普斯研究所遗传与免疫学教授，是美国的免疫学家和遗传学家。巴特勒获奖后，感慨地说：“站在父亲的肩膀上，让我在医学研究的道路上起点很高，且少走了很多弯路。”他的父亲，是一名血液学家和医学遗传学家。巴特勒还在读小学的时候，就很崇拜父亲。中学时，他的生物课学得非常好，上大学选择专业时，也听从父亲的建议，第一志愿报考了医学院。取得博士学位后，他立即投身于父亲的遗传与免疫学研究领域，共享了父亲的一些科研成果，这让他的科研起点比别人高一些——这就好比登山，别人都是从山脚开始，巴特勒是父亲用直升机吊到半山腰开始攀登，自然就会比别人更快地到达山顶。

启示：布鲁斯·巴特勒乐于做“科二代”取得成功的事例告诉人们，即使是“官二代”、“富二代”，也应该利用现有的资源优势进行发展，只要遵纪守法、品德优良、作风正派、技术过硬，借助“老子”取得成功同样无可厚非。

拥有美国和澳大利亚双重国籍的布赖恩·施密特因在天体物理学方面的卓越贡献，与其他两名科学家分享2011年的诺贝尔物理学奖。施密特在接受媒体采访时表示，从美国辗转到澳大利亚并展开研究是促使他获奖的关键因素。

“对我来说，在澳大利亚工作对参与超新星研究并有所发现是至关重要的。我来澳大利亚时才27岁，那时就能够充分利用这里的资源和条件并管理一个国际团队，这是一个非常难得的机会。我十分感谢澳大利亚国立大学当时对我这样一个年轻人给予的所有工作支持。”施密特还表示，他当时愿意来澳大利亚的另一个原因是能够在位于堪培拉附近的斯托姆洛山天文台工作，这个天文台是世界上最好的天体研究机构之一。

启示：布赖恩·施密特的获奖感言诠释了这样一个真理——天时、地利、人和对一个人的发展至关重要。施密特拥有一个好妻子，又在尖端实验室工作，研究的课题又找准了方向，加上自己的努力和天赋，让他最终登上了成功的巅峰。身在职场的你，也要时时刻刻关注企业和身边的人和事，努力寻找发展契机，着力处理好人际关系……通过努力，当天时、地利、人和一同垂青于你之时，便是你飞黄腾达之日。

以色列人达尼埃尔·谢赫特曼以发现准晶体赢得2011年度诺贝尔化学奖。但在30年前，谢赫特曼的这一发现曾“极具争议”：“当我告诉人们，我发现了准晶体的时候，所有人都取笑我。”谢赫特曼于1982年4月8日首次在电子显微镜中观察到一种“反常理”的现象——他们当时所观察的铝合金中的原子，是以一种不重复的非周期性对称有序方式排列的，而按照当时的理论，具有此种原子排列方式的固体物质是不存在的。因此，谢赫特曼的发现在当时引起极大争议。为维护自己的发现，他被迫离开当时的研究小组，但这一发现促使科学家开始重新思考对物质结构的认知。

在谢赫特曼发现准晶体后，科研人员陆续在实验室中制造出其他种类的准晶体，并在取自俄罗斯一条河流的矿物样本中发现天然准晶体。瑞典一家公司也在一种钢中发现准晶体，这种准晶体如同盔甲一般增加材料强度。如今，科学家正尝试将准晶体应用于其他产品，如不粘锅涂层和柴油机制造等。1984年，另一个研究小组独立发现类似现象，两个小组的研究结果得以同时发表。从此，谢赫特曼先后获得几乎所有科学奖项，并迫使同行重新认识固体材料。

启示：通往成功的路上总是崎岖不平的，最终登顶的总是那些百折不挠、锲而不舍之人。达尼埃尔·谢赫特曼用信念支撑最终取得成功就是最好的例子。职场的人们要有信念，要树立“天生我材必有用”的理想，遇到困难不退却，用顽强的毅力坚持下来，或许就会迎来成功的那一刻。

瑞典诗人托马斯·特朗斯特罗姆获2011年诺贝尔文学奖。托马斯·特朗斯特罗姆1931年生于瑞典，1954年发表诗集《17首诗》，轰动诗坛。至今共发表163首诗，出版了《途中的秘密》、《半完成的天空》、《音色和足迹》、《看见黑暗》、《野蛮的广场》、《为生者和死者》和《悲哀贡多拉》等10部诗集。

托马斯·特朗斯特罗姆从13岁开始写诗，今年已经80岁了。他一年只作3首诗，时至今日，创作的诗歌只有100多首，但篇篇都是精品。他在瑞典家喻户晓，作品被译成60多种文字。1990年患脑溢血导致右半身瘫痪后，仍坚持纯诗写作。他善于从日常生活入手，把有机物和科学结合到诗中，作品多短小、精炼，往往用意象和隐喻来塑造个人的内心世界，把激烈的情感寄于平静的文字里。他被誉为当代欧洲诗坛最杰出的象征主义和超现实主义大师。从1993年开始，他每年都被提名为诺贝尔文学奖候选人。诺贝尔委员会颁奖词这样写道：通过凝练、透彻的意象，他为我们提供了通向现实的新途径。

启示：风水轮流转，以往诺贝尔文学奖的得主大多是写小说、剧本的，诗歌、散文得奖的较少。这次托马斯·特朗斯特罗姆能以诗歌获奖，说明只要作品深刻、优秀，“副科”、“小儿科”、“旁门左道”也能得大奖。职场的你，不管做的是多么不起眼、多么微不足道的工作，只要与众不同、出类拔萃，一样能得到上司的肯定。总之，配角、小领域也能成就大事业。

挪威诺贝尔委员会宣布，3个女人——利比里亚女总统有非洲“铁娘子”之称的埃伦·约翰逊·瑟利夫、有“和平斗士”之称的利比里亚活动家莱伊曼·古博薇以及也门记者兼妇女权益活动家塔瓦库·卡曼分享2011年度的诺贝尔和平奖，消息一出，便有人质疑获奖者资格，甚至有媒体认为颁给女性有“照顾”之嫌。

埃伦·约翰逊·瑟利夫是经济学家，曾就读于美国哈佛大学，2005年成为非洲大陆第一位民选产生的女性总统。埃伦·约翰逊·瑟利夫有着丰富的从政和在金融行业工作的经验，她曾担任利比里亚驻联合国官员，还在联合国开发计划署、美国花旗银行驻肯尼亚的分支机构、世界银行以及一些私人金融机构工作过。作为利比里亚团结党的领导人，埃伦·约翰逊·瑟利夫在利比里亚政坛以独特的人格魅力赢得人们的尊重，享有“铁娘子”的美誉。2003年以前，利比里亚处于内战状态。在一些人看来，埃伦·约翰逊·瑟利夫属于改革派，倡导和竭力维护和平，同时着力经济和社会发展，巩固女性地位。埃伦·约翰逊·瑟利夫当选总统后，成功地使国家结束了内战，取得了统一。

启示：非洲的总统有几十位，为世界和平作出的贡献比埃伦·约翰逊·瑟利夫还大的总统也大有人在，为什么偏偏她得了诺贝尔和平奖呢？这是因为她是非洲大陆第一位民选产生的女性总统！2011年诺贝尔奖得奖者大多是男性，所以，某些奖项就要考虑让女性得奖——这就是平衡关系、性别搭配。在职场，你如果不能在所有人当中拔尖，那么你能在同性中冒尖也可以，因为老板在提拔员工的时候，有时会考虑性别比例。

文/肖保根

他们为什么能获得诺贝尔奖？很多人都会有这样的疑问：诺贝尔奖得主究竟有哪些共同点，他们为何能够取得如此辉煌的成就，究竟是哪些内部和外部因素使得他们获得诺贝尔奖？国外科学家的获奖和取得成果，更多的是无心插柳的结果，同样也可以说是宽松自由的科研环境的结果。另外，不管你是“官二代”、“富二代”，还是天时地利人和兼具，抑或因身为女性受到照顾，品德优良、技术过硬、百折不挠、知难而进都是不可或缺的。本文作者夹叙夹议，将诺贝奖获得者的获奖原由与职场做人做事结合起来进行分析，相信会对你的职场生涯有所助益。

为一件事痴迷是非常幸福的

一个人如果无法将所要关注的对象集中于心上，或者无法将不必集中的对象驱逐于脑外，这样的人不论做任何事都将一无所获。

前几天，我收到哈特先生写来的一封信，信上主要的意思都是在夸赞你，我看了之后非常高兴。作为当事人的你，如果不能感觉出我对你的这种进步有如此的充实感和喜悦的话，那实在是太令我伤心了。如果你真的取得了如此长足的进步，我相信你就会更勤勉地学习。

哈特先生说你在学习上非常认真，学习态度十分积极，由此，你的理解力和领悟力也大大增强了。如果你能够将这一点坚持下去的话，往后的学习就会变得更加轻松愉快了。在我看来，你越努力，学习的乐趣也越会不断地增加。

在你学习时，希望别忘了我一再对你强调的那一点，那就是，当你在做事的时候，集中精神是最重要的。除了正在做的这件事之外，别的什么事情都不要想。不只是学习时需要如此，游戏的时候也是一样，我希望你游戏的时候能够和学习时一样认真。相反，如果你在这两种场合都不能认真地集中注意力，那么你不论做什么事情，都将会毫无进展，也无法从中获得丝毫的满足感。

一个人如果无法将所要关注的对象集中于心上，或者无法将不必集中的对象驱逐于脑外，这样的人不论做什么事都将一无所获，甚至连游戏时也无法尽兴地去玩。

我希望你先想象一下，在晚会或餐宴上，有没有人会在脑海里还在想逻辑问题？如果真有这样的人，他尽管和大家在一起，但也无法享受其中的乐趣，而且在众目睽睽之下，他的这种举止将会让人感到非常不合群，因而不受他人欢迎。同理，如果一个人在书房里研究某一个问题时，脑海中却一直浮现着摇滚音乐，这样的人一定也无法成为优秀的学问家。

虽然说我一再强调一次只能做一件事，但是一天里如果有充裕的时间，还是可以做好几件事情的。可是，如果你把两件事情放在同时去做的话，即使用一年的时间，你也不会取得令人称道的成绩。

已故的法律顾问德威特先生，我们的国事是由他一手包办的。他除了能够将这些事情掌握自如以外，夜晚的集会也每场必到，一个白天如此忙碌且公务缠身的人仍能有充裕的时间和大家一起吃饭。有时候，他手中虽然工作繁杂，但是晚上仍然安排出闲暇时间去参加娱乐节目，到底他是怎么运用自己的时间的呢？德威特先生说：“其实这并不是什么特别困难的事情，一次只做一件事情，今日事今日毕，仅此而已。”

德威特先生确实能够一次集中精神在同一件事情上，使自己不被其他事情所干扰，我认为这就是他比别人突出的地方。或许有了这项能力，就可以证明他是一位天才了吧！反过来说，一个凡事静不下心来、做事情匆匆忙忙的人，他一定也会一无所获的。

另外，一个每天叹息自己“我今天只做了这一点点事情”的人，也不会取得什么大的突破。

有很多人忙碌了一整天，到了临睡前回想起来，却一件事情也没有完成。这样的人即使读书读了两三个小时，所看到的也只是文字表面而已，所以事后回想起来，刚才到底念了哪些东西，却一点儿也想不起来，就更别提内容了。和别人在一起交谈时也一样，有的人有时会显露出自己丝毫没有积极参与的欲望。如果他不能仔细观察谈话的对象，当然也无法把握谈话的内容，这样的人在这种场合也当然会觉得自己和当时的场面毫无关系，甚至觉得很无聊。

这样的人即使到剧场里看戏，他也不注意看重要的剧情，只会注意身旁一同前往的人，或者只注视灯光、照明的问题。我希望这样的情形不会发生在你身上。当你在和别人相处时，也应像你在读书时一样，一定要集中精神。读书时将记忆力全部集中在所要阅读的内容里，让思想奔驰在书本的内容中。与人相处时，将注意力倾注在所见所闻里，这一点是非常重要的。

常有人说："虽然眼前发生了某一件事情，或者有人在同我说话，我却似乎没有看见，也没有听见，脑子里不知怎么搞的，总是在想着别的事情……"如果轮到你也出现了这种患得患失的感觉，我建议你要严厉地责问自己：为什么要想着别的事情呢？这一件事情又是怎么窜到脑子里来的呢？真的有必要现在进到脑子里来吗？经过这番询问，你会发现，此时你实际上并没有想着"别的事情"，只是脑子里一片空白而已。

也许有好心人此时会建议说，既然已无法将注意力集中于工作上了，倒不如将工作停下来，去好好娱乐一下。事实上，这样的人不仅不能将精神集中在工作上，也无法集中在游戏上。他们即便停下了手中的工作，也无法定下心来好好地玩，因为这样的人就是喜好颠三倒四，患得患失。

不论做任何事情，都必须拼命地去做，如果是半途而废，倒不如不做来得好。最重要的是，要把全副精神集中在自己的工作上。当你决定是否去做某一件事情时，它要么就一定有去做它的价值，要么就是没有去做的价值，答案不可能有中间解，所以一旦决定了去"做"之后，就要集中精神去做。例如，当你在阅读《荷马史诗》时，应将全副精神集中于作品上，一边想着它所写的是否正确，一边学习其优美的措辞和诗句，绝对不可以将心神转移到别的作品上。

文/查斯特菲尔德

在文章中，作者表扬儿子养成专注做事情的好习惯，并论述了一次做一件事、今日事今日毕的重要性。他认为，人们在做事的时候，只有将注意力完全集中到所做的工作上，才可能把它做好。进一步而言，不能集中注意力的勤奋无法使人成功。这一点对于正在为了理想抱负而努力打拼的人是至关重要的。因为大千世界里的种种诱惑以及可供选择的各种机会对于年轻人来说，更像是一杯闻起来很香的毒药，一旦“中毒”，养成了三心二意的习惯，那将是埋没成功的一个大陷阱。从这个意义上来说，为一件事痴迷，直至成功，是非常幸福的！让我们向所有站在正确的道路上为人生理想而奋斗和坚持的人致敬！

我们为什么读书

一份资料表明，自20世纪90年代以来，我国每年人均购书量不到5册；国民阅读率连年下降，每年有超过一半的识字成人一本书也没读过。

这已经是一个让人触目惊心的数字，但是请注意，在那可怜的不到5册的人均购书量中，有多少册是《铁路列车时刻表》？有多少册是《城市交通规则》？又有多少册是正在匆忙应对大中小考的学生们为我们分担的？一册？两册？还是三册？

毫无疑问，我们的阅读正在被人不知不觉地偷走。

也许在拿“书”用做“敲门砖”的人生阶段结束之后，对许多人来说，那是至今记忆惨痛的时光。从五六岁开始，童工般地背着沉重的书包去上学，行走在早晨与黄昏灰暗的路灯之下，心中的欢乐和光明也一点点死去，于是再也不碰这种印成一册一册的东西。

可是听听自己心灵的声音，在这片空旷的田野上，怎能缺少一束温暖的阳光、缺少一片辽阔蔚蓝的天空？

找回我们的阅读吧！让阅读的泉水，重新灌溉我们的心灵。

常问作家为什么写作，也就常问作为评论者的自己为什么读书。

为了心灵？为了生存？为了功利？为了消遣？为了改造世界的抱负？

在我看来，从来不问这个问题的人不是读书的人。在这个浮躁的时代，凡是追问这个问题，并陷入苦恼的人，也许才是真正靠近了读书意义的人。

人生苦短，幸亏有了书，人类在时间和空间上才能把见闻扩大无数倍，有的甚至等于多活了几个人生。在书中流连忘返，善于汲取精华者，是珍视人生的本质与自由的人，是心灵的向上者。当然，人们读书的目的不可能是单一的，多样目的交叉并存。可是，当根本性的需求变得茫然的时候，就会出现阅读的危机。

3岁的时候，父亲因病故去，留给我们的似乎只有沉重的书了。小时候的我很孤独，常在书架间独来独往。虽然这些书我根本看不懂，但它们似乎给了我一种神秘的力量。

及至能读一点书时，记得首先翻开的是梁启超、鲁迅等人的书。那时当然不知好在哪里。直到渐老时才意识到，其实他们已经来到了我的灵魂，在悄悄开启我的心灵之门。

我把这样的读书统称为心灵的阅读，尽管有时也带有为写作而吸吮营养的急迫目的，但能读得进去，灵魂是投入的。

可是近年来，情况发生了变化，我的读书生活也随之出现了危机：想读的书，永远没有时间读；不太想读的书，却占去了大量时间，而且永远也读不完。我好像在进行着一场永无尽头的长跑。有时会产生荒诞感：看似永远在读书，又好像永远没有读书；或者，不知是我在读书，还是书在读我？我也想好好地读一批好书，把它们放到书桌最显眼的地方。可是一年了，两年了，除了翻过前言提要，还是顾不上细读。它们已摆了很久，好像对着我冷笑。

当然，这跟我的职业也有关系。我是习惯于对创作思潮和文学作品发言的人，可现在作品数量激增，动不动数以千计，即使选择很小部分，也是惊人的数字。更要命的是，真正经得起阅读的书没有几部，大部分书因为贫血和缺乏真切体验而不好看，却又不能不看。于是，我的读书姿态常常是：一卷在握，正襟危坐，每个细胞都很紧张，为的是在最短的时间抓出一些要领，形成一个评论的框架。所谓艺术的直觉，沉醉自失，含英咀华，都谈不上了。我读得专注，读得累，可就是没有发自内心的感动。这不能不说是读书的异化。我把这种阅读叫做“实用阅读”或者“功利阅读”。

我不知道，像我这样得不到阅读快感却又不停地大量读书的人，现在到底有多少，这个队伍是否还在扩大？但我知道，为了拿硕士、博士头衔和教授、研究员职称，天天硬着头皮读着并不爱读的书的人，不在少数。至于为了出“学术成果”，为了发“权威”、发“核心”，殚精竭虑，刻意把文章弄成一种标准模式的，天底下真不知有多少。这些文章大都不是为了让人看的，而是为了拿来“实用”的。也许这一切情有可原，但总得给心灵的阅读留出空间，让读书回到读书的本义上去：在精神原野上的自由驰骋。

现在，我很怀念这样的我：在书店的一角斜倚着，默默地读着，不觉天已黄昏；在图书馆坐了一整天，闭馆的电铃声响了，周围的人都走了，我满足地伸了一个懒腰；午睡时看书，书掉到地下了，我也沉沉睡去……所以，有一天，当我的一个学生问我，我们为什么读书时，我说：为了心灵的自由。

文/雷达

在今天这样一个高速运转、信息爆炸的时代，我们还要读书吗？我们还顾得上读书吗？我们还可能读书吗？的确，如今读书是件有点奢侈的事。它需要你付出时间，付出精力，还要付出一份心境。许多更急迫的事情，都会排在读书前面，不过，如果真的喜欢读书，时间还是挤得出来的，比如在排队、等人或是漫长的旅行之中。关键在于你是否觉得读书是愉悦的，是否能够在油墨的芳香中、在纸页翻动的声音中、在文字的遨游中体会到一种不读书的人难以获得的一种心情。正如贾平凹在《好读书》中所说的那样："能好读书必有好读书的好，譬如……不为苦而悲，不受宠而欢，寂寞时不寂寞，孤单时不孤单，所以绝权欲，弃浮华，潇洒达观，于嚣烦尘世而自尊自重自立，不卑不畏，不俗不谄。"

我们执笔的意义

19世纪所期望的，可不是20世纪这样子的。（木心）

当今这一代中国的青年们，上到初中的时候，便开始在课本上见到鲁迅的文章，并且重点学习它们——即使，这重点代表的只是大段大段地背下拗口的语句分析和文章的中心思想，然而……

暂且先将这“然而”略过不提吧。1918年，鲁迅先生写下《爱之神》。被爱神一下射中的人儿，即使是“还有心胸”的那一个，却也同样问出叫爱神疑惑的问题：“我应该爱谁？”

也无怪爱神顿时“着慌”了。无论哪一个尚且未曾麻木完全的人，也都该觉得心头一凉的。当我读到这句话，耳边仿佛凭空响起了隆隆的回声：“我应当爱谁？”“我应当爱谁？”我胆战地望向声音的源头，只见那里浮现出成千上万张麻木的脸孔，他们的嘴巴似木偶一般机械地开闭，无时无刻地，一遍又一遍问着：“我应该爱谁？”

这样可怖的一幕，让我冷汗涔涔起来。爱神“着慌”，我也是，鲁迅亦是。只不过鲁迅望到的是旧中国麻木国民的脸孔，而我望到的，是千千万万与我一样年纪的，成长在如今教育体制下的中国青年。

我们出生在这个和平的年代，过着比先辈们条件好无数倍的生活，从小接受所谓的素质教育，度过比其他国家的同龄人艰苦无数倍的学生生涯。

我此时要说出那“然而”了——然而，我们中的越来越多人，在不知什么时候，失去了独立思考问题的能力，失去了质询课本的勇气，失去了作为国家顶梁柱的责任感。

所谓初生牛犊不怕虎，这句话是很有道理的。只是这无惧是因为无知，人生之初，无所知晓，自然也无可畏惧。无论是旧中国麻木的国民还是如今失去了自己思考能力的青年，在他们的人生之初，理想、勇敢、执著、创新力，都是如此鲜活地在他们心中真切存在过的。而当今这无数的中国学子们，在所谓的素质教育体制之下，在一次又一次地被否定后，收起了勇敢质疑的目光，嗫嚅着退进了这个社会以教科书为界，为他们画下的思想牢笼里，木然地重复着师长的话：“书上这样写，自然这样做，哪里有什么为什么。”——用问着“我应该爱谁”时一模一样的脸孔。

还有一个然而——然而，即使是以这种方式，他们毕竟也算是读着鲁迅长大的一代啊。

鲁迅的种种不必多言，毛泽东对他的评价便可概括一切：“鲁迅的骨头是最硬的。他没有丝毫的奴颜和媚骨，这是殖民地半殖民地人民最可宝贵的性格。”如今他已长眠多年，无法眼见当初他奋力挥笔营救的这个命途多舛的国家，是怎样一步一步走上独立富强。

只是如今青年们写作的光景，若他预料到的话——其实也许他早已预料到了，所谓国民的劣根性，当年他是一书再书的。即使如今歌舞升平，人民高唱生活奔小康，这些劣根性也只是换上副粉饰了些许的面孔，同样可怖地张牙舞爪起来。甚至，在这样表面一派繁荣下酝酿着的巨大危机，是比当初可怕得多的。如今青年写作、读书时，只知用对套路取得一个好分数；后来，为了名，为了利，有的自我欺骗得彻底些的，便美其名曰远大前程，并且陶醉其中，丝毫不为之羞愧。我常不禁想，鲁迅先生若是在世，必定是要愤而夺过他们手中那支虚伪的笔，用力掷于地上的。而若是说得穿些，这些青年也是无奈的：他们的身后是整个价值观趋于功利化的社会，还有一整个同样受到这种教育的家庭殷切期盼的目光。这一切使他们如芒在背，他们不敢，也不忍伸出手去抗拒。时间长了，自然连自己长着一双可以抗拒的手也全然忘记了。

这可以说是整个社会的过错，若这样发展下去，终会成为一个国家的悲剧。青年们在这样的背景下载浮载沉，无法自主，身陷泥泞而不自知。当这个国家的青年失去了心中执笔的意义，危机便蓄势待发。

我深觉自己身处这无数青年中的无力与悲哀，然而我终在盼望这片无形的黑暗里迸出光明。“知世故而不世故才是最善良的成熟”，我执紧了手中的笔，坚信着，文学不死。以吾辈，必效鲁迅先生，以笔为利器，振兴中华。因为鲁迅先生其实早已借爱神之口，为迷途的人们给出了答案：“你要是爱谁，便没命地去爱他；你要是谁也不爱，也可以没命地去自己死掉！”

文/张旖天

鲁迅先生以笔为武器，战斗了一生，被誉为“民族魂”。作者由此联想到在当今教育体制下失去了思考能力的现代青年，写作、读书无不带着极大的功利性，同此自感身处其中的无力与悲哀，决心仿效鲁迅先生，以笔为武器，奋斗一生。本文虽是一篇作文，但我们可以从中看到构思的精妙、行文的犀利，更可以见识一个中学生宽广的知识面和思考的智慧。

写给追求梦想的你

经过反复地、剧烈地、常人不能承受的打磨之后，那块石头才会被叫做钻石。因为打磨和切割的面越多，钻石的光芒就越耀眼。你是否经历得起那些挫折和委屈?

如果你想做一名出色的外交官，那么这些是最基本的事情:

一、从大一起你就要开始努力学习“二外”。西班牙语是世界上使用人数最多的语言之一，当然法语也很美，你自己选择。

二、你的英语要完美无比。“完美”的意思不是你能理解英国人的幽默，而是你能讲让英国人会心一笑的话，同声传译不该是你的最终目标，而应该是你的基本功。你要了解外国的文化，明白他们的思维，当他们问你中国人为什么吃狗肉时，你要有个有趣的和对方文化相关的回答。

三、你要去上国际政治系的课，明白世界历史的由来。美国两百年来如何崛起，第二次世界大战为何发生，能源危机将导致世界格局怎样的变化，中国当今的国际处境如何……

四、你要懂得经济学。单单宏观经济学和微观经济学是不够的，要明白资本的由来和运作，政治在跨国资本运作中扮演什么角色，比如为什么中海油收购美国的优尼科最后会因为美国国会干涉以失败告终?

（开始觉得枯燥可怕无聊了吧。）

五、你必须上中文系的课。明白和理解中国文化的美好与力量，在需要的时刻，扬我国威。比如谈谈昆曲的历史，侃侃马可·波罗到中国时候的元代街头小吃……

六、你必须上历史系的课。明白中国和世界历史的来龙去脉，而不是像高中历史那样记住一个日期地点以及条款的一二三四就可以了。你不想看二十四史之类的古书，那么钱穆和黄仁宇的书可以开阔你的思路，《剑桥世界史》和《剑桥中国史》也值得一看。但是记住，所有历史书都不能代表原来的历史，相信自己的判断力，也要警惕自己的偏见。

七、参加活动。所有可以锻炼你的表达能力和沟通能力的活动，明白人际，明白人心。

八、……

人生也是如此，可以拿走的并不很多，你我的手，其实很小，不如去挑选那些你想要的糖果，做你最擅长也最让你快乐的事情才好。

任何一个完美计划，都有昂贵的代价。亲爱的野心勃勃的你，你想做的是钻石，你可知道，经过反复地、剧烈地、常人不能承受的打磨之后，那块石头才会被叫做钻石。因为打磨和切割的面越多，钻石的光芒就越耀眼。你是否经历得起那些挫折和委屈?

我一直相信当我们出生的时候，已经被给予了这种或者那种的才能，那种可以让我们真正乐此不疲的事情，为此付出无数却还乐呵呵的事情。

这种才能和现在普通的沉溺有一个区别，那就是，普通的沉溺是一种消耗，对你毫无营养，让你黯淡，变成庸人，不过是打发时间，固然在当下是快乐的。而那种可以让你激发才能的事情，却是让你发光的，让你在做这件事情的时候感觉到自信和自如，固然有挫折也阻止不了你的追求，简直像一场一见钟情厮守到老的爱恋。

有容易的事情做，所以我们常常就会放弃艰难的事情，可偏偏是后者才可能让我们与别人有所区别。

每一次选择，都代表我们放弃了其他的选择，投资的时候，要把眼光放远。我们的人生有很多的阶段，每个时间段都可以做各种各样的事情，这些事情也未必都是坏事，都可以带给我们各种各样的收获。我们需要在最恰当的时候做最合适的投资，人生才会满满当当，只赚不赔。而且，赚或者不赚，未必是用数字去做衡量的。

没有什么外界的规范可以让这些心灵强大的人停止对自己生活的追求，年龄不会是界限，虚荣不会是障碍，名利更不是他们想随身携带的东西。什么时候该做什么事情，他们自己说了算。

他们从来不讨厌自己眼下的生活和工作，但是他们要实现的理想和目标，也从来没有忘记。

生活的强者，和成绩或者成功无关，只关乎心灵，还有意志。

成熟的人们尊重自己，也尊重别人。我不知道年轻的你有没有过这样的经验，就是太想得到别人的肯定而不肯放弃自我中心，一旦被忽视或者冷落就觉得受了委屈。成熟的人们清楚自己的价值在哪里，不需要别人围着自己来实现自我肯定。但是他们也有自己的原则，在需要的时刻决不让步。他们有个非常健康的自我。

我喜欢成熟而且有趣的人。他们理性，宽容，从容，可是永远保留着爆发的能量。他们保持着对世界的好奇心，永远在学习。他们不轻易动摇，但是永远准备着倾听不同的意见，理解不同的人生。他们对自己的选择负责，他们也许抱怨，但是抱怨之后一定有真正的行动。他们一直在练习宽容，他们懂得欣赏不同的美和生活方式。懂得享受，也能够克制。他们在世界这片汪洋大海里游泳，偶尔也被人生选择和人际关系之类的波浪呛到，时不时地发生一些小意外，他们知道那是人生常态。就算眼下有些狼狈，重要的是继续游下去，前面有风景在等着自己。

文/沈奇岚

别人的成功我们可能无法复制，但是别人的经验我们可以吸取。可能每个人的成功都是在不一样的环境、社会中取得的，但是时代的不同也不能作为追求梦想的借口，只是看你追求梦想够不够执著，够不够坚韧。

邂逅梦想

这个时代，梦想对我们每个人来讲，到底是一种奢侈品，还是一种必需品呢？可以说梦想人人有，很多人说现在现实压力太大，梦想真奢侈。还有一种人的梦想就相当于粮食，相当于空气，是生命的保鲜剂，所有生活出发的理由和最后的归宿都只是为了这个梦想。当一个人把梦想当成生活必需品的时候，梦想就能引领我们的现实。

其实梦想和现实之间还有一个中介点——那是理想。很多人都问过我，梦想遭遇现实的时候就会破灭吗？我想说重要的是怎样从现实里找到一种可能性，让我们的梦想变成理想，然后为它奋斗。

梦想跟行走又是什么关系？我自己在行走的时候有一个感受：我们在不同的地方，其实会完成3种不同的邂逅。第一重邂逅是完全陌生的山水风情，它让我们惊讶，让我们震撼，让我们感慨，这一切开了我们的眼界，给我们一种不同的经验。比这更深一层的邂逅，是邂逅到一种生活，一种理念，一种人生态度。同样的日子为什么有人跟我们过得不一样呢？越过这种邂逅，第三重就是邂逅了我们自己的梦想，触摸到一个从来不曾相遇的自己。人在旅行中有时候会开怀大笑，像一个天真的孩子，有时候会放声痛哭。我们穿着职业装在写字楼里甚至在自己家人面前都没法释放出来的眼泪这一刻迸发出来。有的时候我们会酩酊大醉，我们会像李太白那样“但使主人能醉客，不知何处是他乡”，这些时候我们邂逅到的是那个完全陌生的自己。

我们为什么要行走呢？我们去邂逅风景，我们去邂逅他人的生活坐标。最终我们邂逅了梦想中的自己，因为行走让我们勇敢。2011年4月，我去了一趟印度，一路很辛苦，当我们千辛万苦到达恒河边，去赶昆梅拉节——印度12年一次的沐浴节时，我们看见成千上万的人从各个地方徒步而来，抬头是男人顶着的一个个的包袱，低头是女人手里拉着的一个个的孩子。他们比我们辛苦多了，千山万水走过来，来到恒河边上。在3个月的时间里，据说昆梅拉会聚集一两千万人。他们为什么到这里来？我曾经在40℃的炎炎烈日下问一个又瘦又小的印度人，我说你们觉得这么重要的一个节日，为什么不能每年都有一次，干吗要到12年呢？他很平静地跟我说，如果我不经过这么长的等待，心里怎么会有这么深刻的喜悦，怎么会有这么平静的喜悦呢？那时候我很感动，因为他耐得住寂寞去等一个梦想中的节日。那是一种很隆重的解释，那也是一个很俭朴的仪式，因为一切都在水中。

日本有一本书很多人看过，叫做《答案水知道》，中国也有“上善若水”之说。恒河里到底有什么呢？这是他们的母亲河，婴儿在这个地方完成洗礼；这也是他们的归宿，每个人最终会把骨灰的一小部分撒进恒河。很多人都会问我，你不觉得那个水脏吗？其实当你站在他们中间，感受生命敬畏的时候，就会知道这是一个多么庄严和肃穆的梦想。一个人从梦想中走过，梦想到底能给我们什么？其实梦想本身不是目的，在追逐梦想的路上，我们会真正佩服自己。

我在19岁的时候，曾经和两个读研究生的师兄去过敦煌的沙漠。他们两个人白天出去拍片子的时候，我有一天突发奇想，一个人想去沙漠里面看看那些奇丽风景。我从莫高窟的洞里出来时已经是下午4点。那两个师兄多次吓唬我说，你自己不许进沙漠，晚上天就黑了。我那时候天真地想：黑有什么可怕呢？我就向莫高窟的讲解员借了一个装8节一号电池的巨大手电，斜挎在身上，我想有手电就不怕了。我给他们留了一张纸条，说我去沙漠了，我带手电了，你们别担心。后来我还带着一把英吉沙的短刀，和一条毛巾，还装了火柴，带了水。我想自己装备得已经很完备了，就进去了。

那一路上，你感觉到天空的阳光一把一把地洒进沙漠，你看见那个沙漠金灿灿的，线条从来没有被破坏过。我一个人在那里欣赏着欣赏着，突然觉得就像坐滑梯一样到了底，天就黑了。突然之间，沙漠里的气温连10℃都不到。我费了好大的劲用那条毛巾做引子才终于点着一小堆火。看着天空，一个人在这里一直等到凌晨。后来我那两个师兄找到了我，并痛斥了我一顿，说你看你给我们留的纸条上，说你带手电了，手电有用吗？我当时想想手电真的没用。他们俩就说我，你知道沙漠里会有沙丘的平移吗？你知道沙漠会有狼吗？你知道沙漠里降温要降二三十度吗？你知道这个沙漠里会有沙尘暴吗？你凭着一个手电就敢来沙漠啊？我当时已经委屈胆怯，觉得犯了那么大的错误，我已经不敢说出来对一个城市长大的女孩来讲，那是我的一个梦想，尽管这个梦想显得有点荒唐。

曾经的梦想会告诉我们青春是一种资本。你已经做过的事情告诉你，你还可以去做更多的事。而未来的梦想是生命的保鲜剂，一步一步走过去，你会觉得就像手电光一样，在心里也是一种能量。今天我们会看到沙画。我对沙画一直很感慨。这些沙粒组成一个非常美妙的图案，转瞬之间它就消失了。这些沙子一幅一幅图案演绎过去，最终归于一片空寂。我们每个人在这个世界上就是这么一粒流沙，如果我们曾经演绎过这些画卷，它就实现了我们的梦想。人生没有痕迹，就像光阴流水一样都走完了，但是幸亏有梦，有梦就不会觉得人生太寒冷。如果有梦，哪怕我们是一粒轻沙，越过千山万水去演绎这一幅一幅沙画，到最终梦想会变成我们生命中真正不得剥夺的资源。当我们走的那天，钱不能带走，房子不能带走，孩子不能带走，我们唯一带走的是这些曾经的经历，而鼓励我们去积累这些经历的，只有一个，那就是梦想。祝大家梦想都成真。

文/于丹

每条河流都有一个梦想，奔向大海。长江，黄河都奔向了大海，道路却不一样：长江劈山开路，黄河迂回曲折。轨迹虽不同，但都有一种水的精神。人生则是一段“出门——流浪——而后回家”的旅程，一路的颠沛，荆棘都是我们的游历，更是我们的选择。因为我们期待与梦想邂逅！在浩瀚的生命之岸，你应该自豪地告诉世界，你追求过，奋斗过，为了辉煌的人生你从来没有放弃过希望，从来没有停止过拼搏，而这个造就了万物的世界也将自豪而欣慰地回答你，只有奋斗不息，人生才能辉煌。

一粒种子可以结多少

将一个苹果切开，可以很容易地数出里面有几粒种子。然而，当一粒种子发芽后，很少有人能够预知长成的大树日后会结出多少苹果。

引起我兴趣并且感动的正是一个关于种子的故事。路乞今年65岁，是一位可爱的外国老头。退休前，他是一位法律工作者，名片上的头衔为“法学博士”。20多年前，路乞第一次来到中国，从此对中国文化产生浓厚兴趣，用他学到的汉语自我形容是一种“缘分”。遂决定退休后定居中国，并爱上了一位中国女人。

“路乞”是他给自己起的中文名，意思是“路边的乞丐”。我是在电视上认识这位老人的，其时他正带领着上千名志愿者在南方的一座城市沿路捡拾垃圾，志愿者中包括教师、警察、官员、学生和儿童，还有下岗工人。路乞和志愿者们所到之处，路上的烟头、废纸等各种废弃物纷纷被“请进”垃圾桶，道路转瞬间变得整洁起来。在路乞和志愿者们的感召下，不少行人也纷纷加入了这个捡拾垃圾的行列。

报道说，路乞刚开始捡拾垃圾时，不仅一般人无法理解，就连他的中国夫人也不能接受。一个在大学任教的老人赤手在街道上捡拾垃圾，按照人们通常的观念，不仅与自身的身份不符，且形象不雅，又很不卫生。他的夫人怀疑，这样的行为对于城市环境的改善究竟有多大作用。

但路乞坚持，他说："我重视我的'环境'。我只希望我生活的城市更干净、更美好。"作为一个中国通，路乞在中国有许多朋友，也去过很多家庭。他很坦率地批评道："一些中国人的家里是非常干净的，可是一出家门几步远就很脏了。这不是卫生习惯的问题，而是心态的问题。我要捡的不只是路面的垃圾，更是人心里的垃圾。"

关于环境，似乎每个人都有很多话要说。而中国社会文明进步的标尺之一就是越来越多的人开始重视环境，懂得环境对于人类的生存与发展有着重大意义。然而，具体到一方政府，一个企业，一个个人，怎样把自己的行为与保护环境联系起来，却仍然是不容乐观的事情。

每当我们在城市街道漫步时，总难免踩到那些几乎遍布路面的痰渍，当然还有时不时出现的动物粪便。许多人习惯随地吐痰，并不认为"有什么"。我看过网络上的有关讨论，相当一些人说："随地吐痰缘于无奈，因为城市空气太坏。"关于城市的空气问题显然属于另一个话题，但我无法认同因为空气不好就可以随意吐痰的论调。

不久前参加一次学术活动，因为会议地点选择在闹市区，停车多有不便，我特意没有开车。会议结束后，刚刚认识的一位朋友得知后主动提出送我一程。坐进他的车里，他并不急于发动车，而是掏出一块湿纸巾擦手，边擦边解释："会上跟那么多人握过手，要消消毒。"我自然表示理解。现在社会上传染病那么多，适当的卫生习惯很必要。没有想到的是，他用湿纸巾仔细地将手擦净后，按下车窗十分优雅地将湿纸巾抛到路边。我心里顿时如同吃了苍蝇一般有些不自在。

曾有读者问我，假如有一天我不再写作时最想干的是什么？我当时回答，做一个环境保护者。我在《新星》和《龙年档案》中都写过盲目发展经济对环境产生的巨大破坏，而这种破坏近年来更早已超出了我所描写的程度，到了令人痛心的地步。我们常常感觉无奈，作为一个个体，一个既不掌管权力又无法在媒体发声的普通人就真的对环境无能为力了吗？

我欣慰地看到身边一些年轻人的变化。一次我去香山，看到一群身着校服的中学生在山上捡垃圾，每个人手拎一个塑料袋，里面装着“战利品”。我装作不知情地问他们：“为什么你们的队日活动不像那些游人一样去爬山？”孩子们立刻向我宣传保护环境的重要性，其中的一句话令我印象深刻：“老师说，这座山这些树等我们老了还会在。”

再回到路乞。他孤身一人在路上捡拾垃圾，面对别人的质疑时说：“我不是在捡垃圾，我是在做教育。”他又说：“教育是一粒种子。种子可以生根发芽。你可以很容易知道一个苹果里面有多少粒种子，但是你很难知道一粒种子可以结出多少个苹果！”

多哲学的一句话。如今，路乞这粒种子已经生根发芽，他在自己生活的城市带动了上千志愿者美化环境，他的事迹更通过媒体传播，使千千万万中国人感动。相信受此教育的队伍还会进一步扩大，成为一粒粒种子在各地生根发芽。

文/柯云路

“路乞”宛如一粒的种子，一传十，十传百，使整座城市到处可见捡拾垃圾者的身影。我们愿这一粒粒种子的力量更高、更快、更强，迅速传遍神州大地，从而让我们的天更蓝，山更青，水更绿……

你的书里有神吗

那些书是不是也因为你常翻、常读，伴你食，伴你眠，而有了神？抑或，它还只是一本本冷冷的书，没有生命，早被遗忘？

昨天你的钢琴老师江天来我们家，当你去找琴谱的时候，他就很高兴地自己演奏起来。

“史坦威专业演奏家”毕竟不凡，整个房子都充满他热情洋溢的琴音，尤其弹到强烈处，连地板都感觉到震动。

“这琴还可以吗？”看他告一段落，爸爸过去问。

“很不错！很不错！虽然你说已经买十几年了，可是一弹就知道，没经我这样的人弹过。”江老师笑着说。大概看爸爸不太懂，又加了一句：“就是像我这样专业的人砸过。”说着，双手挥舞，“砸”出一串音符。

“经你这样用力弹过的琴，会不会容易折旧？”我问。

“差的琴会，但如果是好琴，砸上两年，感觉反而更好。”他伸手到琴盖下，指指里面的木槌，“这槌上棉垫子的撞击会不一样。”歪着头笑笑，“说不上来，反正就是不同。有一种更充实、更饱满的感觉，那是‘有神’。”

他这番话使我想起有一次在台湾跟朋友去郊游，大家坐在大石头上聊天，朋友两个顽皮的儿子闲不住，攀上旁边的大树。

“下来！”朋友的太太吼，“危险！”

“他们是爬树专家了。”朋友不以为然地说，“成天看见他们在公园里爬树，你不是都不管吗？”

“公园里那两棵树不一样！”

“有什么不一样？”

“公园里的树，从小树时，就一堆孩子拉着枝子荡秋千，一路玩，一路爬，长成现在那么大的树，那树早习惯了被人爬，孩子也都习惯了爬那棵树，当然不一样。”朋友的太太一边说，一边过去把那两个孩子拉回来，“树也有灵性啊！你们懂吗？这叫有神！”

提到有神，记不记得曾来家住的薰仪，她有一阵子专门研究布袋戏，成天往戏班子跑。

“研究这么久的布袋戏，有什么心得？”有一天，爸爸问她。

“有有有！就是布袋戏偶跟人一样，要常玩！”

“这是什么意思？”爸爸问。

“意思是，你要以对真人的态度，来待那些木偶；你要常玩它、常逗它，它才会高兴。”她格格地笑了起来，“老师，你相信吗？几个布袋戏偶，挂在那儿，你很容易就能看出来，‘谁’常被玩，‘谁’又总是被冷落。”

“常被玩的大概看来比较旧。”爸爸不以为然地说。

“常被玩的比较有神。”她答。

再给你说个故事：

大学时，爸爸上国画大师黄君璧老师的课。

黄老师在教桌上一张张检视学生的作品，常常看到一半，抬起头，伸出手："把你的毛笔拿来给我。"

学生就赶紧回座位拿毛笔。

"把剪刀递给我。"黄老师又一伸手。

大家就知道，老师要修理毛笔了。

天哪！一支日本制的"长流"毛笔，要花掉学生十天的饭钱，黄老师居然用剪刀狠狠地剪去了笔尖的细毛。

"你的笔太新，点不出好的'苔点'（山水画中通常点在岩石和树皮上的小黑点）。我帮你作旧。"黄老师一边剪一边说，又叹口气，"唉！新笔容易得，老笔不容易得啊！真正好用的笔，还是得跟你几年之后，才成啊！"

"才成什么呢？"有一次爸爸问。

"有神！"黄老师大声地回答。

我们常说："读书破万卷，下笔如有神。"

这"神"，可能是"神来之笔"，因为"熟"，而生的"巧"。

这"神"也可能是一种气质，在自然间流露的神韵。

但是换个角度想，神不也可能来自那被读破的"万卷书"和被我们用过千百遍的"笔"吗？

看看书柜里的书，笔筒里的笔，那里面是不是印了我们的手印？染了我们的汗渍？藏了我们的岁月？

爸爸盯着书架看，想起"常弹的琴、常爬的树、常用的笔和常玩的木偶"。

那些书是不是也因为我常翻、常读，伴我食，随我眠，而有了神？抑或，它们还只是一本本冷冷的书，没有生命，早被遗忘？

爸爸也想，有一天，爸爸把这些书留给你，你会不会在上面读到爸爸的眉批，看到爸爸的“神”？还有，你会不会也读那些书，把你的神灌到其中？

正因此，今天晚上，当爸爸走进你的房间时，会突然问你：“你的书里有神吗？”

文/刘墉

常弹的琴，常爬的树，常用的笔，常玩的木偶，因为常弹、常爬、常用、常玩，似乎也有了生命和灵魂，有了“神”。就好比我们家中那口年头已久的旧铁锅，似乎换了一口新锅，炒菜的人还是那个人，但菜却换了一种滋味；还有我们用习惯了的那支羽毛球拍，换了一支新的，发挥就失了水准……这都是因为我们还没有赋予它们生命，还没有“神”。读书也是如此，一本书放在书架上，冷冷的，天长日久，灰头土脑，只有主人常翻常读，它才有了自己的“神”。

第四辑　让生命充满色彩

生命的意义自己不去探索没人替你探索。生命的谜团自己不去廓清没人替你廓清。生命的刀锋自己不去砥砺没人替你砥砺。生命的火花自己不去撞击没人替你撞击。如果你是苍鹰，就要搏击长空，为自己的理想而奋斗不已；如果你是小草就要茁壮成长，为大地增添一丝新绿。生命不在长短，只要生命曾经绽放过光芒，这一生就已值得。

接受人性的卑微

弗里·利安教授学识渊博，著述颇丰。他在生活上却是一片苍白，没有爱人，没有朋友，甚至连宠物也没养过。在学生眼里，他是一个古怪的老头，尽管他只有四十岁出头。

弗里·利安从郊区的豪华别墅搬出来，住进学校附近的公寓里。闲来无事，他架起望远镜，看远处的风景。镜头移动时，他看到了让他心潮起伏的一幕——对面八楼一个穿着比基尼的女人，正对着电视机做健美操。

那一刻，这个一向在女人面前感到自卑的教授，深深爱上了性感的“比基尼”。他当然知道偷窥是卑鄙可耻的，可又无法控制住自己。后来，他竟然用摄像机把“比基尼”的私生活全部拍录下来。

一次看报，弗里·利安得知被自己偷窥的女人，是得克萨斯州名模比赛的实力选手茜玛莉，在得州大学心理学系读研究生，年仅23岁。

在他看来，茜玛莉是一个极富爱心的女孩子。她的宠物狗死了，她伤心了很久。为了帮助她摆脱悲伤情绪，弗里·利安买了一只小狗，悄悄地放在她房门口。没想到，她居然接受了。于是，每当偷窥到女孩不开心的时候，他就会在她门口悄悄放一束鲜花、一个布娃娃什么的，逗她开心。

即将举办模特比赛了，为了帮助茜玛莉赢得比赛的胜利，弗里·利安四处收集资料，把她的长处和缺点一一写下，悄悄放在她的门口。他的这一暗恋行为，让茜玛莉深为感动，尽管她不知道关心她的人是谁。

得州名模大赛在海德歌剧院举行，前几轮，茜玛莉一路领先。有一轮回答问题，主持人让选手讲一件人生中最感动的事。茜玛莉动情地讲："有一个陌生朋友，一直在我身边默默地关注着我，送给我礼物，赠我良言。开始，我觉得他可能有恶意，但半年多来，他一直关心我，从没做过对不起我的事。这样一份来自陌生人的友谊，让我非常感动。"守候在电视机旁的弗里·利安也被感染了，眼睛红红的，万般滋味一齐涌上心头。

茜玛莉轻松进入前十名，唯一能与她抗衡的，是一名叫朱丽安娜的女孩。大家纷纷预测冠军将从她们两人中产生。弗里·利安的心弦绷得更紧了，决定全天候偷拍茜玛莉的生活，记录她决赛前最难忘的人生片段。

没想到，决赛前一夜，茜玛莉的竞争对手朱丽安娜突然被人杀死。警察在案发现场找到一条手链，上面刻着茜玛莉的名字。茜玛莉承认那条手链是自己的，但否认自己是凶手。她解释说，案发当晚，她一直在家里。但由于缺少证据和证人，警方对她的口供表示怀疑。茜玛莉被警方控制了。按照比赛规则，如果决赛不到场，茜玛莉将被取消比赛资格。

弗里·利安教授十分焦急，期待着茜玛莉能赶在决赛前被无罪释放，他深信，她才是当之无愧的冠军。他突然想起，那盘录像带可以证明她不在作案现场。摄像机的时间显示，能够证明她那天在家中，录像里还能听到当地电视里访谈的声音。公布这盘录像带，就可以证明茜玛莉无罪，但同时也将暴露自己最不光彩的一面：偷窥。这会给自己带来灭顶之灾。

经过激烈的思想斗争，弗里·利安的心落在爱和正义之上，他决定把录像带交给警察，并向警察公开自己偷窥的秘密。

茜玛莉赢得了宝贵的时间，准时参加比赛，获得了冠军。弗里·利安的偷窥丑闻却闹得沸沸扬扬，他只得辞职，躲到梅克斯小镇的一家旅馆里。茜玛莉在报纸上刊登了《寻人启事》：弗里·利安教授，每个人都有自己的致命弱点，即使伟人也不例外。我接受你的崇高，同时也接受你的卑微。我爱你！我们大家都爱你！

旅馆老板在感人的《寻人启事》面前，把弗里·利安给"出卖"了，将茜玛莉和教授的学生们领到小镇来。那是一个阳光灿烂的午后，茜玛莉穿着漂亮的长裙，戴着金色的皇冠，走在队伍最前列，弗里·利安打开门，从阴暗中走出来，走向阳光。

弗里·利安教授手里的镜头，记录了他卑微的灵魂，然而，当他将录像带交给警察的时候，卑微的灵魂走向了崇高。人性如弗里·利安教授手里的镜头，存在阴阳两面。我们在推崇人性中崇高的一面的同时，也要接受人性中卑微的一面，这才是完整的人性。

文/陈志安

人性的丑恶与美好、卑微与崇高总是相伴相生。尼采说："人是一根绳索，架于超人和禽兽之间。"人性都有两面，阳光的一面和阴暗的一面；人性是矛盾的，但这矛盾何尝不是人性可爱的地方！正如作者所言：我们推崇人性中崇高的一面，也要接受人性中卑微的一面，这才是完整的人生。文中的教授在爱和正义的感召下，使自己重新获得了尊严，让我们从一个独特的视角看到了人性的颤栗与升华。

善意是最强悍的力量

一名劫匪头戴蜘蛛人面罩，冲进捷克北部城镇捷克捷欣的一家商店，拔枪向店员要钱。59岁的店员马尔凯塔·瓦霍娃既没有奋起反抗，也没有给劫匪拿钱，而是不慌不忙地递给他一杯茶和一块蛋糕。

奇迹因此发生了，劫匪放下了敌意，和瓦霍娃聊起天来，他们谈得很放松也很和谐。“我问他为什么干这个，我们就聊起天来。当时店里没有其他人，因此我猜他放松了一点。”瓦霍娃说。

瓦霍娃还对劫匪说，如果他愿意，可以跟她讲讲他的故事，还可以喝茶，吃蛋糕。劫匪居然同意了，最后离开前还没忘记向瓦霍娃道歉和道谢。

瓦霍娃的一杯茶和一块蛋糕，就这样不动声色地化险为夷了。虽然劫匪头戴蜘蛛人面罩，但瓦霍娃确信“他是个挺好的年轻人”——正是这种善意的想法，也成功地拯救了瓦霍娃自己。

我国南方某市曾发生过这样一个真实的故事：两名毫无经验的绑匪绑架了一个6岁的孩子。在等待赎金的过程中，他们身无分文。其中一人出去借了20块钱，买回来两个盒饭，一盒给了那个孩子，另一盒两个绑架者分而食之。获救后的孩子对警察说：“警察叔叔，放了这两个叔叔吧，他们不是坏人，他们实在太穷了。”

两个“毫无经验”的绑匪绑架失败，却获得了被绑架者—— 一个6岁孩子的同情，他甚至替他们向警察叔叔求情，这一切只源于他们一个小小的善举——他们把用借来的钱买来的一个盒饭给了孩子，而他们两个成年人却分食了另一个盒饭。

这听起来多少有些让人难以置信，可在一个6岁的孩子眼里，这种善意留给他的印象比绑架带给他的恐惧感要强烈得多、深刻得多。这就是善意的力量，它能让被绑架者忽略自己曾被绑架这样一个事实，而选择站在绑架者一边。

黎巴嫩南部城市苏尔有家很普通的理发店，店主叫法里斯。一天，店里来了个衣衫褴褛、蓬头垢面的人。法里斯热情地招呼他坐下，并认真地给他剪起了头发。那人说他叫萨米，在附近的建筑工地打工。理完发的萨米精神多了，俨然跟换了个人似的。

该交钱了。萨米却说他根本没钱。他身上只有一张前几天买的彩票。萨米说如果他中奖了，愿意把奖金的一半送给法里斯。法里斯笑了，他知道萨米中奖的几率微乎其微，但他还是欣然答应了。

谁也不会想到，奇迹竟然真的发生了。

几天后，萨米拿着7.5万美元来补交理发费。他的那张彩票竟然真的中了奖，奖金高达15万美元。

旅行时，帮助了别人或者被别人帮助，都是一种幸福。好多年后回忆起来仍然倍感温馨，哪怕只是指引了一下方向而已；进入一家商场或便利店，接待人员一个善意的微笑，比他说十次“欢迎光临”更能让人感动。

有位印度人曾经说过这样的话：“如果某个人在路上发现有人中了箭，他不会关心箭从哪个方向飞来，也不会关心箭杆用什么木头做成，箭头又是什么金属，更不会关心中箭的人属于什么阶级。他不会过问这么多，只会努力去拔出那人身上的箭。”这就是善意，是人最本能、最原始的一种善意。正是这种善意使人类得以一代代地传承下去。

杨澜在接受采访时说道："你要相信善意的力量。在你能力范围内，善意地对别人，善意就像空气一样会流通，到时会有正面的能量还给你。"

古人有云："心净生智能，行善生福气。"

心就像一粒种子，生长在天地之间，喜怒哀乐的情感造就了善恶之心。有一颗充满善意的心，行为和语言就会大不一样。心怀善意的人，人生的路必将越走越宽。

文/李愚

人之初，性本善。从古到今，善良是最大的美德。生活中常是这样：对人多一份理解和宽容，其实就是支持和帮助自己，善待他人就是善待自己。如同中国有句古语说的那样：授人玫瑰，手留余香。如果我们多为别人着想，我们心中的善与爱就会被激发出来，道德的善也在我们心中注入了幸福。

献给正在影响世界的人——所有人

几年前，我在河南洛阳街头旅游，同行有一位大姐，从事媒体几十年，看见街头一则鞋子增高广告，不禁像愤青一样破口大骂："这是一则Bastard广告。" Bastard是杂种、低劣的意思。这则广告的大意是：高个子的男人才有魅力，所以要买我们的增高鞋垫。

这则广告低劣，因为它为了卖鞋垫，玷污了全体矮个子男人的尊严。历史与现实中无数伟人个子都矮。虽然我不矮，但是我也不高。虽然我从来没有用过那狗日的增高鞋垫，但这并不妨碍我和高个子们一起，去追求人生至高无上的境界。

这则广告立在河南洛阳街头，不提它也罢。但北京街头有一则房产广告，我第一眼看过就愤愤不平。由于这个房子建了一半就停在那里大半年，似乎成了烂尾楼，这则广告就显得更加刺眼。该房产是以超大、豪华作为卖点的，它的广告是："只为正在影响世界的人"。

我对这则广告反感，因为它把有钱买它的豪华住房作为"正在影响世界"的唯一标准。似乎有钱买房的富人就是影响世界的人，宣传了一种充满血腥味的金钱强权。可以说，这则广告，蔑视与讽刺了亿万买不起它的房子，但实实在在做着日常工作，却真真实实影响着世界的普通中国人。

我不仇富。但我仇那种富而骄奢的文化，厌那种富而忘本的人事。反过来，那些靠自己努力获得巨大成功仍然保持英雄本色的人，则是我尊敬和热爱的对象。国庆长假期间，我和一位亿万富翁在一起度过两天。他在富起来之后，把全部精力投入到办教育、建学校的追求中，在老家江苏金坛，盖了一所12万平方米的中学，为3000学子提供了优质的教育机会。我本来并不认识他，但经不起他的热烈追求和定期送来的金坛长荡湖大闸蟹。我花了两天时间去他学校参观考察，看完后，顿时被他震撼，被他折服，被隐藏在中国民间这样气势恢宏的教育项目和教育英雄而激动不已。这样的人，当然就是“正在影响世界的人”。

朋友不希望出名，让我姑且称他为M先生。M先生是一个没有上过大学的农民，毫无家庭背景。十几年前，他作为一个民工来到北京做建筑工人。由于工作认真，从最低工薪的工人，慢慢做到组长、班长、队长……最后成立了自己的建筑公司，参加过国家大剧院、鸟巢的建设。他已经获得了了不起的成功，但至今依然保持着农民的质朴和真诚。他的学校非常现代化，但他的心灵，依然像金坛稻田，散发着泥土、阳光、长江波涛的芳香。

每次见到M先生，我都说他是“中国奇迹的创造者”。说到“中国奇迹”，人们首先看到的，确实就是他参与建设的那些地标性建筑物，那些具体可见的物质指标。所以，他在我大部分都是教育界人士的朋友圈子里，占有特殊地位。

M先生的经历，为我批判“只为正在影响世界的人”这则广告及其所透露的哲学提供了最佳的材料。M先生可以买那个房子，他甚至可以把整栋楼买下来。但今天的M，和10多年前的M，其实对世界的影响都是一样的：

如果没有当年M在首都工地上一块砖一片瓦的辛勤劳动，他就不可能一步步往上升，往上走，就不可能走到今天，走到富可整购（一栋楼）的地步。从本质上讲，今日作为富豪的M，和往昔作为民工的M，并无任何变化。当年的他，如果没有绝地求生的奋斗精神，他不可能有今天；而今天的他，如果没有对社会的奉献精神和反哺意识，他对世界的影响力，不仅等于零，甚至可能是负数。从这个角度，一个人对世界的影响力可能有大有小，但一个人绝不可以因为影响力的大小，而放弃为在这个世界上留下自己印记的积极努力。

莫以影响力小而自弃，莫以影响力大而疯狂。只要你努力，你的影响力可以由小变大，如M先生；如果你疯狂，你的影响力由大变小，甚至会一夜崩塌，如黄首富。那则依然矗立在街头的房产广告之所以令我反感，就是因为它把人的价值，对人们对“世界的影响力”，用赤身裸体每平方米多少钱来标价，这实在是一种丑恶金钱观在蓝天下的一次恶劣行径。

有权或无权、有钱或没钱、有房或无房，无论你是两米二六（姚明），还是一米五四（雷锋）——任何人，只要你在这个花花世界里保持自己的尊严、保持自己的努力、保持自己的人生信念和奋斗目标，你就是“正在影响世界的人”，你必将成为“世界因你而不同”的人！

文/徐小平

在世界的改变中，人无疑充当着重要的角色。正如罗永浩所说：“每个生命来到世间，都注定改变世界，这是你的宿命，你别无选择。你自杀就把这个世界的自杀率改变了一点点。……如果你一生耿直，刚正不阿……没有成名，没有发财，没有成就伟大的事业，最后梗着脖子到了七八十岁死掉了，你这一生是不是没有改变世界？你还是改变了世界，你把这个世界变得美好了一点点。因为你，世界又多了一个好人。……每一个生命来到世间，都注定改变世界。”

爷爷的客栈

晚上下暴雨，楼道里站了个姑娘，各种原因攒一起，让她无处可去。于是我把她带回家住了一晚上。此举后来被大家狠批，说这是什么年代，你竟敢这样捡一个人回去。被警告后一联想，也有点后怕，但当下却是慷慨的。或许是因为小时候，这样的事情常在我家发生。

家在川北的山里，那时很多人挑一副担子做生意，天快黑时来家里谈买卖的，是想让这家说“天黑了，住下吧”。老家管这叫“借歇”，因为不想管的人家，都是直接不理他们。而爷爷，都不用人开口，直接就招呼上了。开始只少数人来住，等我家“管酒管肉，分文不收”的名声在江湖上传开后，人们直接投奔而来。所以记事起，家里就是各路好汉的客栈。

有个住过好几次的卖药人，吃完晚饭在院子里乘凉时，把他的药摊开，让爷爷选几样去泡酒。爷爷推辞了，那人说，我劈一块虎骨给你。拦也拦不住。他一斧头下去，虎骨没劈碎，反倒整块给飞了出去。等天亮，大家找了半天，也没有找到，他很沮丧地走了。后来翻盖兔子屋，竟看见躺在棚顶稻草里的虎骨。爷爷拣出来替他收着，但他再没有来。

还有个说春的老爷爷，有几年每年都来，他晚上看到家里做饭，都坚持让用他说春换来的米去做。他还教过我一大堆说春的词儿，小时候会背，现在只记得开头几句了：步步登高行进来，府前三品翠花开，凤占青山龙占海，家有读书栋梁材。

十岁那年，奶奶病了住院，家里人都去医院了，只留我看家。来了一个收废铁的人借歇，那时我还不大会做饭，他自告奋勇地说他做，结果饭是夹生的，菜像打死了盐贩子。没办法，又煮了四个鸡蛋，一人吃俩。

有个耍猴的人，来的时候是下午，我们家正修房子，那猴子不知是给惊了还是怎么回事，挣脱绳子爬到筑了一半的墙上坐着不下来。当时在场的二三十人直起哄，那人搭着梯子就上了墙，窜上去按着猴子往死里打。那是我第一次知道，原来世上还有这么残忍的营生。

还有一个骑红马的人，大概我四五岁时来过，要再多点事情，就想不起来了。后来问我妈，她说没有，就算有，也不记得了。再问，她说是我胡思乱想杜撰出来的。可我坚信真的有这么一个人，现在我脑子里还能回想起他骑马离开时的铃铛声。

其实我有个年少时就去世了的小叔叔，是爷爷膝下最聪明伶俐的孩子。那时山里交通更不便，爷爷带小叔叔去看病都是来回走上好几天，山里没有人家借宿的话，就得走夜路或者露宿。我一直没有细问过爷爷，他当年借歇的时候是被收留的多还是被拒绝的多。但我知道他的客栈，是没有拒绝过来客的。

补牙的、弹棉花的、照相的、理发的、收树种的、算命的、卖唱的……现在回想，竟然有这么多陌生人曾在我家屋檐下进出过。现在再说起这些，更像是童话。一直在山里生活的爷爷已经过世了，所以他不知道，我有惊无险地犯了次傻。

文/权蓉

正如村上春树所说："或许生与死从来都不曾对立，死亡只是作为生的一部分永存。"老一辈人总有许多让人珍藏不尽的回忆及金子般可贵的品质，值得后代传承和学习。作者那热情好客、乐于助人的爷爷，即便是对不太相熟的人，也依然如此古道心肠，以现在人的眼光来看，这可以说是心地善良得近乎傻了。爷爷身上的优良品格，如同一盏灯塔指引她前行的方向。

改变命运的施爱

大雪在空中横飞斜落，约翰·洛克菲勒坐在豪华轿车里，前去参加一个朋友的宴会。途经密歇根湖畔，他看见一群孩子在雪地里欢快地打雪仗，不禁注目凝望。“我想下来走走。”他对司机说，“你把车开到一旁等我吧。”

一个男孩把伙伴打得落花流水，高兴地躺在雪地里放声歌唱。洛克菲勒走了过去，问：“喂，你叫什么名字？”“汤姆，你呢？”洛克菲勒笑着回答：“就叫我约翰吧。”男孩坐了起来，上下打量洛克菲勒，又看了看停在不远处的轿车，说：“看来您是个有钱人。”洛克菲勒承认：“是的，我很有钱，但我很羡慕你。”男孩瞪大了眼，洛克菲勒继续说：“我每天都可以吃山珍海味，但我吃什么都不香；我的卧室宽敞舒适，但我整夜失眠。而你呢，一块面包就可以吃得津津有味，打一场雪仗回去就可以睡得又香又甜。”男孩呵呵直乐，说您真是个有趣的人。他不知道，洛克菲勒说的全是真心话。

3年前，洛克菲勒突然得了一种怪病，全身毛发脱落，消化系统极度紊乱，以至于喝牛奶都难以消化，只能靠喝人奶来维持生命。那时，他刚刚57岁。之前几十年，通过欺骗、垄断、兼并和掠夺等手段，他的石油帝国如日中天，他的人生也到达了辉煌的顶点。然而，即使他贵为世界首富，却不得不向病魔低头，因为受不了病痛的折磨，他甚至产生过轻生的念头。下属为他找来了美国最好的医生，经过诊断，医生也不能确定他到底患了何病，只是告诫他想要保住命的话必须要做两件事：一是不能再继续工作了，二是尽量地保持快乐。洛克菲勒犹如抓到了救命的稻草，迅速办理退休，从纽约百老汇路26号公司总部搬回到自己的庄园，过起悠闲的生活，病情也略有好转。但是，他一直难以实现第二点：保持快乐。

这天，当他看到在雪地里快乐地玩耍的男孩时，这才忍不住发表了一通肺腑之言。他对男孩说："如果可以，我愿意用全部财产换取你的快乐。"男孩灿烂的面庞突然沉了下来，他说："是的，我虽然是个穷学生，但我和同学们生活得很快乐。只是有一点让我快乐不起来，我们的学校就要倒闭了。"这时，一旁静候的司机按了按喇叭，示意宴会的时间快到了。洛克菲勒抓起一把雪，捏了个雪团送到男孩手里，微笑着说："孩子，一切都会好起来的。"

回到住所，洛克菲勒立刻着手去做一件事情，捐助资金救助密歇根湖畔那个濒临破产的学校。洛克菲勒没有想到，半年后，他竟然收到汤姆的一封信。信中说："在您那天离开的时候，我注意到了您的车牌，那是洛克菲勒的专车，原来，'约翰'就是洛克菲勒。谢谢您的善款，它让我们的学校起死回生，我和同学们都高兴极了，是您带给了我们快乐。我们也祝愿您快乐每一天，平安、健康……"读完信，洛克菲勒的脸上洋溢起了久违的笑容，他突然想到什么，于是拿起笔工工整整地写在了信的背面。

这所起死回生的学校，就是如今闻名世界的芝加哥大学。此后，洛克菲勒专门设立"洛克菲勒基金会"，旨在帮助全世界需要帮助的地方。因为洛克菲勒基金，美国成立了一家医学研究所，后来这个研究所获得了12项诺贝尔奖；因为洛克菲勒基金，非洲瘟疫得到有效的控制，在战争中及时发明了挽救数万人生命的青霉素……到了21世纪，洛克菲勒基金共计捐出70亿美元。

洛克菲勒活到了98岁，在一个阳光明媚的午后，他躺在长椅上静静地离去了。洛克菲勒的子女说："父亲走得很安详，没有任何病痛。"他们在整理洛克菲勒的遗物时，发现他的床头柜里有一封珍藏多年的信，信尾署名"汤姆"。信的背面，有一行字：施爱会很容易获得快乐！

文/朱辉

大富豪约翰·洛克菲勒得了怪病，需要快乐却总是快乐不起来。一天，他被一群男孩快乐地打雪仗而吸引，为他们频临倒闭的学校捐了善款，学校因此获得了新生，孩子们有了读书的机会，他给孩子们带来了快乐。结果，他的脸上也洋溢起了久违的笑容，从此他不断地捐助，并因此获得了快乐！由此可知，在困难时接受别人的帮助是幸福的，帮助别人度过难关同样是快乐的，这就是我们常说的助人者自助。

不仅仅是左手

17岁那年秋天，我下放农村做知青，几个月之后，被选拔到大队小学教书。第一天上课，学生就不怕我。三年级的学生就有与我同年出生的。五年级毕业班的音乐、体育、美术课，我都没有办法顺利进行，两三个完全无组织无纪律的男生，个子比我高，下巴上都长了胡子，这个冬季就要娶亲了。

校长鼓励我不必怕学生。他说："怕什么？他们再大，你也是老师，他们是学生，天下还有学生大得过老师去不成！"校长从打扫操场的大扫帚上抽出一根最长的竹条子，交给我，要我向王老师学习。

我们学校的王老师，中年人，大个子，宽肩膀，胡子拉碴，少言寡语，非常威严。王老师走路总是甩开膀子迈大步，模样好生坦然潇洒，好像条条道路都是为他开的。我们大队的广大贫下中农，凡路上遇见王老师，都要抢先问候，都要为他让路，还要夸他教书教得好。王老师的书就是教得好，他班里毕业的学生，珠算打得风流水转，出了校门就可以当一个小队会计。对付最顽皮的男生，王老师一向只用一只手，左手。王老师不是左手力气大，是力气不大，主要轻重感觉好。王老师用左手把调皮学生的后颈脖子拎起来，从窗口轻轻扔出去，从来没有把学生摔出事情来。偶尔也有意外，也会发生一点皮肉伤，后来总是被时间证明没有大碍。贫下中农谁家有一个甚至多个不爱念书的调皮小子，爷娘老子也都是不怕的，大家便都是指望王老师整治。王老师只这左手的一扔，多年的威信就建立起来了。

然而，作为教师，仅有武力是不够的，在乡村学校，尤其不够。最终人人都是要看你有没有本事。有本事的人，随你打骂，那是替爹娘管教孩子；没有本事的人，你弹他孩子一个指头，那就是欺负孩子的爹娘了。最初，我以为王老师的威信就是来自他的左手和珠算。后来，我慢慢发现，王老师还写得一手漂亮的板书，语文、数学、体育、美术，他可以一个人包班，门门功课都教得好，除了唱歌——农民不认为唱歌是一门功课，因此非常认可王老师的班级不唱歌。同时，王老师还会修雨伞、做木工、打草鞋、箍水桶、烧锡补焊。王老师有一只工具箱，那简直就是百宝箱，他想要钉子就可以掏出钉子，他想要铁皮就可以掏出铁皮，任何困难都难不住他。要过春节了，村里家家户户请王老师写对联。也总有一些人家会贴别人写的对联，这就更是为王老师提供了比较物，农民过春节有的就是时间，又没有什么娱乐，大家成群结伙到处闲逛，挨家挨户比较对联。这一比较，显然还是王老师的字好。十里八村的人家婚丧嫁娶，也都要请王老师去做司仪，如果发生了什么意外，厨子来不了，王老师也当厨子，王老师从打豆腐到红案，都做得得心应手。一般有人请，王老师都是有求必应。但凡王老师应了的事情，一概都做得利索漂亮。而他自己呢，则又有一条人生的座右铭，便是万事不求人。王老师是从来不去麻烦任何人的。他自己什么都会做。他就是自己生活的创造者。于是，王老师的威信怎么能够不高？谁家的孩子他不敢打？打了家长还要感谢，因为他们认为这就表示王老师重视了他们的孩子。

我17岁的时候，见识了王老师，也是十分佩服的，觉得他做人做得好生响亮和牛气啊！但是，真正认识到王老师的价值，却是在多年之后了。那是在我大学毕业了，工作了，成家了，在扑面而来的现实生活面前常常捉襟见肘的时候，便一次又一次地想起了我那乡村小学的王老师。在琢磨中，我终于明白，一个人想要掌握自己的生活，想要骄傲，又淡定，是何等不容易啊！在那赤贫的年代，王老师仅凭一只小小工具箱，创造与修补着他自己的生活、学校的生活和乡亲们的生活，他付出了多少智慧、勇气、精力与辛劳！30年过去了，王老师依然是我迄今为止见到过的，唯一一个有气魄、有能力掌握自己全部生活的人，唯一一个最贫穷却最有志气的人。有志才可以帅气，有气才可以帅体，因此一个贫穷的乡村小学教师，才是那么的神气，那么的体面，那么受人尊重。一年四季中有3个季节他都是打赤脚或者穿草鞋，但是好像条条道路都是为他开的，条条道路都恭候着昂首挺胸的他。

从王老师身上理解和领会到的道理，成了我人生最重要的教诲。由此我懂得，一个人，无论穷与富，都应该做一个有志气的人。有志气才有体面与高尚。有体面与高尚才有真正的美丽。这美丽是那种大美丽，仿佛太阳、月亮、森林与鲜花，天然大方，超凡脱俗，使自己怡然自得，让懂得它的人赏心悦目。一个人这么活一辈子，便够了。

文/池莉

一个人有了高尚的内在气质，便能显得英姿勃发、潇洒挺拔，由内而外散发出真正的美丽。在作者看来，王老师的威信不仅来自于他的左手和珠算，还在于他会干各种手工活，会做司仪，乐于助人。尽管贫穷，但他活得自信、从容，并富有智慧地创造生活。

多元思维拥有一个立体人生

看一个人的前途，首先要看他的思维广度。思维的广度决定着财富的多寡，而思维的广度又取决于思维方式。思维方式是自己可以支配的。思维决定一个人的前途。如果你总是停留在那种非左即右、非黑即白、非错即对、非此即彼的单一思维方式里面，那么，你永远只能在成功的外围兜圈。建立一种多元的思维模式，才能很好地化解问题，取得成功，从而拥有一个立体饱满的人生。

“踩地雷”的启示

2009年5月，我参加了一次户外拓展训练。给我留下印象最深的项目是“踩地雷”。

规则很简单：在我们的面前是由数字组成的一个方格阵，每个方格里都有可能埋有地雷，闯雷阵者每次只能沿着相邻的方格前进，踩到地雷时必须按原路返回，限时40分钟。

队长开始探路了：“此地没有雷，可以前行！”“此地是雷区，请原路退回！”……可是，一开始，大家七嘴八舌的，有时哪个方格有雷哪个方格无雷也记不清了。

这时，有人建议拿小石块放在有雷的格上用来提示，教练没有反对。接着，水瓶、钥匙扣、门卡全用上了。的确，教练没有说不可以用啊。于是，我们又开始了新的探索。

一次次尝试，一次次失败。队长受到教练示范的误导，觉得所谓的“相邻”就是上下左右，于是按这个思维试探，每条路线都试过了，却回到了一条横在我们面前被封死的路！

我突然想到：斜着也是相邻啊。于是，建议队长试着走了一步，发现教练说“此地没有雷，可以前行”，我们恍然大悟。于是，我们又继续努力……可还是过不去。时间不多了，一定还有其他方法。这时，不知谁大喊一声：“左右两边的红色区域我们没有去过！”对啊！游戏规则里没有说不可以踩红色区域！所谓“悬崖”是整个框的外面，没有说这个红色区域就是悬崖啊！可以一试！死马当活马医，反正也是无路可走了！

队长蹦进了左侧的红色区域，大家齐刷刷地把目光投向了教练，教练喊道：“此地没有雷，可以前行！”我们顿时欢呼雀跃。最后，我们又不断探索，终于顺利通过。历时37分40秒，我们成功地穿越了雷区。

这个项目给了我很大的启发。

我们对于没有经历过的东西，总是以一种固有的思维来指导自己，就像“相邻”就认为是上下左右，雷阵两侧的红色区域就认为是危险地带，我们固守着思维定式不敢轻易尝试。就像我们在年轻时，虽然也有冒险的勇气，但是由于人生阅历不够丰富，我们缺乏一种多元的思维，结果把自己局限在了一个很小的空间里，甚至让自己走进了死胡同。于是，心也就越来越封闭，视野也越来越狭窄。

许多肉眼看不见的链条捆住了我们

某家公司招聘职员，有一道试题是这样的：一个狂风暴雨的晚上，你开车经过一个车站，发现有3个人正苦苦等待公交车的到来：第一个是看上去濒临死亡的老妇，第二个是曾经挽救过你生命的医生，第三个是你的梦中情人。你的汽车只能容得下一位乘客，你选择谁？

每个人的回答都有他的理由：选择老妇，是因为她很快就会死去，我们应该挽救她的生命；选择医生，是因为他曾经救过你的命，现在是你报答他的最好机会；选择梦中情人，是因为如果错过这个机会，也许就永远找不回她（他）了。

在200个候选人中，最后获聘的人的答案是什么呢？

“我把车钥匙交给医生，让他赶紧把老妇送往医院，而我则留下来，陪着我心爱的人一起等候公交车的到来。”

想想的确如此，考虑用多种方法来解决某个问题，既可以给平淡的生活增加乐趣，又可以使问题迎刃而解，多好的选择啊！为什么我们就不能换一种思维？

在成长中，有许多肉眼看不见的链条捆住了我们。我们将这些链条当成固定的思维模式，视为理所当然。当我们发现自己被那一条条链条捆住时，要当机立断，挣开固定思维模式的捆绑，使自己的潜能得以发挥。

不是路到尽头，而是该转弯了

一位女生因为初恋失败，一直摆脱不了失恋的痛苦而有了轻生的念头，就在她想跳崖的那一刻，看到了刻在石壁上的一句话：“不是路已走到尽头，而是该转弯了！”猛然间，她明白了自己的行为是多么愚蠢。

当你遇到一件事无法解决甚至已经影响到你的生活、心情时，何不停下脚步来，想一想是否还有转回的余地，或许换种方法，换条路走，事情便会简单很多。但在那一瞬间，我们往往不会想到这些，只是一味在原地踏步、绕圈，让自己一直陷在痛苦的深渊中。其实，生命中总有挫折，那不是尽头，只是在提醒你——该转弯了！

做人不能往一条死胡同里走，虽说车到山前必有路，但是到了山前没有了路，而是万丈悬崖，你还会不顾一切地闭着眼睛向前走吗？人生有很多条道路，路到尽头，我们应该转弯了。培养一种多元的思维，你的人生旅程就多了很多条道路，条条道路通罗马，种种思维促成功！

世界正是因为有了五彩缤纷才美丽，人生正是因为有了多元思维而精彩。

文/林少波

思维决定观念，观念决定心态，心态决定行为，行为决定命运。多元思维也称立体思维、全方位思维、整体思维、空间思维或多维型思维，是指跳出点、线、面的限制，能从上下左右，从各个角度去思考问题的思维方式，佛家称之为缘起的思维。事物往往存在多面性，我们若能试着从不同的角度去看问题，掌握的层面愈多，愈有利于我们建立全局思维方式，把握事物的本质，采取正确的行动，从而改变自身的命运。

君子之交

爷爷几乎样样事情都懂得，而且多半是他不怕困难得来的。我是说，他小时候去过一趟非洲，在印度打了一两只老虎。他说他还参加过远远近近的大小战争，但是他也照样肯告诉你，鹌鹑群夜眠时为何紧紧围成一圈，或者火鸡为什么总要飞上坡。

从外形上看来，爷爷并不怎么惹眼。两只好大的招风耳，一嘴乱蓬蓬的胡子，上面还留着斑斑点点的黄黄的烟草渍，抽一支弯柄儿烟斗。那支旧猎枪，看来就跟他一样久经风霜。裤子皱皱的，吐痰的神情，就跟那些嚼苹果牌烟草的人一样，吐得好直好远哪。

我最喜欢爷爷的是他愿意谈起自己熟悉的事情。就像我这样求知心切的小毛孩子，他也从不嫌唠叨。一个人有了爷爷这么大年纪，懂得的事好多好多。也许就因为这些事久已成为成人生活中的一部分，所以成人们不再把它当回事，也懒得谈起这些见闻；可就忘了孩子们刚开始生活，还没像成人那样历尽风霜；也忘了孩子们对成人那些早已熟悉或遗忘的往事，感觉十分好奇呢！

就像那天，爷爷跟我带着狗，到森林里走走，想看看附近有没有鹌鹑，等到了森林里，发现是有的。我们的短毛猎狗阿皮，就像发了疯似的来回转圈，然后翘起尾巴，往豌豆田的角落里一坐，那神情就像打算在那儿过冬啦！

爷爷说："近来我很少打猎，最好还是你来帮我打吧。把我的枪拿去，越过阿皮前面，走路轻声些，惊起鹌鹑的时候，可别让狗也跟着紧张，看看你能否打到一只。根据猎人们的实际经验，先别管第二只鸟，只专心在头一只身上。再说，你总要先把第一只打到手，然后才轮到第二只、第三只呢。你去试试，看这句话管不管用。"

我站在阿皮面前，鹌鹑就像国庆节的爆竹，四散惊飞。正像多数人初次打猎的时候那样，我举起枪，瞄准这一群鹌鹑，连打两枪，什么也没打着。

我瞧着爷爷，爷爷也回头瞧着我，他摇摇头，显出很惋惜的神情。又摸出烟斗，使劲塞紧了一大团烟丝，用火柴点上。

他说："孩子！我这一生没打中的鹌鹑的确不少，如果我还想继续打猎，打不中的自然更多。但是有一件事我很清楚，你最好现在就学学。你知道，谁也没有办法同时打尽一群鹌鹑的，就算鹌鹑一行行排列在豆田里，站着不动让你打，你也没办法。记住每次一定只能打一只。"

爷爷说，我们应该多容猎犬一点时间，因为鹌鹑刚挨了枪，这会儿再也不肯单独出来。而且空气里刚留下的鹌鹑气味也太浓，应该等它消散消散，免得猎犬找错方向。我想：我们何不坐下休息休息，让他老人家抽抽烟，待会儿再一只只去打。爷爷说，将来我长大以后，想要做什么，他都觉得无所谓，但是为了使我了解如何尊重别人，我该先学学尊重鹌鹑。

爷爷告诉我，这种北美小鹌鹑可算是君子，所以我们要以君子之道对待它，要珍惜它，照顾它，尊重它生存的权利，这儿附近的鹌鹑并不多，打猎时就该手下留情。总之，你如何对待鹌鹑，鹌鹑也会照样回报你！

爷爷说，你该这样想，鹌鹑群就像是家庭的一分子，只要善待它们，它们自然会跟你终生相守。在花园里捕食小虫，黄昏时悠扬的叫声，使你心旷神怡。猎狗因为有它们做伴，也感到十分快乐。每年打猎的季节，别射杀太多，总得留些种鸟，明年才好给你再孵一窝小鸟哇！

爷爷说，背上猎枪，带着狗出去找鹌鹑，果然一找就找到了，再没比那更好的事情啦。这些小家伙虽然顶多不过五盎司重，但是每一盎司都有“君子的成分”。它们十分聪明，每次和它们打交道，都能显出一些你自己的本性来，使你了解自己是什么样的性格。

爷爷说，比较起来，猎鹌鹑的人，无论是谁，都要守规矩些。可见，与君子相交，获益匪浅。如果你有兴趣猎鹌鹑，有些事情一定要记住：不能在猎犬面前打兔子，要不，它的心就不放在鹌鹑身上了。

要注意狗的行动，一只不重视——也就是说不尊重——猎物的狗，或者不肯对同类让步的狗，简直毫无用处，不如干脆早早打死它算了。假如你的狗不懂规矩，压根它就没有做猎犬的资格。

对待猎兔狗也一样。假如只是普通猎犬，当然准许它去追兔子。如果是品种良好的长毛或短毛猎犬，它们就没有权利去追逐兔子。就像住华盛顿的人常说的，这是一种不必要的浪费。反正不论是狗是人，都该做自己分内应做的事，以维持自己的生存，而且一定要做得光明磊落。

爷爷吸着烟斗，笑嘻嘻地说：“这使我想起老友赫乔义的那只长毛母狗——阿陆来，它笨得什么似的，可是它很忠心，真的忠心耿耿。乔义最出色的猎鸟狗，是一只高大的戈登种长毛狗——甲特，它全身的毛乌黑，每逢找到鹌鹑的时候，那模样真像烧焦了的木桩，同样乌黑，同样坚牢。阿陆就知道跟着它，每次只要一穿过那片开满金雀花的大草原，就会看见老阿陆，一动也不动地守着甲特。阿陆除去忠心耿耿以外，并没有别的长处，它可以说是我所见过的最尽职的母狗了。一生兢兢业业，平心静气，善尽自己的本分，最后却因为眼力不济事，就在一条热闹的马路中央，守着那根远看像是甲特的消防栓，一辆汽车飞驶过来，它也没放弃自己的责任，竟因此丧失了生命。”

爷爷温和又慧黠地笑笑，继续谈论他的大道理。他说：“人从注意狗的举动中，能学习许多有关生活方面的知识，就拿蛇跟鳖来说，世界上最好的猎鸟狗，都会找到鳖和蛇。但是它看见鳖不会离开，一找到蛇就会倒退回来，躲得老远的。狗也许认为这是对同行的猎人们的一种公众服务吧！受过良好训练的猎鸟狗每逢找到白兔的时候，会怪模怪样地竖起耳朵，就像它从果园里偷了苹果，不时回过头，用负罪的目光瞧着你，你知道它在等着挨揍。就像它明白自己蹿进鹌鹑群里，把鸟儿都给惊飞了，或者它在乱咬一只死鹌鹑，同样都是犯了错。千万别低估狗的智能，如果你训练的狗嗅觉灵敏，而且也懂规矩，如果再纵容它为非作歹，那就是你的不是了。”

爷爷说：“这些事，跟鹌鹑是有点风马牛不相及。你知道，老年人一高兴，就会扯个没完的。我们还是来谈谈鹌鹑吧。”他还说，有智能的人，从不想改变鹌鹑群久已习惯的生活方式。

爷爷一再叮嘱我说，鹌鹑是家庭的一份子，就像其他家属一样，希望给它温饱的生活。所以要在它们居处的附近种些豆类、胡枝子等等，准备做它们的粮食。北美鹌鹑喜爱安定的家庭生活，它们会暂时离开栖宿的地方，四处走走，但是希望每天有家可归。爷爷说，人类不知道从这些诀窍中学习，实在是很可惜的事。

只是鹌鹑跟人类一样，也有愚蠢的一面。它们不肯和平相处，就像我们人一样，会引起战争，以致流离失所。这也是人类为何有战争、饥馑、渔猎方法的原因。唯有最后一点我最欣赏，提醒人类和鸟类都各自谨慎些。如果鹌鹑没有合法限制，它们繁殖太快，就会互相残杀，雄鸟争斗，雌鸟啄食鸟卵，最后终归自取灭亡，那些原来住着鹌鹑的地方，忽然什么都没有了。

这样对谁——鹌鹑哪、虫啊、你呀——都没好处，狗就更甭提了。所以每年打鹌鹑，数目千万不可过量，譬如这儿有二十只鹌鹑，你打掉一半，狐狸偷几只，山猫也偷几只，只剩下两只，打算做窠孵卵的时候，也许这一年天气不好，又冻死一只，那不是没有了吗？但是只要你不太贪心，爱惜它们，少打几只，那样你后院里永远也别愁没有鹌鹑哪！

爷爷说："在我认识你奶奶之前，我在南方前后住了三十年，专心养狗，那时候，我对狗好有兴趣！我的后院里不仅要训练狗，同时也养着一大群鹌鹑，训练狗的时候，顺便也教教附近的孩子们。

"这就是法国人所谓的'和平共存'。我训练鹌鹑，是不让它们离家太远。鹌鹑做窠的季节，我教导狗要尊重鹌鹑，也教导孩子们善待肯守规矩的狗。每年我最多打三次鹌鹑，猎取的数量，每群最多不超过三只，而且从不曾超过总数的二分之一。我还经常为它们准备食物，也就是说，像对待上宾一样照顾它们。"

爷爷说，最近我发现自己好唠叨，鹌鹑的事一时也谈不完，等有机会再告诉你。你只要记住：别性急，别把鹌鹑一网打尽，好好喂养它们，记住要教狗尊重鹌鹑。喔！不扯啦，你可别忘记。尊重是一项美德，我敢讲，在任何情况下，无论是对待鹌鹑、狗，还是人，都会用得着的。

文/鲁瓦克

世界因生命而精彩，人类和其他生命共同分享着地球，应该尊重并善待地球上的每一个生命，与它们和谐相处。人类并不是大自然的主宰者，而是大自然的看护者，当有生命的存在物在毁灭时，人类也将面临毁灭。所以，我们与其他生命息息相通、生死与共。片面地猎杀动物，会破坏整个生态共同体的完整和稳定。人之为人而超越其他生物，不在于人具有高于其他生物的价值，而在于人可以使自己的行为超越对自己的呵护而爱惜大自然。这是自然对人类的偏爱。为了报答这种爱，人类就不应当把道德行为仅仅作为维护人类自身利益的工具，而应当同时用它来维护整个自然、维护所有完美的生命形式。这是人类的慷慨付出，也是人类必须尽到的义务和责任。

念你们的名字——寄阳明医学院大一新生

孩子们，这是八月初的一个早晨，美国南部的阳光舒迟而透明，流溢着一种让久经忧患的人鼻酸的、古老而宁静的幸福。助教把期待已久的发榜名单寄来给我，120个动人的名字，我逐一地念着，忍不住覆手在你们的名字上，为你们祈祷。

在你们未来漫长的7年医学教育中，我只教授你们8个学分的国文，但是，我渴望能教你们如何做一个人——以及如何做一个中国人。

我愿意再说一次，我爱你们的名字，名字是天下父母满怀热望的刻痕，在万千中国文字中，他们所找到的是一两个最美丽最醇厚的字眼——世间每一个名字都是一篇简短质朴的祈祷！

每一个名字，不论雅俗，都自有它的哲学和爱心。如果我们能用细腻的领悟力去叫人的名字，我们便能学会更多的互敬和互爱，这世界也可以因此更美好。这些日子以来，也许你们的名字已成为乡梓邻里间一个幸运的符号，许多名望和财富的预期已模模糊糊和你们的名字联在一起，许多人用钦慕的眼光望着你们，一方无形的匾已悬在你们的眉际。有一天，“医生”会成为你们的第二个名字，但是，孩子们，什么是医生呢？一件比常人更白的衣服？一笔比平民更多的收入？一个响亮荣耀的名字？孩子们，在你们不必讳言的快乐里，抬眼望望你们未来的路吧！

什么是医生呢？孩子们，当一个生命在温湿柔韧的子宫中悄然成形时，你，是第一个宣布这神圣事实的人。当那蛮横的小东西在尝试转动时，你，是第一个窥得他在另一个世界心跳的人。当他陡然冲入这世界，是你的双掌，接住那华丽的初啼。是你，用许多防疫针把成为正常的权利给了婴孩；是你，辛苦地拉动一个初生儿的船纤，让他开始自己的初航。当小孩半夜发烧的时候，你是那些母亲理直气壮打电话的对象。一个外科医生常像周公旦一样，是一个在简单的午餐中3次放下食物走入急救室的人。有的时候，也许你只须为病人擦一点红汞水，开几颗阿司匹林，但也有时候，你必须为病人切开肌肤，拉开肋骨，拨开肺叶，将手术刀伸入一颗深藏在胸腔中的鲜红心脏。你甚至有的时候必须忍受眼看血癌吞噬一个稚嫩无辜的孩童而束手无策的裂心之痛！一个出名的学者来见你的时候，可能只是一个脾气暴烈的牙痛病人；一个成功的企业家来见你的时候，可能只是一个气结的哮喘病人；一个伟大的政治家来见你的时候，也许什么都不是，他只剩下一口气，拖着一个中风后瘫痪的身体。

挂号室里美丽的女明星，或者只是一个常期失眠的、神经衰弱的、有自杀倾向的患者。你陪同病人经过生命中最暗淡的时刻，你倾听垂死者最后的一声呼吸、探察他最后的一槌心跳；你开列出生证明书，你在死亡证明书上签字，你的脸写在婴儿初闪的瞳仁中，也写在垂死者最后的凝望里；你陪同人类走过生、老、病、死，你扮演的是一个怎样的角色啊！一个真正的医生怎能不是一个圣者？

事实上，作为一个医者的过程正是一个苦行僧的过程，你需要学多少东西才能免于自己的无知；你要保持怎样的荣誉心，才能免于自己的无行；你要几度犹豫才能狠下心拿起解剖刀切开第一具尸体；你要怎样自省，才能在千万个病人之后免于职业性的冷静和无情。在成为一个医治者之前，第一需要被医治的，应该是我们自己。在一切的给予之前，让我们先成为一个“拥有”的人。

孩子们，我愿意把那则古老的“神农氏尝百草”的神话再说一遍。《淮南子》上说：“古者民茹草饮水，采树木之实，食蠃之肉，时多疾病毒伤之害。于是神农氏乃始教民，播种五谷，尝百草之滋味，水泉之甘苦，令民知所辟就，当此之时，一日而遇七十毒。”

记得那个“悬壶济世”的故事吗？“市中有老翁卖药，悬一壶于肆头，及市罢，辄跳入壶中，市人莫之见。”——那老人的药事实上应该解释成他自己。孩子们，这世界上不缺乏专家，不缺乏权威，缺乏的是一个“人”，一个肯把自己给出去的人。当你们帮助别人时，请记得医药是有时而穷的，唯有不竭的爱能照亮一个受苦的灵魂。古老的医术中不可缺的是“探脉”，我深信那样简单的动作里蕴藏着一些神秘的象征意义。你们能否想象用一个医生敏感的指尖去探触另一个人的脉搏的神圣画面？

因此，孩子们，让我们自怵自惕，让我们清醒地推开别人加给我们的金冠，而选择长程的劳瘁。

我曾认识一个年轻人，多年后我在纽约遇见他。他开过计程车，做过跑堂，试过各式各样的生存手段——他仍在认真地念社会学，而且还在办杂志。一别数年，恍如隔世，但最安慰的是当我们一起走过曼哈顿的时候，他无愧地说：“我保持着我当年那一点对人的好奇，对人的执著。”其实，不管我们研究什么，可贵的仍是那一点点对人的诚意。我们可以用赞叹的手臂拥抱1000条银河，但当那灿烂的光流贴近我们的前胸，其中最动人的音乐仍是1分钟72响的雄浑坚实如祭鼓的人类的心跳！孩子们，尽管人类制造了许多邪恶，人体还是天真的可尊敬的奥秘的神迹。生命是壮丽的、强悍的，一个医生不是生命的创造者——他只是协助生命神迹保持其本然秩序的人。孩子们，请记住你们每一天所遇见的不仅是人的“病”，也是病的“人”，人的眼泪，人的微笑，人的故事。孩子们，这是怎样的权利！

作为一个国文老师，我所能给你们的东西是有限的，但是孩子们，有一种东西比权力更强，比疆土更强，那是文化。愿你们所医治的，不仅是一个病人的沉疴，而是整个中国的羸弱。但愿你们所缝补的不仅是一个病人的伤痕，而是整个中国的痈疽。孩子们，所有的良医都是良相——正如所有的良相都是良医。

长窗外是软碧的草茵，孩子们，你们的名字浮在我心中，我浮在四壁书香里，书浮在暗红色的古老图书馆里，图书馆浮在无际的紫色花浪间，这是一个美丽的校园。客中的岁月看尽异国的异景，我所缅怀的仍是台北3月的杜鹃。孩子们，我们不曾有一个古老幽美的校园，我们的校园等待你们的足迹使之成为美丽。

孩子们，求全能者以广大的天心包覆你们，让你们懂得用爱心去托住别人。造物主给你们内在的丰富，让你们懂得如何去分给别人。某些医生永远只能收到医疗费，我愿你们收到的更多——我愿你们收到别人的感念。

念你们的名字，在乡心隐动的清晨。我知道有一天将有别人念你们的名字，在一片黄沙飞扬的乡村小路上，或者曲折迂回的荒山野岭间，将有人以祈祷的嘴唇，默念你们的名字。

文/张晓风

文中，作者选定生命初期的三个阶段构成排比，增强语势，突出强调了医生这个职业的重要性。作者说："成为一个医生的过程正是一个苦行僧修炼的过程。"将来我们面对自己的职业也会经历一番"修炼"，作者提醒我们一要修炼职业精神，即投入精神、同情心（恻隐之心）；二要修炼高尚人格（或修炼成一个"人"），即奉献精神及对人的诚意和爱心。

真正的帮助者

弗兰克·梅菲尔德博士访问德士堡救济院时，一次正要外出，不小心跟一个年老的清洁女工撞了个满怀。为了掩饰这尴尬的一刻，弗兰克·梅菲尔德博士开始发问："您在这里工作多久了？"

"这地方差不多刚开放时，我就在了。"女工回答。

"您能跟我讲讲这地方的历史吗？"

"我想我可能讲不出什么，不过我可以带你看些东西。"

于是，她拉着他的手，领他走到一间地下室，这是这座建筑最古旧的一处地方。地下室有一间间看似小型牢房的屋子，屋子的铁栏杆都因年代久远而锈蚀了，她指着其中一间说："这就是他们过去关安妮的笼子。"

"安妮是谁？"博士问道。

"安妮是个年轻姑娘，她已经无可救药了，就是说谁都拿她没办法了——所以她被带到这里。她会咬人、尖叫、往人身上扔吃的东西。医生护士甚至没法给她做检查，对她束手无策。我看到他们试着想办法，她就朝他们吐口水，又抓又扯。我只比她小几岁，我常想：'要是我被关在这样的笼子里，我肯定也不愿意。'我想帮她，可又不知能做什么。我是说，要是医生护士都不能帮她，像我这样的人又能做什么呢？"

“我想不出什么别的好办法，所以就在一天晚上收工后，给她烤了些布朗尼蛋糕。第二天，我把蛋糕带了进去。我小心翼翼地走近她的监房，说：‘安妮，这些布朗尼是我专门为你烤的。我把它放在这边的地板上，你愿意吃的话就自己过来取吧。’然后，我以最快的速度离开了那里，因为我怕她会拿那些蛋糕扔我。但她居然把布朗尼拿去吃了。”

“从那以后，我在附近的时候，她对我的态度稍微好了一点。有时我会跟她说说话。一次，我甚至把她逗笑了。一位护士看到了，就去告诉了医生。他们问我愿不愿协助他们一起帮助安妮。我说如果帮得上忙，我愿意。就这样，后来每次他们想去看望安妮或是要给她做检查，我总是先进监房，做一番解释，让她安静下来，握着她的手。也就是这样，他们才发现，原来安妮几乎失明了。”

他们跟这位女工合作了约一年后，珀金斯盲校敞开了自己的大门，他们有办法帮助安妮。安妮在那里继续上学，后来，她自己也成了一名老师。

后来安妮回到德士堡救济院访问，也想看看自己能不能帮着做点什么。起初，院长没有表态，后来他想起刚刚收到的一封信。一位先生在信中谈到自己的女儿，说她刁蛮透了，简直像头野兽。

他告诉院长，她又瞎又聋而且“精神错乱”。他已经无计可施了，但又不想把她送进收容所。所以他写信来询问他们是否认识什么人或老师，能到他家帮帮他的女儿。

就这样，安妮·沙利文成了陪伴海伦·凯勒一生的良师益友。

海伦·凯勒曾被问及对她一生影响最深的人是谁，她说：“安妮·沙利文。”但安妮说：“不，海伦，对我们俩的人生都有最深影响的，是德士堡救济院的一位清洁女工。”

文/莉娅·科延

安妮·沙利文，一个眼睛高度近视几乎失明的女子，没有任何教育经验，用她的爱和不懈的精神带给了一个盲聋女孩光明和自由，并和她一起创造了一个关于自强不息的世界奇迹。可以说，没有安妮就没有日后的海伦·凯勒。然而，安妮的成长，也得益于一位真正的帮助者——德士堡救济院的一位清洁女工。这位清洁女工和安妮，都是用爱去创造奇迹的人。

青花瓷瓶

雪下得很大，也很急，街道上空空的，没有几个人。绵软柔滑的积雪，蓬蓬松松地挂在枝梢上，亮白而倦怠的枝条被压低了头。偶尔有一阵风，也极微小极细弱，还没有感觉到，就消逝了。在这样的天气，不会有什么顾客来当东西，当铺老板早早地关了店门，捅旺火炉，懒洋洋地趴在柜台上，一边翻看图片，一边哼着京戏。

突然，有人敲门，声音极轻。他抬头，支起耳朵细听，什么声音也没有。他怀疑自己听错了，于是，他又低下头继续翻看手里的图片。敲门声又起，这次声音很重，他很吃惊，自语道："这样的鬼天气，有谁会来当东西呢？"

他迟疑着打开门，雪地里，瑟缩地站着一个小男孩，十二三岁的样子。男孩很瘦，穿得单薄，头戴一顶破旧的绵帽，由于帽顶落满了积雪，使得男孩的脸更加瘦小。厚厚的积雪没了他的双脚，他双手揣在怀里，脸冻得通红，衣服上满是雪。

"孩子，你要当东西吗？"他问。

"我，我……"小男孩支支吾吾半天，也没说出什么来。

"哦，你是要去副食店买吃的吧？那你再往东走，隔着两个店门就是。"

“不，我不是。”

“那你要做什么？”一朵朵大大的雪花翻飞着落在男孩的额头上，男孩打了个冷战。“哦，孩子，进店说吧。”

男孩从雪里拔出双脚，走进店，站在门口，不敢再向前迈一步。他的两只手仍在怀里揣着。

老板摘下男孩的绵帽，一边拍打绵帽上的积雪，一边说：“孩子，那你究竟来做什么呢？”

“我，我妈病了。”男孩低着头，怯怯地说。

当铺老板根机敏，一下子就听出男孩的意思：“你是来跟我借钱？”

“噢，不，不，我不是。”男孩显得局促不安，“我妈病了，老咳嗽，黑天时咳嗽得就更厉害，医生说，是肺痨。家里没钱，我想，我想把这个当给你们。”男孩一边说，一边从怀里掏出一个精致的红盒子递给老板。

男孩鞋子上的积雪，在暖烘烘的屋子里很快化成了雪水。

老板接过红盒子，慢慢打开。“啊！青花瓷瓶？你是从哪弄来的？”老板眼睛盯向男孩。

老板娘听说有人来当青花瓷瓶，兴冲冲地从屋里走出来，说：“在哪呢？快让我看看。哇，这么漂亮的青花瓷瓶！”

男孩变得更加局促起来，眼神中藏着遮掩不住的慌乱。他躲闪着老板的目光，慌忙说：“是我家的，是我爸爸留下来的。”

“你爸爸，那你爸爸为啥不来当啊？”老板问。

男孩目光暗淡，说：“我爸老早就去世了。”

“那，是你妈让你来当的吗？”老板娘一边仔细翻看着青花瓷瓶，一边问。

男孩低下了头，半天才说：“不，不是，我妈不知道。”

老板疑惑地盯着男孩："你是背着你妈来的？"

"嗯。"

"就是说，这个青花瓷瓶，是你偷出来的？"

男孩流泪了，默默地点头。

老板娘拿着青花瓷瓶，上下左右地翻看。看着看着，忽然皱起了眉头，赶紧把花瓷瓶递给老板。老板接过青花瓷瓶，又翻来覆去仔细端详一会，没吭声，拿着花瓷瓶走进柜台，然后走向那个放着营业款的抽屉。老板娘急了，三步并做两步，挡住老板，双臂护着抽屉，嚷道："你要做什么？你看仔细了，那瓷瓶……"老板温和地看着老板娘说："我已经仔细看过了，没问题。把这花瓷瓶放到你的梳妆台上吧。"说着，老板把花瓷瓶递给老板娘，老板娘拿着花瓷瓶半信半疑地向屋里走去。

老板笑了，回过头来对男孩说："孩子，瓷瓶我们留下了，这些钱拿回去给你妈治病，不够的话，你再过来拿。"

男孩不解地看着老板。老板说："噢，我是说，我先付给你一半钱，另一半你下次再来拿。"

男孩笑了，说了声谢谢，拿着钱跑了出去。

外面的雪不知啥时候停了，太阳照在雪面上，耀眼刺目。老板眯着眼，看那小小的身影消失在远方。

男孩再也没来。

又是一个春天，天气格外好，明媚的阳光照得人暖洋洋的，当铺的生意红红火火。当东西的，赎东西的，出出进进。

一个少妇带着一个男孩远远地走来，走到当铺门口，少妇一下就跪下去了，当铺老板慌忙走出来，看见站在少妇身边的男孩，明白了一切。

文/史雁

赠人玫瑰，手有余香。生活在世上，也许有一天你也会需要别人的帮助，所以在别人处于困境的时候，你应主动伸出援手，也许就因你的举动，让别人看到了希望。你的手为别人创造了一片天空，让别人看到希望，看到未来，有了前进的动力。你的光辉，照耀着每一束圣洁的火光，让世界的每一刻都看得见，给别人送去了温暖，送去了希望，同时也给自己带来了快乐，然而你的生命也因此而精彩。

穷人是伟大的

穷人的伟大是事实，他们教给我们许多美好的习惯。

也许他们缺吃少穿，甚至没有一个家，但他们都是伟大的人，可爱的人。

我们必须知道他们是可爱的人，伟大的人，然后我们才会去爱他们。

你们可能偶尔不吃饭，但是他们，天天挨饿，容身无所，浪迹街头，最后孤苦伶仃而死。

他们日复一日所寻求的，就是活下去。

这种斗争，这种勇气，就是他们的伟大之处。

在加尔各答，我们仁爱传教修女的姊妹和弟兄为区内最贫困的人——被人离弃的人、没有人爱的人、患病者、垂死者以及麻风病人和儿童——工作。

但我可以告诉你们，在这25年当中，我从没听说过一个穷人埋怨诅咒和沮丧失落。

贫困的人非常了不起，他们绝不会骄傲，不会欺骗人。

贫困的人都拥有感谢的心，善良的心。

愈是贫困的人，愈能忍受贫困。

贫困的人不会摆大架子，不会排挤他人，不会欺骗他人，对人客客气气。

如果未曾和穷困的人一起生活的话，实在是无法体会到他们的这些美德。

尽管这里的病人都很不幸，精神处于严重的失衡状态，但是他们却能理解和享受爱。

另外，他们还知道报以真诚的微笑——这种微笑能温暖所有的人。

穷人是非常好的人。

数星期前，我听到一个消息，一个信奉印度教的家庭已经数天没有吃东西，所以我拿了一些米，跑到他们家中。在我还没弄清楚究竟时，那母亲已把米分成两份，将其中一份送给那信奉回教的邻居。

我问她："我给你们的米只有这么一点，而你们却共有10个成员，你们如何够吃呢？"

那母亲这样回答："他们也没东西吃。"

这就是伟大。

我们记得我们的邻居需要我们的爱吗？我们记得吗？

可是她记得，她在自己的饥饿中，仍然知道有人也饿。

在墨尔本，我们有一个专为无处容身的酗酒者设立的收容所。

有一天，有个人被人严重殴伤。我认为这是一件刑事案，所以召唤警方处理。奉命到场的警员问这位先生："是谁打伤你的？"

那人不愿意说出真相，只是不断地捏造谎言。警员拿他没办法，只好离去。

我们问他："你为何不告发凶手？"

他望了我一眼说："就是要他受苦，也无法减轻我的痛楚。"他为避免弟兄受苦，不愿告发他。

我们当中的穷人真是何等美妙和伟大。而在穷人当中，我们可以不断地体验到爱的奇迹。

一天晚上，我们从街上带回4个人，其中一个岌岌可危。我让修女们照料其他3个，我照顾这个濒危的人。这样，我为她做了我的爱所能做的一切事情。我将她放在床上，她握住我的手，脸上露出如此美丽的笑容，说了声“谢谢你”，随后就死了。

我情不自禁地在她面前审视自己的良心，自问：如果我处在她的位置上，会说些什么呢？我会说：“我饥寒交迫，奄奄一息，痛苦不堪……”总之我可能会抱怨生活对我的不公平。

但她什么抱怨都没有，只将她的感激之爱给了我，然后死了，脸上还带着微笑。

其实她给予我的，要比我给予她的多得多。

我们从阴沟里带回来的那个男人也是这样，他快要被身上的虱子吃掉了，我们把他带回家。他说：“在街上我活得像动物，但在这里我将像天使一样死去。因为我得到了爱和照料。”

这真是太好了，不责备，不痛斥，不愤怒，得到一点照顾便像天使一样心满意足地死去——这就是我们人民的伟大之处。

这情景使我想起耶稣所说的一句话：“我饥肠辘辘，我无衣裹身，我无家可归，我不为人要，不为人爱，不为人管……而你却对我做了。”

我们的穷人是伟大的，他们需要我们的尊重，也需要我们的爱与重视。

我们不能仅仅满足于送钱，只有钱是不够的。

他们更需要我们伸出手，需要我们用心去爱他们，这才是最重要的。

我们的穷人需要的不是同情和怜恤，而是爱心和同感。

但是我们必须知道，他们是可爱的人、伟大的人。

这种认识就会叫我们去爱他们，服侍他们。

穷人、麻风病人、被遗弃的人和我们所服侍的酗酒者，都是高尚的人。

其中许多人具有卓越的人格。

我们应当在服侍他们时，把这种体验传递给那些没有这种高尚体验的人。

这就是我们工作的最大报酬。

文/（阿尔巴尼亚）特蕾莎修女

穷生奸计，富长良心？衣食足而知兼济？这种传统认识并不一定有道理。在某种程度上，穷人是伟大的，因为他们能够面对现实，面对社会的不公，面对常人难以忍受的艰苦的生活。他们还拥有感谢的心，善良的心。社会上一旦有个什么灾祸，真正捐款捐物的多半还是穷人。只有穷人才能从穷人的不幸中看到自己的影子。他们心甘情愿地把自己那点微不足道的钱掏出来。穷人捐款是出于感情，富人施舍却是出于理性。穷人之间握着的是手，连着的是心；富人捐出的是钱，收回的是名，最终转化为利。特蕾莎修女生前曾被誉为“活的圣人”，然而她指出，“神圣并非少数人的专利，它是你和我的天然责任”，“如果世界上存在着穷人，那只是因为你和我还没有尽力”。可见她更关心自己对穷人的责任，她能够获得诺贝尔和平奖，就在于她是“贫困者之母”。

第五辑　给梦想调个方向

人生就好比一艘激流而下的船，你永远都不知道出口会在前面的哪一步，唯有一步一个脚印，而每一次成功或者失败的经验，都会帮你及时调整出口和方向。只要你有毅力，敢于去坚持你所选择的，梦想在拐个弯后便会离你越来越近。

暗恋通知器

Facebook上一个爆红程序：分手通知器。当时我觉得这个点子所设置的盈利模式实在不怎么样！没料到，两星期后，原作者将模式微修，结果，竟然摇身一变，成了另一个超强的盈利模式！

分手通知器可以让你自动追踪你的异性朋友的动向，当其感情状态突然从有交往对象变成单身，你可以在第一时间被通知到，立刻乘虚而入！

创办人是一位24岁的工程师，某个周五晚上，他与未婚妻和未来岳母聊天。他们在讨论，能不能将未婚妻的姐姐介绍给另外一位男性的友人，问题是，这位男性的友人目前非单身。然后未来岳母说："如果能有一套软件，当他/她又变成单身的时候，通知我们，该有多好？"这句话如雷电闪在这位工程师的脑里，他马上说："没问题。"

说做就做，他马上像《社交网络》电影中的马克那样冲下楼梯回到宿舍，在短短4个小时内完成了这个点子。3天后，这个分手通知器网页已经被拜访了70万次，总共吸引了高达360万人报名使用。

重点是，这个程序的盈利模式是什么？这位仁兄想出了一招——在免费的情况下，你最多只能监控两位朋友；如果想要追踪更多朋友，那么，你就必须要付钱！但我觉得，毕竟应该不会有这么多人，真的会这么期待两个以上的朋友恢复单身，强烈到想要付钱去追踪。所以我认为，这个点子应该是无法赚钱的。

可怜的分手通知器也没能走到那步，就被Facebook给禁掉了，而这位原创者气愤之余，也马上又生出了另一个创意，叫做暗恋通知器。它的概念与分手通知器有点类似：你偷偷暗恋某个人？你只要告诉暗恋通知器就好了，这个网站会帮你守住秘密，不会告诉当事人，只会寄一封匿名的暗恋通知信给当事人！这时候，当事人循线来到此网站，若也告诉网站，她暗恋你，那么，暗恋通知器就会将这个大好消息，寄给你们俩知道，接下来就看看你们俩要怎么办了！

这位仁兄为暗恋通知器设计的盈利模式，也非常类似分手通知器——每一个人可以免费告诉该网站最多两个暗恋的人（没错，你可以一次写好几个可能的对象，命中率较高），如果想超过两个人就必须付费才能再指名更多的暗恋对象。

这个盈利模式和上次的分手通知器相比有什么高明之处吗？

让我们来看看，假设A男使用了暗恋通知器，寄给了B女和C女，这时候，B女收到了“你知道吗？有一个人在暗恋你哦！”这个B女会猜：是谁寄给我的啊？是谁在暗恋我啊？一定也会拼命寄给好几个可能的男性对象！B女肯定比刚刚那个A男更有动力去寄给超过两个人，所以也要被逼着付费！

有趣的是，同样的事情，也在C女身上发生。C女收到了A男的暗恋通知，同样不知道是A男寄的，所以她也有很大的动力去寄给超过两个男性友人，看看到底是谁在暗恋她。

接下来更有趣了，假设B女寄给了A男（果然猜对！）、D男和E男，这时候，D男和E男更有动力了，他们会想，哇塞！天上掉下来的桃花！我一定要寄给我认识的所有美女，找出她！D男和E男可能都双双破费了！

然后，还记得C女吗？她也是寄给了F男和G男，这两位男生，也疯狂地猜测是谁寄给他们的。看来这个暗恋通知器有可能让不少人疯狂掏钱。这个盈利模式，突然变得很有道理！

从分手通知到暗恋通知，这位24岁的创业家告诉我们：网络果真能创意无限，同样一套模式，只要翻个面，又是一片自由的天空了。

文/刘威麟

条条大路通罗马。前路荆刺棘藜、乱石粗砺，何必囿于传统，不肯转圈？从分手通知器摇身一变成为暗恋通知器，有的时候，我们只是需要让思维转个弯。“禁止通行”的路牌不是要你停下，而是提醒你该转弯了。有些事单凭一腔热血和一份坚持是无法完成的。这种时候，让思维转个弯，也许你能看见成功的彼岸草丰水美，风细柳斜。

给梦想调个方向

她出生在比利时布鲁塞尔一座豪华的宅邸里，父母都是当时显赫的贵族，可她却长得矮小、不漂亮，这使她从小性格就很文静、内向，甚至胆怯。她没有玩伴，整天只与小猫小狗在一起。她不敢照镜子，不喜欢自己的脸，眼睛太大，牙齿不整齐。不过，就这样的一只丑小鸭，却喜欢上了舞蹈，看芭蕾舞剧对她来说是一种极为美妙的享受。她成天都梦想着将来自己如果能当一名芭蕾舞演员该多好！

9岁那年，在她的央求下，母亲把她送去学芭蕾舞，她的学习热情大大超过了其他的学生。她非常自觉地严格训练，掌握了全部基本步伐、动作和基本姿势。可正当她专心致力于舞蹈时，第二次世界大战爆发了，母亲把她带回了家。这令人沮丧。

不过，她是一个非常认真的学生，庄重、严谨、意志坚决，尽管在家里，但一有空闲，她就翘起脚尖站立、旋转。她暗下决心，总有一天她要成为一名独舞演员，并成为舞星，让路上遇见她的人都对她微笑，说：“你真的很棒！”

战争结束后，她再次进入芭蕾舞校，师从一名当时很有名气的舞蹈家。她虽然不漂亮，但十分有个性，这很快就使她成了老师的得意弟子。经过老师的精心指导，她学到了很多东西，对芭蕾舞有了许多新鲜独到的见解。她觉得梦想即将实现了，心里十分愉快。

可就在这时候，她的家庭开始败落，经济条件一落千丈，最后母亲只好把她从学校领出来，带着10元钱的积蓄去伦敦寻找机会。

在伦敦，她们母女住在一间只放得下两张单人床的房间里，母亲在一家花店找份小工，她则找到一份在教堂值班的工作。但她不曾忘记自己的梦想，她一边做广告模特，一边关注招聘芭蕾舞蹈演员的信息。

后来经人推荐，她参加了美国音乐剧《高跟纽扣鞋》的演出，在剧中当一名群舞演员，演得不好也不坏，反正就是包围在人群中的那种。她不喜欢这种形式，也不喜欢这种生活，她觉得她参加演出的戏莫名其妙。

这种状况让她很痛苦，对于舞蹈，她从小就是魂牵梦萦的，并且为之奋斗了十几年。可以说，正是因为内心怀有舞蹈梦，她才一路勇敢地走了过来。可如今，当她真正站在舞台上时，才发现，其实自己根本不属于这里。

这时，一位曾经的导师对她讲出了肺腑之言——“你不适合在芭蕾舞台上。”

“为什么？”她问。

“尽管你努力了，但站在芭蕾舞台上，你永远当不了主角，永远都是配角。”导师谆谆教诲着。

那一刻，她终于明白，她当芭蕾舞蹈演员的梦想破灭了。此时，她19岁，已经为芭蕾舞整整奋斗了10年。

后来，导师推荐她去演电影，把她推荐给一些导演，开始导演没在意她，但她凭借典雅的气质竟然迅速蹿红起来，博得广大观众的喜欢。

1953年，因主演《罗马假日》，她获得了第26届奥斯卡最佳女演员奖，她把那个美丽、善良、活泼、俏皮的安娜公主演活了，成为电影人物形象的经典。她还主演过《窈窕淑女》、《等到天黑》、《蒂凡尼早餐》等电影巨作，又连续5次被奥斯卡提名，成为欧美影坛上一颗耀眼的明星。

没错，她就是奥黛丽·赫本，好莱坞最有名的十大影后之一，她以高雅的气质和有品位的穿着著称，被誉为“好莱坞的甜姐儿”。

世界是一个大舞台，当梦想受阻时，勇于退回，给梦想调个方向，这也是一种睿智和成功。奥黛丽·赫本原本的梦想是芭蕾舞演员，并为此付出了大量的努力，可在注定只能做配角的情况下，她选择回头，踏上了另一条路。而这条道路，使她走向了成功和光荣。

其实我们每个人都是这样，渴望着自己被接受和关注，幻想着自己能成为别人故事里的主角，可是转了一圈才发现，自己一直在原地踏步而已。既然如此，何不给梦想调个方向呢，尽力让自己散发出灿烂的光芒，活出自我，谱写自己的华美乐章，这亦是一种明智和超越。

文/薛峰

梦想也就是梦，但梦不会一觉醒来就变成现实，还要看你对这个梦有多憧憬，付出了多少努力。人生总是曲折坎坷的，没有谁会一帆风顺，只有跌倒了再爬起来，梦碎了再做一个，才能取得最后的成功。关键是需要坚持，需要毅力，需要你适时地变换出口和方向，让梦想生出坚强有力的翅膀。梦想的翅膀一旦展开，必将收获成功与荣耀。

活着，其实有很多方式

看见她自己带来的医疗转介单时，这位医师并没有太大的兴奋或注意，只是例行地安排应有的住院检查和固定会谈罢了。

会谈是固定时间的，每星期二的下午3点到3点50分。她走进医师的办公室，一个全然陌生的环境，还有高耸的书架分围起来的严肃和崇高，她几乎不敢稍多浏览，就羞怯地低下了头。

就像她的医疗记录上描述的：害羞、极端内向、交谈困难、有严重自闭倾向，怀疑有防卫掩饰的幻想或妄想。

虽然是低低垂下头了，还是可以看见稍胖的双颊还有明显的雀斑。这位新见面的医师开口了，问起她迁居以后是否适应困难。她摇摇低垂的头，麻雀一般细微的声音，简单地回答："没有。"

后来的日子里，这位医师才发现对她而言，原来书写的表达远比交谈容易许多。他要求她开始随意写写，随意在任何方便的纸上写下任何她想到的文字。

她的笔画很纤细，几乎是畏缩地挤在一起的。任何人阅读时都是要稍稍费力，才能清楚辨别其中的意思。尤其她的用字，十分敏锐，可以说表达能力太抽象了，也可以说是十分诗意。

后来医师慢慢了解了她的成长。原来她是在一个道德严谨的村落长大，在那里，也许是生活艰苦的缘故，每一个人都显得十分的强悍而有生命力。

她却恰恰相反，从小在家里就是极端怯缩，甚至宁可被嘲笑也不敢轻易出门。父亲经常在她面前叹气，担心日后可能的遭遇，或是一些唠叨，直接就说这个孩子怎会这么的不正常。

不正常？她从小听着，也渐渐相信自己是不正常了。在小学的校园里，同学们很容易地就成为可以聊天的朋友了，她也很想打成一片，可就是不知道怎么开口。以前没上学时，家人是少和她交谈的，似乎认定了她的语言或发音之类的有着严重的问题。家人只是叹气或批评，从来就没有想到和她多聊几句。于是入学年龄到了，她又被送去一个更陌生的环境，和同学相比，几乎还是牙牙学语的程度。她想，她真的是不正常了。

最年幼时，医生给她的诊断是自闭症；后来，到了专校，也有诊断为忧郁症的。到了后来，脆弱的神经终于崩溃了，她长期住进了疗养院，又多了一个精神分裂症的诊断。

而她也一样惶恐，没减轻，也不曾增加，默默地接受各种奇奇怪怪的治疗。

父母似乎忘记了她的存在。最初，还每月千里迢迢地来探望，后来连半年也不来一次了。就像从小时候开始，4个兄弟姐妹总是听到爸爸的脚踏车声，就会跑出去纠缠刚刚下班的爸爸。爸爸是个魔术师，从远方骑着两个轮子就飞奔回来了，顺手还从黑口袋里变出大块的粗糙糖果。只是，有时不够分，总是站在最后的她伸出手来，却是落空了。

从家里到学校，从上学到上班，她都独立于圈子之外。直到一次沮丧，自杀的念头又盘踞心头而纠缠不去了。她写了一封信给自己最崇拜的老师。

既然大家觉得她是个奇怪的人，总是用一些奇怪的字眼来描述一些极其琐碎不堪的情绪，也就被认定是不知所云了。家人听不懂她的想法，同学也搞不清楚，即使是自己最崇拜的老师也先入为主地认为只是一堆呓语与妄想，就好心地召来自己的医生朋友来探望她。这就是她住进精神病院的原因。

医院里摆着一些过期的杂志，是社会上的善心人士捐赠的。有的是教人如何烹饪裁缝，如何成为淑女的；有的谈一些好莱坞影歌星的幸福生活；有的则是写一些深奥的诗词或小说。她自己有些喜欢，在医院里又茫然而无聊，索性就提笔投稿了。

没想到那些在家里、在学校或在医院里，总是被视为不知所云的文字，竟然在一流的文学杂志刊出了。

原来医院的医师有些尴尬，赶快取消了一些较有侵犯性的治疗方法，开始竖起耳朵听她的谈话，仔细分辨是否错过了任何的暗喻或象征。家人觉得有些得意，也忽然才发现自己家里原来还有这样一位女儿。甚至旧日小镇的邻居都不可置信地问："难道得了这个伟大的文学奖的作家，就是当年那个古怪的小女孩？"

她出院了，并且依凭着奖学金出国了。

她来到英国，带着自己的医疗病历主动到精神医学最著名的Maudsly医院报到。就这样，在固定的会谈过程中，不知不觉地过了两年，英国精神科医师才慎重地开了一张证明没病的诊断书。

那一年，她已经34岁了。

只因为从童年开始，她的模样就不符合社会对一个人的规范要求，所谓"不正常"的烙印也就深深地标示在了她身上。

而人们的社会从来都没有想象中的理性或科学，反而是自以为是地要求一致的标准。任何逸出常态的，也就被斥为异常而遭驱逐。而早早就面临社会集体拒绝的童年和少年阶段，更是只能发展出一套全然不寻常的生存方式。于是，在主流社会的眼光中，他们更不正常了。

故事继续演绎，果真这些人都成为社会各个角落的不正常或问题人物了。只有少数的幸运者，虽然迟迟延到中年之际，但终于被接纳和肯定了。

这是新西兰女作家简奈特·弗兰的真实故事，发生在上世纪四五十年代的故事。她现在还活着，还在孜孜不倦地创作，是众所公认当今新西兰最伟大的作家。

文/王浩威

正如文中所说，我们所生存的社会从来都没有想象中的理性或科学，反而是自以为是地要求一致的标准。不管是什么因素让你遭人排斥——性别、年龄、种族，抑或是行事风格、人生态度等，你依然能够出类拔萃；你不应忽视这些不同点，相反，你应该借助它们。一旦你懂得如何运用“与众不同”的力量，它就能发挥出强大的威力。秘诀就是：做最好的自己，又不疏远众人。你将学会接纳真实的自我，用自己的独特之处吸引机遇，用与众不同的特质打造磁铁般的个人魅力。从企业家到艺术明星，与众不同往往是取得成功的金钥匙。生命的意义就在于选择属于自己的方式。

假如我又回到了童年

假如我又回到了童年，我做事要更有毅力，决不因为事情艰难或者麻烦而撒手不干，我们要光明，就得征服黑暗。毅力在效果上有时能同天才相比。俗话说：“能登上金字塔的生物，只有两种——鹰和蜗牛。”

假如我又回到了童年，我就要养成专心致志的习惯；有事在手，就决不让任何东西让我分心。我要牢记：优秀的滑冰手从不试图同时滑向两个不同的方向。如果及早养成这种专心致志的习惯，它将成为我们生命的一部分。我常听成年人说：“虽然我希望能集中注意力听牧师讲道或读书，但往往做不到。”而原因就是年轻时没有养成这种习惯。

假如我现在能重新开始我的生命，我就要更注意记忆力的培养。我要采取一切可能的办法，并且在一切可能的场合，增强记忆力。要正确无误地记住一些东西，在开始阶段的确要做出一番小小的努力；但要不了多久，记忆力本身就会起作用，使记忆成为轻而易举的事，只需及早培养，记忆自会成为一种才能。

假如我又回到了童年，我就要培养勇气。一位明智的作家曾说过：“世上没有东西比勇气更温文尔雅，也没有东西比懦怯更残酷无情。”我们常常过多地自寻烦恼，杞人忧天。“怕祸害比祸害本身更可怕。”凡事都有危险，但镇定沉着往往能克服最严重的危险。对一切祸福做好准备，那么就没有什么灾难可以害怕的了。

假如我又回到了童年，我就要事事乐观。生活犹如一面镜子：你朝它笑，它也朝你笑；如果你双眉紧锁，向它投以怀疑的目光，它也将还以你同样的目光。内心的欢乐不仅温暖了欢乐者自己的心，也温暖了所有与之接触者的心。“谁拒爱于门外，也必将被爱拒诸门外。”

假如我又回到了童年，我就要养成经常说“不”字的习惯。一个少年要能挺得起腰，拒绝做不应该做的事，就因为这事不值得做。我可以写上好几页谈谈早年培养这一点的重要性。

假如我又回到了童年，我就要要求自己对伙伴和朋友更加礼貌，而且对陌生人也应如此。在坎坷的生活道路上，最细小的礼貌犹如在漫长的冬天为我们歌唱的小鸟，那歌声使冰天雪地的寒冬变得较易忍受。

最后，假如我又回到了童年，我不会力图为自己谋幸福，好像这就是人生唯一的目的；与之相反，我要更努力为他人谋幸福。

文/富兰克林　编译/陈秀丽

“盛年不再来，一日难再晨。及时当勉励，岁月不待人。”作者之所以以“假如我又回到了童年”为题，是为了说明做人要有毅力，有恒心，有勇气，遇事要镇静，尊重别人，多为别人着想。虽然童年已经飘然而去，任凭我们怎样幻想也难再归来，但是，我们不应该叹息，因为我们的人生仍然还只有一个开篇，在我们的青春之年，我们应努力给曾经遗憾的事做一个最完美的补偿。

金钱和热情不易兼得

我在等待一通来自纽约的电话。

当我第一次遇见她时，我正在哈佛商学院读二年级。那时候，她是哈佛大学大四的学生，主修经济学。她有着一头金色的长发，说话轻柔有礼，是一个典型的美国邻家女孩。当时，我自愿参加了一个指导毕业生职业生涯规划的大学生社团。那一整年，我和她大概每隔两个月碰一次面，我会针对如何择业、如何经营人脉以及如何思考职业生涯给她一些择业意见和建议。我们在毕业前见了最后一面，一起喝了红酒，随后就相互道别。我去了旧金山，她去了纽约的高盛证券公司做交易员。我们起初还保持着联络，但是因为各自忙碌着，最近一年已经断了联系。今早意外接到她的电话，她说晚上八点再跟我长聊。

八点钟，电话铃声响起。

闲聊几分钟后，我们开始讨论起正在困扰她的问题。

“我已经到高盛三年了，每件事都还OK。但最近我开始问我自己：盯着电脑荧屏然后执行交易，难道这就是我生活的全部吗？我一直对时尚很有兴趣，此时是否是我转换职业的机会？”她说。

我提醒她因为她在时尚界完全没有经验，所以如果她选择进军时尚界，那么她的薪水很可能比现在的少一半。

“会差这么多？”她吃了一惊。

我立刻感觉到了她的犹豫。她已经到了体会“金钱和热情不易兼得”的年纪。每个人人生中的每一次决定都是一种交换，悲哀的是，在现实世界中，梦想是廉价的，金钱是重要的。

回忆起一周前，我在一个大学做完一场演讲。一个十九岁的年轻人举起手向我发问：“为什么我要早早做好毕业后的生涯规划？没人要求我一定要跟随你或周围每个人的脚步去找个工作，然后和周围99%行尸走肉的人过一样的生活。如果非要这样，这算是哪门子的人生规划？只要我想，为什么我不可以去当个背包客环游欧洲？我难道不能自由地追寻我的人生梦想？”

一周后。台北。晚上我坐在厨房里的餐桌旁写我的专栏文章。电话铃声响起，是我的一个学妹打来的。

“工作最近没有很顺利，太多复杂的利益，太多灰色地带，我几乎已经忘记为什么最初我选择进这一行。我从十二岁就开始想要这个工作，而令我惊讶的是，我现在问我自己，是否我该转换跑道了？我过去有一半的时间对人生有错误的想象。”她说。

当我们二十岁时，我们问自己：为什么我应该要跟着几百万人的脚步，找一种无聊的生活方式？为什么我不能够逃离这里，背起背包环游世界？为什么我不能做我想要做的事情？

悲哀的事实是，年轻时的这一段不需背负责任地、自私地追寻你自己理想中的人生的时间并不长。迟早，家庭、财务或感情的负担都会追上来。你会被强迫去找一份工作、去上班、去当个无名小卒，就像这世界上其他几十亿的人一样。在现实的生活追上来之前，你能逃多久？你二十岁想要的，不会和二十八岁想要的一样。

当我们二十五岁时，我们问自己：“这就是我生活和工作的样子吗？为什么我不能够找一个我深深热爱的同时也会得到不错薪水的工作？”

天下没有免费的午餐。每件事情，包括你要追寻你的理想这件事，都存在机会成本。有时候是钱，有时候是家庭，有时候是个人感情。学会接受“无法拥有全部”，便是我们成熟的开始。

当我们二十九岁时，我们忽然发现：我们的工作和我们的专长不是我们真正想象的那样好。这时候，还要继续走下去吗？或者，这是我们最后一次做出选择的时机？

我一直觉得，我们许多人把二十岁的日子结束在梦想破灭的时候，很悲哀。我们原本带着一身的干劲和热情开始了我们的二十岁，然后渐渐发现我们必须要向现实妥协，并最终认识到：或许过去十年我们的很多想法都是错的。

原本，我们每个人都相信自己是特别的，我们的点子是独一无二的，我们的意见是有价值的。可是你逐渐体悟到：我错了。我并不特别，我没有那么独特，而且，如果我明天死去，这个世界不会在意甚至不会有任何感觉。所有我想要改变这世界、改进我的公司甚至整个产业的能量，最终都在繁文缛节或人类自身利益中消散于无形，而这些挫折无可避免地会带给我们新的发现。

有一天，我们甚至会怀疑我们是谁，为什么我们在做现在在做的事，而这一切到底有什么意义？我们唯一能明白的是，毕业纪念册上所写的远大志向已经随着一年年的时光流逝而消逝在风里……

为什么在我们的成长过程中，没人告诉我们这些？为什么大人从来不告诉我们这些人生的真相，反之却总是不断地重复着相同的关于认真念书、进个好学校的那些话？

当你要走过你二十岁的日子时，记得要对这段过程做好准备，不然当你步入了三十岁，你会很惊讶地发现你变成了另外的一个人。

在每个重要选择的交叉路口，请你诚实地面对真实的自己：你是谁？要去往哪里？

当你真正接受自己变成的样子并且找到自己想要做的事情时，家庭、安全感和信心才会随之而来。当我们终于不再那么自私时，人生中最棒的时光才会如约而至。

如果你今年二十岁，请允许我向你未来美好的十年，致敬。

文/钟子伟

都市的柏油路太硬，踩不出寻梦人的足迹，生活让人感到如此艰辛。当舆论、生存压得我们透不过气来的时候，面对遥不可及的梦想，人往往会妥协，而后我们会看着自己的现在，老老实实做着应该做的，把梦想放在一边，因为这样做未来可以看得如此清晰，选择丰厚的工资、热门的专业、安逸的工作、火热的技术，这一切都能使你冷静相比于梦想的选择。相对的稳定与顺利是大部分人想选择的，我们往往会在路上走着走着，就败给了现实。但人一辈子，不会因为你做过什么而后悔，而往往是因为你没做过什么而后悔。所以，如果你深信自己选择的可以给别人带来真正的价值，如果你坚信，如果你觉得有机会，那就勇往直前吧。

人生的第二志愿

人们常常把所有的注意力都集中在第一志愿。这些年，随着考试严酷性的不断升级，关于填报志愿的说法，也越来越霸道了——那就是全力以赴关注你的第一志愿。某些大学的录取人员公开宣布，我们是不会录取第二志愿的学生的。因为你的热爱不够专一，录取来也学不好的。

高考形势特殊，僧多粥少，对于学校的取舍，旁人不好议论是非。但我以为，如果把高考报志愿的经验推而广之，把第一志愿至上，扩散成人生选择的一大信条，就有商榷的必要了。

人生的选择绝少是唯一的。

听一位美国心理学家的讲座，谈到男女青年挑选恋爱对象时，他说，如果你在读大学的时候，一眼扫去，本班级上的异性，有三分之一以上可以成为你的配偶候选人，那么……

讲到这里，台下发出汹涌的低语声，均说："那他就是一个神经病！"

美国的心理学家抖抖肩膀说："喏！那他或她，就是一个心理健康的人。"

这观点有点好玩，也有点耸人听闻，是不是？当然，他指的寻找伴侣，是在大学校园内，智商和背景有大的相仿，并不能波及整个社会，说某个男人觉得与世上三分之一的女人都可成眷属，才属正常。

但这一论点也可以说明，既然结为夫妻这样严重的问题，都不妨有一手或是几手打算，那么，在其他场合的选择，当有更大的弹性。

当孤注一掷地把自己的命运押在某个“唯一”头上的时候，我们实际上处于自我封闭和焦灼无序的状态，内心流淌的是自卑和虚弱。以为只有这狭窄的途径，才是抵达目的地的独木桥，无法设想在另外的情形下，还有道路尚可通行。

于是每当选择的关头，我们可以看到那么多人像鸵鸟似的奋不顾身，色厉内荏地跑跳着。到了没有退路的时候，就把小小的脑袋埋入沙丘。他们并不仅仅骗别人，首先的和更重要的，是用这种虚张的气势，为自己打气加力。

可惜世上的事情，不如愿者十有八九。当冰冷的结局出现时，很多人就像遇到雪崩的攀援者，一坠千丈。

此刻，你以前不经意间随手填写的第二志愿，就像保险绳一样，在你下坠的过程中，有力地拽住了你，还你一方风景。

第二志愿如同灰姑娘，龟缩在角落里，打扫尘埃，收拾残局，等待那不知何日才能莅临的金马车。

其实人的才能是多方面的，守节般地效忠第一志愿，愚蠢不说，更是浪费。

寻找第二志愿的过程，实质上是对自己的一次再发现。除了那最突出最显著的特点之外，我还有什么优异之处？第一志愿和第二志愿之间，可否像两位相得益彰的前锋，交互支援？我还有哪些潜藏着的特质，有待发掘和培养？平日疏忽的爱好，也许可在失落中渐渐显露。

第二志愿的考虑和填写，也许比第一志愿更取舍艰难。

不可搪塞第二志愿。它依旧是人生重要的选择，是你面对逆境的备份文件。它是进可攻退可守的支撑点，它是无惧无悔的屏障，它是一个终结和起跑的双重底线。或许有人以为，有了第二志愿、第三志愿……人就容易颓败。这是一个谬论。亡命之徒不可取，它使人铤而走险，一旦失利，便是绝望与死寂。不妨想想杂技演员。有保险绳的时候，他们的表演会无后顾之忧，更精妙绝伦。

在填写第一志愿的时候，把其后的每一份志愿也都认真地考虑，这是人生不屈不挠的法门之一。

文/毕淑敏

高考第二志愿是高考志愿矛盾的焦点。如果说第一志愿是考生人生中参与的第一个赌博行为，那么，第二志愿算是第二个赌博行为，赌第一志愿，第一志愿赌输了，再赌第二志愿。文章中有句话写得非常好，“第二志愿依旧是人生重要的选择，是你面对逆境的备份文件”。人生很多时候并不会完全按照我们的计划去实现，为了应对突如其来的变化，我们一定要提前做好准备，这是一种成熟的思想，是对未来的一种保障，而不是人们所说的不够专一。因此，能够选好第二志愿，为自己留第二条路的人，才是能够主宰人生、战胜失败的强者。

未来和将来的区别

“未来”和“将来”，说话和写文章时常用这两个词，意思好像差不多。老祖宗是很讲究用词达意的，比如美丽和漂亮，都是形容好看，但其中有细微却不容忽视的区别。美丽更自然天成，漂亮则带有人工斧凿的痕迹。那么未来和将来的差异究竟在哪？坦率地讲，我成天和文字打交道，很长时间内搞不清。

原认为未来和将来的不同，主要在于时间距离的长短。比如常说“走向未来”，指比较遥远的时间段，无法改成“走向将来”。换后者也可勉强成文，总不伦不类。也就是说，“将来”似乎是比较贴近眼前的时间，“未来”的尺度则更宏大一些，有点像公里和海里的关系。

察觉失误源于听天气预报。播音员常说，在未来二十四小时内……一昼夜并不遥远，但这句话不便改成“在将来二十四小时内”。看来单是距离的长短，不是这两个词的分水岭。

查辞典。

“将来”——“时间词。现在以后的时间。”

“未来”——“就要到来的。指时间。”

如此解释，半斤八两，不了了之。似乎也不便埋怨撰写辞典的人敷衍了事，这两个词，在日常使用上，像通用电脑的内存条，置换方便。比如说“未来是青年人的”，可以很利索地转化为“将来是青年人的”，理解上无重大歧异。

那么，智慧的老祖宗，为什么还要分得这么细？

近读一本学者的书，茅塞顿开。文中说，“未”字的古义是“滋味”。“未”字和“木”字很相像，比木多了一横。这一横可不是随便加的，有深意。它代表树叶，表示枝干繁茂。繁茂了和滋味有什么关系？此刻需要一点艺术想象力——叶子多了说明树木生长情形良好，结的果子就多，味道就好……叶子遮挡了光线，树下就显出朦胧昏昧的样子，表达一种不可知和不可测的神秘性。

哈！原来“未”的意思是——“朦胧的果实”。

至于“将来”的“将”字，居然有些热腾腾的血腥气藏在内里，指“手执利剑屠宰杀生”，所以最初多用于将军和厨师，后来渐渐衍生出“掌握”和“选择”的意思。

如果一定要概括“将”字形象，我愿意把它描绘成遮掩着某些物体的黑色斗篷。

学者说，“未来”是指在我们视野之外的明天，“将来”是指在我们掌握之中的明天。

它们都犀利地指向明天。“未来”是一颗雾蒙蒙的核桃，“将来”是一只隐蔽的魔柜。

某学生成绩优异，人们说，这孩子“将来”能上重点中学，“将来”能上大学。在这里，“将来”有一种探囊取物的笃定，运筹帷幄的安详。一个人发了财，只要经营得当，不犯法，他“将来”会成为富翁。当然意外也随伺左右，如果学生临场失常考试砸锅，商人徇私舞弊作奸犯科，人们会说，看！他把自己的“将来”给毁了。“将来”虽然是预计，在这里却几乎成了人人可以把握的既定事实。

“将来”所说的明天，实质上更多是一种惯性，是在基础上搭盖的二层楼，是箭已离弦，从铁弓到靶心的飞翔过程。于是就有了世故和因循的气息，成了可以预期红利的股票。

未来更富于冒险和挑战。它是昏暗中的不倦探索，是勇气和智慧的多次叠加，是期望战胜了恐惧后的欣喜，是漂浮着幻想泡沫的鸡尾酒。

当人们反复强调，“未来”不是梦的时候，内心确知“未来”有太多梦幻的成分。当人们允诺“未来”的寰球是和平世界时，面对的是眼前的硝烟和核弹。当人们说，“未来”要到星际旅行，等待人类的实际上是艰巨拼搏和献身。人们大胆地对“未来”做出的种种预测，其实只是一厢情愿地对着茫茫宇宙的悲壮自白。

将来很实惠，未来多虚幻。一个人在明天的早饭还没着落的时候，考虑的只能是将来。但两相比较，我还是更喜欢未来的涵义。

将来当然重要。这条优质纱巾，把某些已露端倪的矛盾遮盖着，掩藏起短兵相接的锋芒。温暖地包裹鸡蛋，把它孵化，某个黎明，嘹亮的鸡啼把主人唤醒。一颗海椰被风暴冲到适宜生长的岸边，便会长成大树，需要的仅仅是时间。定时炸弹埋在土里，秒针无声走动，一个惊天动地的时刻渐渐迫近。“将来”不是无源之水无本之木，“将来”是春种秋收勤劳敬业的农夫。你播下的是龙种，收获的就不是跳蚤。

所以对待将来，如同守候性能可靠的生产线，按部就班是它的最大特征。输进原料，就准备照单接收产品。出了废品，切勿埋怨客观。必是某个环节出了故障，隐患早趴在暗处了。如果得到嘉奖，也不必大喜过望。所有数据已经输入，就像火箭发射，飞上蓝天才是正理，凌空一炸就是大冷门了。

所以，将来的基调是冷静的古朴之色。循序渐进是经，成竹在胸是纬，所以让我们生出些许畏惧，些许忐忑，盖因时间的关系。好像正在显影的照片，虽然一切已经定型，毕竟最后一道工序尚未完成。在某些情形下，将来之手的可怕在于——它无法使事情变得比设想更好，但有足够的力量，把事情变糟。

我们永不能对将来掉以轻心。

但从人类的发展史来说，更重要的是面向未来。猿从树上降落到草地，直立行走，绝不仅仅是已知行为方式的延伸和把握，而是充满了想象力度的空前变革。前景如何，无法预报。最初的人类，只是在若明若暗的曦光中走着，艰难困窘挺进远方。然而一个伟大的新世纪，就在这蹒跚的脚印中爆发。

将来是沉稳的，未来是炙烈的。将来是简明扼要的，未来是华美铺张的。将来是务实的，未来是缥缈的。将来是有条不紊的，未来是浮想联翩的。将来是殚精竭虑的，未来是高瞻远瞩的。将来是惨淡经营的，未来是举重若轻的。将来是可以揭秘一览无余的苫布，未来是永在夜空闪烁不可触及的星巢。将来更多地属于个体，未来则是全人类远眺的家园。

现今的人们，常常为自己设计多种“将来”，将来变得越来越精确和细致。但一己的将来固然重要，整个人类的未来，更是现代人必须关注的方向。将来和未来结合在一起，就是飞翔的魔毯，把我们载往远方的树林，那里有朦胧的新的果实。

文/毕淑敏

咬文嚼字，其乐无穷。“未来”是指我们视野之外的明天，“将来”是指我们掌握之中的明天。也就是说，未来很虚幻，将来很实惠。也可以认为“将来”是可以改变的，而“未来”则不可以。所以，很多人都向往着虚幻的未来，只会做白日梦，而不付出行动，也有小部分人很老实，不会把自己的目标定得遥不可及，而是一步一个脚印地完成自己的目标，来证明自己。

有成就的人都单纯和热情

我最初被观众知晓，缘于主持《正大综艺》节目。当初是很偶然地得到去《正大综艺》面试的机会。当时《正大综艺》正需要一位很甜美的主持人，经学校推荐，我去了。

既然是要甜美型的，自然所有应征者都要往这个方向努力，即便也许自己并不是这样。由于我长得不太漂亮，在第六次试镜时还只是在“被考虑范围之列”。我知道后，心想：“为什么非得只找一个女主持人，是不是一出场就是给男主持人做陪衬的？其实女性也可以很有头脑，所以如果能够有这个机会的话，自己就希望做一个聪明的主持人。”我一向心直口快，感觉故作甜美状很别扭，便在面试过程中把自己的这些想法坦率地说了出来，也没想过这样的言辞会不会得罪人。

导演觉得我有点与众不同的想法，就让我进入了第二轮。后来想想，或许正是自己的坦率和单纯打动了这位导演。作为一名学生，能够从应征的一千多个女孩中脱颖而出，优势大概就是那股初生牛犊不怕虎的气势，没有因为自己是女孩子就畏畏缩缩、妄自菲薄。那种很坦率的、对人生和世界都充满了好奇和勇于尝试的心态，让我忘掉了紧张和患得患失。

从这件事情我总结出：一个人要真诚，不卑不亢地待人接物，展现真实的自己，反正人家早晚知道你是什么样的，你就让人家早点知道你是什么样的又怎么样？

现在，我在招人面试时，觉得那些能正视我的眼睛说话，不躲躲闪闪，也不逢迎别人，心态平和，真实地表达自己就是最好的了，我不大注重去看成绩单。从经济学角度来说，机会成本最小的事就是做自己。

虽然我这么说，但是，找自己和做自己其实是最难的。因为我自己就有过寻找的迷茫期。但是一旦你真的找到自己，就会感觉心态越来越好、越来越放松。太多的人就是因为考虑得太多、思维太复杂，因而活得不快乐。所以，我觉得这样的人不是被累死的，而是被烦死的。

人生像是一个陀螺，它可以转很大的圈，但着地点只有一个——对于我，这个点就是我非常热爱的电视和传媒事业，而其他的职务或头衔都是在这个基础上衍生出来的。

四年央视主持人的职业生涯，不仅开阔了我的眼界，更确立了我未来的发展方向：做一名真正的传媒人。但渐渐地，我开始觉得有点虚：央视让我一下子进入一个殿堂，但是我往下一看，空空如也，下边的基础都不是我自己建起来的，是一个庞大的机构赋予我的，我觉得特别不踏实，所以我得自己从下边垒砖头慢慢起来，这样才会踏实。

于是我考虑去美国留学，可这就意味着要放弃目前所拥有的一切。资助我留学的正大集团总裁谢国民先生，说了这样一句话：“我觉得一个节目没有一个人重要。”就是这句话，我不再患得患失，远赴美国哥伦比亚大学，就读国际传媒专业。

在异国他乡的生活，比想象中的还要艰苦。有一次，我写论文写到半夜两点钟，好不容易敲完了，没有来得及存盘，电脑就死机了。我当时就哭了，觉得第二天肯定交不了。宿舍周围很安静，除了自己的哭声，只有宿舍管道里的老鼠在爬来爬去。但最后，我还是擦干眼泪，把论文完成了。有些人遇到的苦难可能比别人多一点儿，但我遇到的困难并不比别人少，因为没有一件事是轻而易举的，需要经历的磨难委屈，一样也少不了。

虽然如此，但这段生活给我带来的收获要远远比磨难多。我的视野开阔了许多，更亲身接触到了许多成功的传媒人和先进的传媒理念。这些为我以后的工作做了很好的累积。

有些人会觉得一个人的成功和挫折可能着眼于一个偶然因素，或因某一个重大决定而改变了人生。而我越来越发现人生中做的任何事情都不是徒劳的，我笃信为了做某件事情而去铺垫和积累的力量。

比如有一天一个人得到了贵人相助，从偶然的因素来说是这个贵人改变了他的一切，但是仔细想想，这个贵人为什么只帮助他而不帮助别人呢？是什么值得贵人这么做？我觉得这就源于他一直以来对于某件事物的狂热钻研，他过去所有成长的积累得到了别人的认可。很多东西不是平白无故发生的，没有累积，即使是无缘无故的获得也很容易失去。

因此，在面对人生的选择的时候，不要让别人替自己做决定，要听听自己心里的声音，所有人觉得好的事情，对你不一定就是好的。自己究竟想做什么，只有自己想做的事情，才能够投入百分之百的热情，并且易于获得成功。当你真的想去做某件事时，你才会有热情，才会做得长久。

我记得石油大王洛克菲勒曾经说过，如果你打定主意要去做一件事情，那么宇宙万物都会帮助你的。所以你想要实现愿望的程度很重要，很多人以想要过得好一点，想要让自己的父母骄傲为愿望，却最终没有实现，那是因为你的愿望不够强烈。当你一定要得到一个东西的时候，就一定能得到。

愿望和意志是最重要的。

当你的脑子有一个非常单纯和强烈的想法在支配你的行为时，第一，你的目标会非常明确，在每一次岔道口选择的时候，都会不断地选择向这个目标靠近，这就是自己的潜意识在发挥作用；第二，你的这种强烈的意志和愿望也向四周的人散发了一种信息，这会带给你很多力量，也许你自己意识不到或是不了解这种力量有多大，但只要你这个愿望足够强烈，并且愿意为目标付出努力，那么你一定可以在自己的领域中创造出属于自己的一片天地。

我很喜欢电视剧《大长今》里男主角的一句话：“历史上但凡有成就的人都是单纯和热情的人。”就是说，如果一个人负担很重，或是缺乏热情，很难想象他会有什么突破。

文/杨澜

杨澜一直从事和传媒有关的事情，一路走来，她的脚步虽然匆忙却充满力量。而她笔下的文字，更多了些成熟女性的淡定和知性味道。她认为，做任何事能够成功的人都是因为具备了单纯的热情。确实，热情是一种难能可贵的品质，一个热情的人，无论做什么，不管是干清洁工，或者是当公司经理，都会认为自己的工作是一项神圣的天职，并怀有浓厚的兴趣。对事业倾注全部热情的人，不论工作有多少困难，或需要多大的努力，都会用不急不躁的态度去进行。只要有了这种态度，谁都可以达到成功的目标。爱默生说过：“有史以来，没有任何一项伟大的事业不是因为热忱而成功的。”这不是一段单纯而美丽的话语，而是迈向成功之路的向导。

在异乡，遇见跌跌撞撞的成长

她上车的时候，我以为看错了人。

后面跟着上来一个男人，叫着她的名字，说让你早点走你磨磨蹭蹭的……

没错，是我认得的她，还是脸红，不爱辩解，只是放好东西，招呼那个男人坐下。我坐在后面，看着这一切，好像回到了我们年少时。

当时美术考生没有固定的班级，都是每天下午集中在学校专门空出的一个大库房充当的临时画室里等待老师的辅导。这个临时班级的几十个人，不乏出格的冷酷的耀眼的，但她却没有什么存在感，只有色彩课时，不是打翻调色盘，就是推翻了洗笔的水（后来没辙，老师给她换了个大桶）。动静太大，殃及池鱼，引得旁边女生娇滴滴的尖叫，得到了大家的注视。

她脸一红，开始手忙脚乱地收拾，却也没有什么效果，最后便一身污渍满手墨水地呆立在那里。男生私底下给她取了个绰号——木木。木木文化课成绩不好，被她临时起意的爸妈揪到了美术生的行列，所以和我们这些底子颇深已经在上高考辅导课的人是没法比的。

我们上课，她被老师拎旁边现学基础，下课后，大家站她跟前七嘴八舌地“辅导”，直到她一身铅灰面红耳赤地坐在那里不知如何下笔，人们才一哄而散。

我说不清自己当时为什么要帮她，让她自己在那里画着石膏像画着苹果画着花瓶就好了，线条乱了透视不准明暗不分和我又有什么关系呢？可直到人们调侃我“木木她师父”，我也没有给出个说服自己的理由。

木木不是画画的料，老师清楚，我也清楚，我这个师父的名头叫出来时，老师也乐得清闲，直接把木木拨了过来，说你抽空指导一下她就行了。

下课同学们都走了，只剩下我和她在那里画画——我定的规矩，每天多陪她画半个小时。有一天，她一副心不在焉的样子，说了两次要改的地方还是那样，我气得几乎要爆炸了。那时已过了小雪，又大又空的学校库房温度特低，人多还不觉得，人一少，觉得牙齿都在打颤。

恨铁不成钢的情绪一冒起来，就再压不下去，我立马把自己的毒舌发挥到了极致，劈头盖脸地大骂了她一顿，骂完，也没管她一个劲地擦眼泪，画画的东西都没收，直接摔门走了。

晚自习回班里，桌子上堆着东西，问旁边的人在搞什么鬼，有肉麻的女生解释，感恩节。这些人过个圣诞节情人节还不够，还过什么感恩节。我把东西拿给旁边的人分了，趴桌子上补觉。

第二天去临时画室，头一天没收拾的东西，该洗的洗了，该合的合了，该捆的捆了。打开画夹，里面有张卡片，是木木留的。上面写着感谢帮助，经过两个月的训练发现自己真不是画画的料，决定还是放弃之类的话。我没去找她，老实说，这样的决定是对的。想说也许我应该道个歉，但之后在校园里再没有遇见。谁能想到多年后，竟然会在异乡的一辆车上遇到。幸好，她没看见我。

那张卡片是木木描摹的几米的画，一个小女孩坐在石头上，旁边写着：

我坐在一颗——
一亿八千万年的石头上，
发了一下午的呆。
我原以为我忘了，原来，却还记得。

文/病人甲

成长本不是一件轻松的事，痛苦也不一定是坏事，于痛苦中，我们知道，当现实无法改变时，要适时地改变自己。谁的成长不是一路跌跌撞撞？谁不是一边受伤一边学会坚强？在成长的过程中，我们学会了发现，学会了珍惜，对于我们心中那些解不开的小小的结，我们学会了淡然一笑，去欣赏它的缺憾美。因为我们知道，只要洒脱地转过身，就能寻找到新的美丽的风景。

怎样读书才能改变命运

一位朋友告诉我，今年夏天他的远房亲戚带女儿来京，希望他帮女儿进大学读书。朋友自然无可推却，在多方探询之后，过程出乎意料地顺利，很快找到一所民办大学，只要缴足上学所需的学杂食宿费用，即可入学。校方还特别表示，若能再介绍几个孩子一同入学，费用还可优惠。

我自然有些好奇，每年大学都有统考，招生工作为全国一盘棋，岂可自行联系？

细问之后才得知，朋友为他联系的这所民办大学并不受全国统考分数的限制。

朋友说，他的亲戚家在乡下，属经济尚不发达的地区，至今县城未通铁路。除了靠种粮卖钱，几乎难有别的收入。这位亲戚也曾少年壮志，希望能有一个精彩人生，可惜他求学于上世纪六十年代，父母在极端贫困中仅供他读完初中，因那场持续十年之久的大动乱而将梦想彻底湮灭。

如同现在五十岁左右的人一样，在他成为父母的时候，正赶上计划生育。第一胎是女孩，这在重男轻女的农村是不可接受的，于是他生了二胎。二胎依然是女孩。在泄气的同时，还面临着高额罚款。在罚款尚未还清时，妻子又怀上了第三胎。夫妻商议的结果是，无论如何都得要个男孩，使姓氏得到传承，也让家族的命运在儿子手中得以改变。彼时的农村对超生的惩罚相当严厉，但为了儿子的降生，再沉重的代价也值得担负。可惜天不遂人愿，生下的仍然是女孩。

至此，他为生一个男孩所做的努力已到了极限，只能认命了。

据朋友说，这位远房亲戚生活的农村，女孩从小就要学做家务，带弟弟妹妹，有口饭吃就长大了，读书是谈不到的。但这位远房亲戚决意将自己的第三个女儿像男孩一样养大，不仅让小女儿自己活得像模像样，家庭的未来也全指望着她。在这样的指导思想下，她的两个姐姐一个根本没有上学，一个只读完了小学，长大后像大多数乡村女孩那样，寻个人家嫁人，过着和父辈一样的日子。父母在这期间却一直倾全家之力供养着小女儿读书，直到高中毕业。

情况并不理想。由于乡村整体教育水平的低下，也由于种种其他原因，女孩高考落榜，成绩只有二百多分，离录取分数线遥不可及。到县里找权威的老师问，这样的成绩再复读一年是否可行？回答是否定的，基础太差，即使再读一年也很难上录取线。执拗的父母不想让小女儿重复两个姐姐的命运，“说什么咱家也要出个大学生”，定下了这样的心思，毅然带着落榜的女孩到了北京。

还真的来对了。

就有这样的大学，不仅举双手欢迎入学，几年后同样可以拿到大学毕业的文凭。于是全家人包括已嫁出去的姐姐们一起不眠不休地商议了几天。“上，砸锅卖铁也让咱娃念北京的大学！”

我细问了一下，一年学费为六千多元，书本杂费一千多元，宿舍费两千元，北京的生活费用之高在边远农村无法想象，土豆红薯都得一元多钱一斤，吃喝再省，生活费一年下来也要两千元钱。

这样算下来，如果在北京读上四年，再怎样节俭，五万元的花费是必不可少的。

我问朋友：“怎样解决如此高的学费？”

朋友说：“亲戚帮一些，朋友借一些，嘴里省一些。”

于是，在今年的八月底，朋友的亲戚带着女儿到北京的大学里报了到。

由于大学近年扩招，大批毕业生找不到工作已不算新闻。这对于家境尚好的孩子一时还算不得太大压力，当然他们也为自己的前途着急，但对于那些举债读书的家庭则是不小的打击。我把这个故事讲给一个大学毕业已一年多、一直未找到固定工作的年轻人，他轻轻一笑，说：“傻不傻呀，我们这些在正经大学读出来的年轻人都找不着工作，哪轮得上她！现在招聘单位多牛呀，名牌大学毕业的还挑三拣四的，她上的那种大学，招聘单位连看都不会看，找工作根本没门！”

我于是将此信息传递给朋友，希望他劝那位远房亲戚再慎重考虑一下，千万别让花钱举债的结果是竹篮打水一场空。

朋友听罢“嘿”然一笑，说道理早跟他讲过了，但他“拗”得很，根本不听劝。又说，就让那个孩子上一回大学吧，说不定还有机会。不上又能怎么样？那铁定就是她两个姐姐的命运。

我不禁怅然。

读书改变命运，这对于那些生长于偏远落后地区的孩子无疑是学习的最大动力。我的一位亲戚出身于农村，上世纪六十年代以全县最高分考入北京，直到毕业一直享受着国家的最高助学金，现在成为中国一所著名高校的教授和博士生导师。我的另一位亲戚是粉碎“四人帮”后大学招收的第一批学员，之前他历经插队、工厂，并且结婚，虽然是城市青年，但已不可能再靠父母养活，是国家的助学金帮助已经成年的他顺利走完了读书的岁月，并且成为一家大报的记者。

平心而论，大学文凭对他们命运的改变起着重大攸关的作用。

如此说来，读书的重要性自不待言。但近几年多少家庭节衣缩食培养的大学生子弟却找不到合适的工作或者根本找不到工作也是现实。

近日读报，称南方某省缺少数万名技术工人（即高级蓝领），这甚至严重影响了当地经济的发展。在市场的召唤下，一些已经拿到大学文凭的孩子转而再读中专，这不能不说是既不符合常规又令人遗憾的事情。中国的教育资源稀缺，许多贫困家庭的孩子尚得不到受教育的机会，而已经拿到大学文凭的孩子却面临着就业市场的拒绝。现行的教育体制一直引起各种争议和质疑，像大学毕业生再读中专的事情，无疑是对教育资源的极大浪费，应当引起有关方面的反省。如果在孩子们高考前就能及时发布未来就业的基本状况，为孩子和家长的正确选择做出理性指导，相信许多家庭会减轻负担，许多孩子也会少走弯路。

我很为朋友的那位远房亲戚及他的女儿担忧。

他的女儿刚刚走入大学，而且是北京的一所大学，这在他生活的村庄一定是引人羡慕的大事情。然而，他和他的女儿对几年后可能面临的现实做好准备了吗？

文/柯云路

在国内，读书还可以改变一个人的命运吗？这个问题相信很多人不知道如何回答。如今，很多谋生的知识往往不是学校里教给你的，学校教给你的很多东西往往在考试之后就变得一无是处。这是国内教育的失败。但是，要在社会上生存，或者进入较高阶层的话，学历又是你的入场券。就像我们身边有不少人也许很聪明，但由于学历的关系，发展空间受到限制，或者他要达到一定的高度，相对于高学历的人往往要付出若干倍的艰辛，为什么？因为我们在接受学历教育时，在接收知识的时候也产生很多附加值，比如人际关系、校际环境造成的人文熏陶和发展机会等等。同时，有很多人生的发展机会只有你在某一轨道上才能获得，不在这一轨道上即便拥有这个能力水平也无力争取。所以，无论做什么都能走上幸福的道路，只不过读书是几率比较大的。

脚下是今天，眼里是明天

有一个少年，在正当读书的年龄里离开了学校。好听的说法叫“辍学”，其实就是失学——他读不起了。

他到城里去找活干。城里有那么多等着再就业的人，哪里有什么好活等着他找？他很清楚这一点。所以，当一家快餐店的老板答应让他试试，他毫不犹豫地接受了那份替快餐店送“外卖”的工作。那是一份工资很低但活却很累的工作。他不挑，也不说什么，即使有时一天要跑近百趟、送几百份快餐。

这个少年羸弱、瘦小，人很腼腆。有的客人熟悉他了，偶尔与他搭讪两句逗逗他，比如人家问他：“是不是不想上学，逃学出来打工赚钱的？”他说是。可他接着又说，他不是不想上学，是上不起。他娘一年前病了，到现在也没好，常年药物不断；他的父亲是个残疾人，靠在小镇上开一个烧饼摊，勉强维持一家人的生活。他说他没想要赚那么多、那么多的钱，他只想帮爹顶起家，别让它垮下去。

少年在快餐店里，总有很多新伙伴，因为他们流水一样很快地流来，又很快地流走。除他之外，没有谁在快餐店干长，多的两三个月，少的，几天十几天、辛苦的工作，微薄的工资，让人没法不生跳槽的念头，并把它很快地付诸行动。

一茬茬的人来了，一茬茬的人走了。当有的伙伴问他走不走的时候，他总是摇摇头，或者简单地说两个字“不走”，然后笑笑。

他工作勤勤恳恳、兢兢业业。向那家快餐店叫外卖快餐的客人，无论是商贩、店主、白领，还是那些大大小小的老板，没有人说他不好。那家快餐店的老板信任他，如同信任自己的左右手。

春夏秋冬，寒来暑往，一天又一天……他把那个城市的很多大街小巷跑熟了，他把那个城市里很多职业、很多身份的人也跑熟了。

没有人替他记数，可他知道，他已经干了六年了。他已经从当初来时的少年，长成了一个青年。相当一些他的老主顾，都以为他已经成了快餐店的小老板。那些刚刚来到快餐店的小伙、姑娘们，更是认为他是小老板。一天，一个新来的女孩问他：“每个月赚多少？他红着脸说：“三百。”她不信，她说：“不管怎么说，你也是一个小老板了，怎么可能一个月只赚三百。”他老老实实地告诉女孩，他只是个送外卖的。

他没有说谎，也不是谦虚，他的确是个送外卖的，六年来一直是，那女孩问他一个月赚多少的时候，还是三百元。

人们以为这个当初从偏僻小镇来的少年，大概还会做下去，也不知会做多久。

可是，几个月后，没有任何迹象和兆头，他居然辞去了给快餐店送外卖的工作……

几天后，他开了一家家政服务公司。

在那个城市里，大大小小的家政服务公司已经开了很多很多家。很多的家政服务公司在同一座城市里，竞争激烈是很自然的事，竞争一激烈，怎么会有太多的生意？六年的时间里，很多人都熟悉他了，这些熟悉他的人，都替他的生意捏着一把汗。

几乎没有人料到，小伙子的家政服务公司，居然一开张就迅速火爆起来！不到一年，他已经在那个城市里开了四家连锁公司！他财源茂盛，资产像滚雪球一样，飞快地滚动、飞快地变大！很多人都觉得不可思议：一个外地小镇来的，没有任何背景和依靠的人，做的又是几乎无缝可钻的家政服务行业，他怎么会一下子就脱颖而出呢？只有他一干就是六年的那家快餐店的老板不觉得意外，他了解小伙子是一个怎样的人，他知道小伙子是怎样做事的，他更清楚：在小伙子老老实实、勤勤恳恳送六年外卖的经历中，他结识了几千位那个城市里的生意人，而生意人，恰恰是最需要家政服务的群体！与小伙子相识的那几千位生意人，都对小伙子有着最好的印象！了解了这些之后，人们茅塞顿开：他早就积累了旺盛的人脉，积攒了厚厚的资源，培养了广阔的市场！他把自己的家政服务业做大，完全是顺理成章、水到渠成的事。

他成了那个城市家政服务行业的名人。可他还像一个整天东跑西颠送外卖的小伙计那样平实、谦和、温良。当有记者缠着他，非让他讲其成功的所谓“秘诀”时，他只反过来问了记者一个问题，就让那个聪明的记者一下子把住了他的成功之脉——他是这样问记者的：“很少会有一个人送六年的外卖，是不是？在这个城市里有吗？”

原来，成功需要的是，脚下踩着的是今天，但眼里一定要看到明天。

文/陆勇强

海阔凭鱼跃，天高任鸟飞。一个人眼光要放长远些，要有人生规划，如果总是走一步看一步，是永远不会有大作为的，明白了这个道理，就知道了怎么做事。有长远眼光的人，常常能够不拘于现有的状况，对事物发展做出大胆的预测，具有冒险精神，并且有着睿智的头脑，并非凭空去放远他们的眼光，他们懂得怎样去实现目标。而一个人只要心中有目标，他的前面就会有路。

另一扇梦想之门

每年5月，是英国著名的圣劳伦斯美术学院的入学考试时间。来到这里的考生，都怀揣着一个关于绘画的彩色梦想，而圣劳伦斯则是他们的梦想得以实现的重要桥梁。

在画室里，作为考官的教授们从一端走到另一端，随时对这些孩子的作品打着分数。第一天素描考试结束，大部分教授在心里都有了人选，于是在第二天的色彩考试中，他们格外关注那些自己挑中的学生。油画系的威尔斯教授也是如此。但是当他经过自己中意的那个学生身边时，一些特别的颜料引起了他的注意。

那是不同于市面上出售的颜料，每个代表颜料颜色的包装都被拆掉，被人贴上了写有颜色名字的标签。更不可思议的是，在那个孩子半掩着的颜料箱里，有一张写得密密麻麻的小纸条。威尔斯仔细地盯着纸条，才看清楚上面的内容：苹果是红色的，梨子是明黄，绛紫的葡萄……威尔斯边纳闷，边抬头看着那个画画的孩子，这是他昨天发现最有潜力的学生，素描作品完成得非常出色——扎实的基本功，清晰整洁的构图，细腻的光影过渡……每一个细节都近乎完美。那孩子作画的时候，眼睛里还放射着光芒！然而今天，孩子手中的画笔是颤抖的，表情凝重，眼神如死灰般黯淡，时不时还会紧张地吞着口水。完全判若两人！

威尔斯在考生中来来回回数次，突然想明白了什么。威尔斯再次把目光投向了在画架后面咬着嘴唇，额头渗出汗珠的男孩。

几周后，圣劳伦斯美术学院的网站公布了新生录取名单。威尔斯忙碌了一天离开学校时，在校门口看到了一张熟悉的脸，一个瘦高的大男孩。他不停地向学校里面张望，眼神中是失落和无奈，却还有一丝渴望。

“嗨！小伙子！”威尔斯走过去跟他打招呼。

男孩略显紧张：“嗨！”

“叫我威尔斯，我是这所学院的油画导师。”威尔斯向男孩伸出手。“我叫杰克，我，是个落榜生。”男孩说着低下了头。而威尔斯脑海中又浮现出几个礼拜前这个男孩紧张地流汗咬嘴唇的样子。“跟我来，小伙子。”不等男孩回答，威尔斯用他的大手揽住男孩的肩膀，像揽住自己的孩子一般。

杰克被威尔斯拉到一个小型车间似的地方。门被打开的一刹那，杰克突然怔住了，这里面简直就是个小型美术馆，到处是绘画和雕塑作品，而且都是上乘之作。他呆呆地站在门口好一会儿，直到威尔斯叫了他两三次才应声走进去。

威尔斯笑了笑，扔给还在惊叹的杰克一套卡其布工装，两人穿戴整齐，威尔斯把杰克带进陈列间里面的一个工作间。没等杰克明白过来，威尔斯就递给他一个调色盘，指着一个画架，让杰克画地上放着的一组静物。面对眼前这一切，杰克猛然间乱了方寸，完全不知道该做些什么了。

“说说你为什么喜欢画画？”这个问题算是给杰克解了围，于是杰克开始滔滔不绝起来。他谈论起举世闻名的绘画大师，谈论他们的绘画风格，出神入化的色彩运用……谈着谈着，他却越来越没了精神，他觉得自己就像是背书一样，背着那些从绘画典籍中看来的关于色彩的评说，还有那些美妙的变幻莫测的颜色。画笔和调色板从杰克手中滑落，他低着头，泪水一滴滴掉落下来。

威尔斯走到杰克身边，说：“知道吗，杰克，曾经，我最大的梦想并不是成为画家，而是站在篮球场上，做一名职业球员。”

“那为什么你没选择篮球？”杰克擦了擦泪水，问道。威尔斯把脸转向杰克，接着，轻轻卷起左腿的裤管。杰克惊讶极了，威尔斯的左小腿竟然是假肢！

“每个人都有一个最初的梦想，但因为各种原因，有可能失去或者根本就不具备完成这个梦想的能力。不论如何，我们都要诚实面对，积极努力，即使不能完成最初的梦想，也会打开另一扇梦想之门。”说完，威尔斯拿一块手帕蒙住杰克的眼睛，把一个石膏像放到杰克手里，“色彩虽然千变万化，但不是绘画艺术的全部；除了鼻子上的眼睛，画家的双手也是另一双眼睛。为什么不试试用双手‘看’色彩？”

那天之后，威尔斯再也没有见过杰克。直到6年之后的一天，威尔斯在报纸上看到一则关于巴黎现代艺术作品展的报道，文中写着：“年轻的雕塑家曾经因为色盲症无法考取著名的美术学院，但在一名导师的启迪下，他用自己的双手代替无法辨别颜色的眼睛，在雕塑界一举成名。他非常感谢这位给了自己方向的导师，虽然他没有给他上过一堂绘画课，但是却为他的梦想之门打造了一把宝贵的钥匙……”

威尔斯的眼睛模糊了，他抬起头，在弥漫的泪光中，一个瘦瘦高高的身影正朝他走来……

文/周明远

文章讲了一位名叫杰克的小伙子报考英国著名的圣劳伦斯美术学院，但因患色盲症而被拒之门外，一直欣赏他的该校油画系教授威尔斯先生则为他打开了用手“看”色彩的另一扇梦想之门——雕塑。最后，杰克通过努力，在雕塑界一举成名。这正应了那句老话：上帝在给你关闭一扇门的同时，必定会为你打开另一扇窗。生活中，当我们最初坚守的梦想无法实现时，不妨让阳光转个弯，打开另一扇梦想之门。

我嫁错了人

玛丽艰辛地移动着身躯。脚肿得很厉害，使她穿的皮鞋绷得很紧。双脚发麻，痛苦得让她想流泪。她今天也如同往常一般，挨家挨户地推销化妆品。有些人开门看到她后就像看到了虫子一样把她撵走，有些人在她还没有开口之前就关了门，有些人站了半天最终还是拒绝购买……推销员的人生，可以说是在痛苦和羞耻的反复循环中度过。但是，她却不得不做这个事情。玛丽有三个孩子，而她却要一个人抚养他们。

要是没有遇到本·罗杰斯这个人的话……

她想起前夫就火冒三丈。偏偏她就遇到那种男人，而且还爱上了他。但是，这些都已成为了无法挽回的陈年过失。

本·罗杰斯是一位歌手。玛丽被他弹吉他的手指和带有磁性的声音所迷惑。她认为世界上再没有比他更帅的男人了。她认为，只要能和他结婚，就能补偿她童年时代的痛苦。

玛丽从七岁开始就做起家务事，还要照顾患有肺结核病的父亲。所以，虽然她学习很好，却没能读大学。心情抑郁的她就这样被适时出现的男人和爱情迷惑。但是，像棉花糖一样，松软甜美的爱情没能持续太久。婚后不久，丈夫就有了婚外情。对于本·罗杰斯来说，玛丽只是他曾经的女人。他留下了三个孩子和一把吉他就消失了。她为自己曾把全部人生都托付给这样一个男人而感到寒心。

“妈妈，爸爸什么时候回来？”

她从还不懂事的儿子口中听到这句话时，心像被针扎一般痛苦。

“理查德，不要闹了！爸爸不会回来了。现在开始我们要凭着自己的能力生活下去！”

在她不知道要做什么事来养活孩子们时，做推销员的朋友联系了她。朋友跟她说，只要她向周围人卖出十套书，朋友就会免费送她一套。而她就能将那些书籍给她的孩子们。刚开始卖书时，她根本张不开口，后来她那免费得到书的目标，促使她在很多人面前能够大胆地说话。最终，她得到了书，然后送给了孩子们。她看着拿着书蹦蹦跳跳的孩子，露出了久违的笑容。

后来她走上了推销化妆品的道路。她咬紧牙挑战，但是这条路却异常艰辛，每天拖着疲惫的身体回到家，而迎接她的却是犹如战场般混乱的家。心中纠结于对前夫的责怪和憎恶，让她总是彻夜难眠。但是每当面对客人时，她总会露出灿烂的笑容。她一直在想自己不是在卖化妆品，而是给别人卖“你也能够变漂亮”的自信心。她认为自己不是一个平凡的推销员，而是给人们传递希望的信使。这种信心，让她坚持了三十多年。

纽约酒店的宴会大厅里面开着派对。这是美国第一化妆品直销公司玫琳凯，为了祝贺年末销售冠军而开的派对。当祝贺演出结束时，主持人开始大声介绍起了某个人。

“在三十多年前，有一位被老公所抛弃的女人，但是，如今她成了美国女性的偶像。我向大家介绍，玫琳凯的董事长玫琳凯·艾施女士！”

随着迎宾曲，观众都不约而同地站起来鼓掌。玫琳凯女士花白的头发梳得十分齐整，她给大家敬礼，打招呼。

“我现在已经不再怨恨丈夫了。因为，不管是我们的曾经相爱，他的毅然离开，还是我独自生活过的岁月，对我而言都是十分宝贵的经历。不过，即使爱情再伟大，也替代不了我的人生。正因为如此，我现在才能站在这里。希望大家都能珍爱自己的人生，珍爱自己！”

她的讲话结束后，听众们又开始鼓起了掌。

在这些鼓掌的人当中，有那么一位年轻人，他脸上露出灿烂的笑容，眼眶却被泪水浸湿。他就是在父亲离开后，和妈妈抱头痛哭的少年，玫琳凯公司的总经理——理查德。

文/（韩）申仁哲

俗话说，男怕入错行，女怕嫁错郎。当我们回首走过的人生之路，印象最深刻的莫过于所遭受的失败，尤其是在人生重大转折时刻所遭受的失败，更是令人刻骨铭心，终生难忘。人人都希望在爱情、婚姻、家庭、学业、就业、事业和人际关系等方面获得成功。然而，现实明白无误地告诉我们，失败总是走在成功的前面，当你经受了失败的考验，克服一个又一个困难，攻克一个又一个难关，征服了挫折与磨难时，成功将频频向你招手。